D0792759

El matón que soñaba
con un lugar en el paraíso

Sobre el autor

Jonas Jonasson nació en Växjö, una pequeña ciudad del sur de Suecia, en 1962. Tras una larga carrera como periodista, consultor de medios y productor de televisión, Jonasson decidió empezar una nueva vida y redactar la novela que llevaba años queriendo escribir. Se instaló entonces en Ponte Tresa, un pueblecito junto al lago de Lugano, en Suiza, donde escribió *El abuelo que saltó por la ventana y se largó*, que ganó el Premio de los Libreros en Suecia, se tradujo a treinta y cinco idiomas y ha vendido seis millones de ejemplares. En la actualidad, Jonasson vive en Suecia, en una pequeña isla en el mar Báltico.

Títulos publicados

El abuelo que saltó por la ventana y se largó
La analfabeta que era un genio de los números
El matón que soñaba con un lugar en el paraíso

Jonas Jonasson

El matón que soñaba con un lugar en el paraíso

Traducción del sueco de
Carlos del Valle Hernández

Título original: *Mördar-Anders och hans vänner (samt en och annan ovän)*

Ilustración de la cubierta: Peter Zelei / Getty Images

Copyright © Jonas Jonasson, 2015
Publicado por primera vez por Piratförlaget, Suecia.
Publicado por acuerdo con Brandt New Agency.
Copyright de la edición en castellano © Ediciones Salamandra, 2016

Publicaciones y Ediciones Salamandra, S.A.
Almogàvers, 56, 7º 2ª - 08018 Barcelona - Tel. 93 215 11 99
www.salamandra.info

ISBN: 978-84-9838-830-5
Depósito legal: B-27.701-2017

1ª edición, enero de 2018
Printed in Spain

Impresión: Impreso y encuadernado en:
RODESA - Pol. Ind. San Miguel. Villatuerta (Navarra)

Papá, esto te habría gustado.
Por eso es para ti

PRIMERA PARTE

Un negocio diferente

1

Su vida pronto se llenaría de muertes y agresiones, maleantes y rufianes, aunque de momento sólo soñaba despierto
en la recepción del hotel más deprimente de Suecia.

Como siempre, el único nieto del tratante de caballos
Henrik Bergman culpaba de sus fracasos a su abuelo. En
el sur de Suecia, el viejo había sido el mejor en su ramo,
nunca vendía menos de siete mil animales al año, todos de
primera calidad.

A partir de 1955, los pérfidos campesinos empezaron
a cambiar la sangre caliente por tractores a un ritmo que
el abuelo se negaba a comprender o aceptar. Las siete mil
transacciones pronto se convirtieron en setecientas, que se
redujeron a setenta y acabaron en siete. La fortuna multi-
millonaria de la familia se esfumó en una nube de gasoil.

En 1960, el padre del nieto aún no nacido intentó
salvar lo que pudiera salvarse, visitando a los campesinos
de la región para predicar sobre la perversidad de la me-
cánica. Corrían rumores inquietantes. Como que el gasoil
causaba cáncer si le salpicaba a uno, algo que ocurría con
frecuencia. Pero entonces su padre añadió al discurso que
el gasoil podía provocar esterilidad en los hombres. No debió decirlo. Por una parte no era cierto y, por otra, sonaba

demasiado bien a los campesinos cachondos, que, aunque disponían de pocos recursos, solían tener entre tres y ocho hijos cada uno. Conseguir condones resultaba embarazoso, algo que no ocurría con los Massey Ferguson o los John Deere.

El abuelo murió arruinado; más concretamente, coceado por el último animal que le quedaba. Su hijo, desconsolado y sin caballos, tiró la toalla, se apuntó a un curso de logística y al poco tiempo consiguió trabajo en Facit AB, una de las multinacionales punteras en la producción de calculadoras y máquinas de escribir. De esa manera consiguió que el futuro lo arrollara no una, sino dos veces en su vida, pues de pronto apareció en el mercado la calculadora electrónica. Como si fuera una burla al producto estrella de Facit, la variante japonesa, además, podía llevarse en el bolsillo interior de la chaqueta.

Las máquinas del grupo Facit no empequeñecieron —por lo menos no con la suficiente rapidez—, pero sí la compañía, hasta quedar reducida a nada.

El hijo del tratante de caballos fue despedido. Para soportar que la existencia lo hubiera engañado por partida doble se dio a la bebida. Desempleado, amargado, siempre ebrio y sin duchar, acabó perdiendo atractivo para su esposa, veinte años más joven, pero ésta lo aguantó durante un tiempo y luego durante un tiempo más... Hasta que al final la joven y paciente mujer pensó que el error de haberse casado con el hombre inadecuado podía corregirse.

—Quiero el divorcio —anunció una mañana mientras su esposo buscaba algo, paseándose por el apartamento en calzoncillos blancos con lamparones.

—¿Has visto mi botella de coñac? —preguntó él.

—No. Pero quiero el divorcio.

—Ayer la dejé en la encimera, la habrás cambiado de sitio.

—No lo sé, es posible que la colocara en el mueble bar después de limpiar, pero estoy intentando explicarte que quiero el divorcio.

—¿En el mueble bar? Sí, debería haber buscado ahí. ¡Qué tonto soy! Entonces, ¿te irás de casa? ¿Y te llevarás a ese que sólo sabe cagarse encima?

Sí, ella se llevó el bebé. Un niño de cabellos trigueños y ojos amables y azules. Más adelante llegaría a ser recepcionista. (La madre, por su parte, había pensado hacer carrera como profesora de idiomas, pero el bebé había llegado un cuarto de hora antes del examen final.)

Entonces cogió sus maletas, viajó a Estocolmo con el pequeño y firmó los papeles del divorcio. Al mismo tiempo, recuperó su nombre de soltera, Persson, sin tener en cuenta las consecuencias para el chico, al que se había bautizado con el nombre de Per. No es que uno no pueda llamarse Per Persson —o Jonas Jonasson—, el problema es que puede sonar algo repetitivo.

En la capital la esperaba un trabajo como vigilante de aparcamiento. La madre de Per Persson paseaba calle arriba, calle abajo, y prácticamente todos los días recibía broncas por parte de los hombres que habían aparcado mal, sobre todo de aquellos que se podían permitir las multas correspondientes. El sueño de la enseñanza, ese de inculcar qué preposiciones alemanas rigen el acusativo o el dativo a alumnos a los que en general, y con toda seguridad, la asignatura les importa un bledo, se desvaneció por completo.

Pero tras media eternidad apareció uno de aquellos mal «aparcadores» increpantes, que se quedó cortado al descubrir, en plena discusión, que bajo el uniforme de vigilante de aparcamiento había una mujer. Una cosa llevó a la otra y acabaron cenando en un buen restaurante, donde la multa fue rasgada en dos a la hora del café y la copa. Cuando después de ésta vino la segunda, el mal «aparcador» se declaró a la madre de Per Persson.

El pretendiente resultó ser un banquero islandés que estaba a punto de regresar a Reikiavik. Le prometió a su futura esposa riquezas y verdes praderas si lo acompañaba. Y también le dio al hijo un abrazo de bienvenida, aunque con escaso entusiasmo. Sin embargo, el penoso período de vigilancia de aparcamientos había durado tanto que el futuro recepcionista acababa de alcanzar la mayoría de edad y podía decidir por sí mismo. Confiaba en tener un porvenir más prometedor en Suecia, y como nadie puede comparar lo que sucedió después con lo que podría haber ocurrido, resulta imposible saber si el muchacho iba muy descaminado en sus cálculos.

A los dieciséis años, Per Persson ya compaginaba sus estudios de secundaria, por los que no sentía especial interés, con un trabajo. Nunca le contó en detalle a su madre en qué consistía ese trabajo. Y tenía sus razones.

—¿Adónde vas, cariño? —solía preguntar ella.

—A trabajar, mamá.

—¿Tan tarde?

—Sí, hay trabajo a todas horas.

—Pero ¿qué es lo que haces en realidad?

—Te lo he explicado mil veces. Soy asistente en el sector del ocio. Se trata de facilitar encuentros entre personas y cosas así.

—¿Cómo que «asistente»? ¿Y cómo se llama...?

—Mamá, tengo prisa. Ya hablaremos más tarde.

Per Persson se escabulló una vez más.

Queda claro que era reacio a explicar los detalles, como que su jefe tenía un local que ofrecía sexo de pago en una casa de madera amarilla, grande y deteriorada, en Huddinge, al sur de Estocolmo. O que el negocio se llamaba

Club Amore. O que su trabajo consistía en ocuparse de la logística, así como ejercer de relaciones públicas y vigilante. Se trataba de que cada cliente encontrara la habitación correcta, para disfrutar de la clase de amor carnal correcta durante el lapso de tiempo correcto. El muchacho organizaba la agenda, cronometraba las visitas y escuchaba a través de las puertas —y dejaba volar su imaginación—. Si le parecía que algo iba mal, daba la voz de alarma.

Por la misma época en que la madre emigró y Per finalizó sus estudios, su jefe decidió cambiar de negocio. El Club Amore se convirtió en la pensión Sjöudden. A pesar de lo que su nombre indicaba, no se encontraba junto a un lago ni en un cabo, pero como dijo su dueño:

—Este antro tiene que llamarse de alguna manera.

Catorce habitaciones. A doscientas veinticinco coronas la noche. Cuarto de baño y ducha compartidos. Sábanas y toallas limpias una vez a la semana, sólo en caso de que las usadas estuvieran lo bastante sucias.

Transformar la actividad de nido de amor en hotel de tercera categoría no era algo que el propietario desease en realidad. Habría ganado mucho más dinero manteniendo a los clientes en la cama y bien acompañados. Además, cuando las chicas tenían un hueco durante la jornada, él solía pasar un rato con alguna de ellas.

La única ventaja de la pensión Sjöudden consistía en que su actividad no era ilegal. El ex propietario del puticlub había pasado ocho meses en prisión y no quería repetir.

A Per Persson, que había dado muestras de talento para la logística, le ofrecieron el puesto de recepcionista, y el trabajo no estaba mal del todo (aunque no se puede decir lo mismo del salario). Consistía en registrar las entradas y salidas de los clientes, asegurarse de que la gente pagara, y controlar reservas y cancelaciones. También se requería que fuera simpático, siempre y cuando eso no perjudicara el negocio.

Se trataba de una nueva actividad bajo un nombre nuevo y el cometido de Per no sólo era diferente, sino que también le confería mayor responsabilidad que su anterior puesto. Eso ocasionó que acudiera a su jefe para proponerle humildemente un reajuste salarial.

—¿Al alza o a la baja? —preguntó el hombre.

El joven respondió que lo prefería al alza. La conversación no seguía el rumbo que había previsto, pero ahora se encontraba allí y esperó poder conservar, por lo menos, lo que ya tenía.

Y así fue. Sin embargo, el jefe se mostró muy generoso y le hizo una propuesta:

—Puedes mudarte al trastero de la recepción, así no tendrás que pagar el alquiler del apartamento que te dejó tu madre.

Bien. Per Persson estuvo de acuerdo en que se trataba de una manera de ahorrarse un dinero. Además, ya que le pagaban en negro, podría solicitar ayuda social y subsidio por desempleo.

Así que el joven recepcionista se convirtió en esclavo de su trabajo. Vivía y sobrevivía en su recepción. Pasó un año, pasaron dos, pasaron cinco, y, en general, al muchacho no le fue mejor que a su padre ni a su abuelo. Y por esa razón, este último se llevó las culpas. El viejo se había hecho multimillonario varias veces. Ahora, la tercera generación de su propia sangre se encontraba detrás de un mostrador y daba la bienvenida a malolientes huéspedes que respondían al nombre de *Asesino* Anders o a motes igual de desagradables.

Asesino Anders era uno de los huéspedes de larga estancia de la pensión Sjöudden. En realidad se llamaba Johan

Andersson y había pasado toda su vida adulta en la cárcel. Nunca había tenido facilidad de palabra o expresión, pero aprendió pronto que, pese a sus carencias, conseguía salirse con la suya si le soltaba unos guantazos a quien se manifestara en su contra o pareciera estarlo. Y un par más si era necesario.

Con el tiempo, esa clase de conversaciones llevó al joven Johan a frecuentar malas compañías. Su nuevo círculo de amistades le hizo mezclar su ya conocida técnica de argumentación expeditiva con el alcohol y las pastillas, y entonces todo se fue al garete. El alcohol y las pastillas le costaron una condena de doce años antes de haber cumplido los veinte, cuando fue incapaz de explicar cómo su hacha había acabado en la espalda del principal distribuidor de anfetaminas de la región.

Al cabo de ocho años lo soltaron, y celebró la liberación con tanto entusiasmo que apenas le dio tiempo a que se le pasara la borrachera antes de que le cayeran otros catorce años. En esa ocasión estuvo involucrada una escopeta. A quemarropa y en plena cara del que había remplazado en sus funciones a la víctima del hacha. Fue una visión muy desagradable para quienes tuvieron que limpiarlo todo.

Durante el juicio, Johan sostuvo que no había sido su intención disparar. O al menos, eso creía. Apenas recordaba la secuencia de los hechos. Más o menos como en la siguiente ocasión, cuando degolló al tercer distribuidor de pastillas por haberle echado en cara que estaba de mal humor. El inminente degollado tenía razón, aunque eso no le valió de nada.

Ahora, con cincuenta y seis años, Asesino Anders se encontraba de nuevo en libertad. A diferencia de las veces anteriores, no se trataba de un permiso temporal, sino de algo más permanente. Ésa era la idea. Lo único que tenía que hacer era evitar el alcohol. Y las pastillas. Y a todos y todo lo relacionado con el alcohol y las pastillas.

En cambio, la cerveza no era tan peligrosa, por lo general lo alegraba. O medio alegraba. Por lo menos no lo hacía enloquecer.

Se presentó en la pensión Sjöudden creyendo que el establecimiento aún ofrecía esa clase de sensaciones que uno echa de menos si ha estado a la sombra una década o tres. Una vez que se repuso de la decepción inicial al saber que las cosas habían cambiado, decidió hospedarse sin más. Tenía que vivir en alguna parte y no era cuestión de pelearse por doscientas coronas, sobre todo teniendo en cuenta cómo solían acabar sus peleas.

Antes de recibir la llave de la habitación, Asesino Anders tuvo tiempo de contarle la historia de su vida al joven recepcionista. Ésta incluía su infancia, aun cuando Anders no creía que fuera relevante para lo que había acontecido más tarde. Los primeros años transcurrieron, sobre todo, con un padre que sólo soportaba el trabajo si se emborrachaba al acabar la jornada, y una madre que empezó a hacer lo mismo para poder soportarlo a él. Eso condujo a que el padre no soportara a la madre, cosa que demostraba propinándole frecuentes palizas, en particular cuando el niño estaba presente.

Tras escuchar el relato, el recepcionista no se atrevió a hacer otra cosa que darle la bienvenida y estrecharle la mano, presentándose:

—Per Persson.

—Johan Andersson —contestó Asesino, y prometió intentar matar lo menos posible en el futuro.

A continuación, pidió al recepcionista que lo invitara a una cerveza. Tras diecisiete años sin probarla, no era de extrañar que tuviera la garganta seca.

Per no tenía intención de comenzar su relación con aquel tipo negándole una cerveza. Pero mientras se la servía, le preguntó al señor Andersson si sería tan amable de dejar el alcohol y las pastillas fuera del establecimiento.

—Sí, será lo mejor —respondió Johan Andersson—. Pero oye, llámame Asesino Anders. Todo el mundo me llama así.

2

Uno tenía que alegrarse de las pequeñas cosas. Como que los meses pasaran sin que Asesino Anders liquidara al recepcionista o a alguien en las inmediaciones de la pensión. O que el jefe le permitiera a Per Persson cerrar la recepción los domingos para disfrutar de unas horas de descanso. Si el tiempo —a diferencia de todo lo demás— estaba de su lado, el recepcionista salía. No para divertirse, el dinero no le alcanzaba para tanto, pero sentarse en un banco del parque a pensar aún era gratis.

Así que allí estaba sentado —con cuatro sándwiches de jamón y un botellín de zumo de frambuesa—, cuando inesperadamente le dirigieron la palabra:

—¿Cómo estás, hijo mío?

Era una mujer no mucho mayor que él. Se la veía sucia y agotada, y lucía un alzacuellos blanco que brillaba alrededor de su pescuezo, a pesar de estar manchado de hollín.

A Per Persson nunca le había interesado la religión, pero una pastora era una pastora, y pensó que se merecía el mismo respeto que un asesino, un drogadicto o la escoria habitual con la que se relacionaba en el trabajo. Quizá incluso un poco más.

—Gracias por preguntar —respondió—. He tenido momentos mejores. Bueno, pensándolo bien, no, no los he tenido. Se podría decir que mi vida es un constante sufrimiento.

«¡Vaya! Me estoy abriendo demasiado», pensó. Lo mejor sería reconducir la conversación.

—Pero no quisiera agobiarla con mi salud y mi estado de ánimo. Con sólo poder comer un poco, todo lo demás tiene solución —añadió, y dio a entender que la conversación había terminado, y se concentró en abrir la fiambrera.

Sin embargo, la pastora no advirtió la indirecta. Dijo que no la agobiaba y que lo ayudaría con lo poco que pudiera aportar si así conseguía que su existencia fuera algo más llevadera. Una oración personal era lo mínimo que podía ofrecerle.

¿Una oración? Per Persson se preguntó qué le hacía pensar a aquella pastora andrajosa que eso iba a servirle de alguna ayuda. ¿Creía que empezaría a llover dinero del cielo? ¿O pan y patatas? Aunque... ¿por qué no? Además, le resultaba difícil rechazar a alguien que sólo deseaba su bien.

—Gracias, madre. Si cree que una oración dirigida al cielo hará que mi vida sea más llevadera, entonces no seré yo quien ponga objeciones.

La mujer sonrió y se hizo un sitio en el banco junto al recepcionista de descanso dominical. Y comenzó su trabajo.

—Señor, mira a tu hijo... Por cierto, ¿cómo te llamas?

—Per —respondió Per Persson, y se preguntó qué beneficio sacaría Dios de esa información.

—Señor, mira a tu hijo Per, mira cómo sufre...

—Bueno, sufrir, sufrir, lo que se dice sufrir... tampoco sufro tanto.

La pastora perdió el hilo. Entonces dijo que volvería a empezar desde el principio y que la oración resultaría más provechosa si no la interrumpía demasiado.

Per Persson le pidió disculpas y prometió dejarla rezar en paz.

—Gracias —dijo ella, y tomó nuevo impulso—. Señor, mira cómo, aunque en realidad no sufre, este infeliz siente que su vida podría mejorar. Señor, dale seguridad, enséñale a amar al mundo y el mundo lo amará a él. Oh, Jesús, carga con tu cruz junto a él, venga a nosotros tu reino y todo lo demás.

«¿Y todo lo demás?», pensó el recepcionista, pero se abstuvo de mencionarlo.

—Dios te bendiga, hijo mío, con la fuerza y el poder y... la fuerza. En el nombre del Padre, del Hijo y del Espíritu Santo. Amén.

Per Persson no sabía cómo tenía que ser una oración personal, pero lo que acababa de oír le sonaba a chapuza. Y estaba a punto de decirlo, cuando ella se le adelantó:

—Veinte coronas, gracias.

¿Veinte coronas? ¿Por aquello?

—¿Tengo que pagar por la oración? —preguntó.

La mujer asintió. Las oraciones no consistían sólo en soltarlas. Exigían concentración y devoción, requerían un esfuerzo, y una pastora también tenía que vivir en el mundo mientras le tocara estar aquí y no en el cielo.

A Per Persson no le parecía que lo que acababa de oír exigiera devoción ni concentración, y tampoco estaba seguro de que fuera el cielo lo que le esperaba a esa pastora cuando le llegase la hora.

—¿Lo dejamos en diez coronas? —intentó negociar la mujer.

La pastora fue rebajando el precio, de poco a casi nada. Per Persson la observó con más detenimiento y vio en ella otra... ¿cara? Algo... ¿miserable? Entonces decidió que esa mujer era más una hermana en la desgracia que una estafadora.

—¿Quiere un sándwich? —le ofreció.

El rostro de la pastora se iluminó.

—¡Vaya, gracias, no estaría mal! ¡Dios te bendiga!

Per Persson le dijo que, viéndolo con perspectiva histórica, todo indicaba que el Señor estaba ocupado con asuntos importantes, ninguno de los cuales sería bendecirlo a él. Y que la oración que acababa de llegarle allá arriba probablemente no cambiaría las cosas.

La mujer pareció dispuesta a replicar, pero él fue más rápido y le tendió la fiambrera.

—Aquí tiene —dijo—. Dejemos que la comida silencie nuestras bocas.

—«El Señor guía a los humildes por la justicia, y adoctrina a los pobres en sus sendas.» Salmo veinticinco —citó la pastora, con la boca llena de pan.

—Que así sea —añadió Per Persson.

Era una auténtica pastora. Mientras se comía los cuatro sándwiches de jamón del recepcionista, le contó que había tenido una parroquia propia hasta el domingo anterior, cuando, en mitad del sermón, el presidente del consejo eclesiástico la interrumpió y le pidió que bajara del púlpito, recogiera sus cosas y se largara.

A Per Persson eso le pareció horrible. ¿No había nada llamado «derechos laborales» en el reino de los cielos?

Sí, lo había, pero el presidente pensaba que tenía razones para actuar así. Y, además, toda la parroquia estaba de su lado. Incluida la propia pastora. Al menos dos miembros de la congregación le arrojaron sus libros de salmos mientras ella se escabullía.

—Como comprenderás, hay una versión más larga. ¿Quieres escucharla? Has de saber que mi vida no ha sido de color de rosa.

Per Persson recapacitó. ¿Deseaba saber de qué color era aquella vida si no era rosa, o ya tenía suficiente con la cantidad de miseria que él cargaba a cuestas sin necesidad de añadir la de ella?

—No creo que ser consciente de la oscuridad en la que viven otros mejore mi existencia —dijo—. Aunque, a menos que se alargue mucho, si lo desea, puede hacerme un resumen de la cuestión.

¿Un resumen de la cuestión? El resumen era que había pasado siete días vagando, de domingo a domingo. Había dormido en sótanos y Dios sabe dónde más, había comido lo que había encontrado...

—¿Como todos mis sándwiches de jamón? —apuntó Per Persson—. ¿Desea digerir mi única comida con mi último zumo de frambuesa?

La pastora no lo rechazó. Y tras apagar la sed, dijo:

—En resumidas cuentas, no creo en Dios. Y mucho menos en Jesucristo. Fue mi padre el que me obligó a seguir sus pasos; no los de Jesucristo, los de él. Para su gran decepción, nunca tuvo un hijo, sólo una hija. Aunque a mi padre también lo obligó mi abuelo. Quizá ambos fueran enviados del diablo, no es fácil saberlo. En todo caso, la condición pastoral forma parte de la familia.

Eso de ser una víctima a la sombra del padre o el abuelo fue algo por lo que Per Persson sintió una inmediata simpatía, y dijo que si los hijos pudieran librarse de cargar toda la mierda acumulada para ellos por las generaciones anteriores, quizá el mundo sería un lugar mejor donde vivir.

La mujer se abstuvo de señalar la importancia de las generaciones anteriores. En cambio, le preguntó si era lo que lo había llevado hasta aquel banco del parque.

A aquel banco del parque, sí. Y a una lúgubre recepción, donde vivía y trabajaba. Y a compartir cervezas con Asesino Anders.

—¿Asesino Anders? —preguntó ella.

—Sí. Vive en la habitación número siete.

Per Persson pensó que bien podría perder un par de minutos con la pastora, ya que se había dignado a interesarse por él. Así que le habló del abuelo, que había dilapidado su fortuna. De su padre, que había tirado la toalla. De su madre, que se había liado con un banquero islandés y había abandonado el país. De cómo él mismo había acabado, con tan sólo dieciséis años, en una casa de putas. Y de cómo ahora trabajaba de recepcionista en la pensión en la que se había convertido la casa de putas.

—Y cuando por fin tengo veinte minutos libres y me siento en un banco a una distancia prudencial de los mangantes y golfos con que suelo tratar en el trabajo, entonces aparece una pastora que no cree en Dios, que primero intenta estafarme el poco dinero que tengo y después me gorronea el almuerzo. Ésa es mi vida, a no ser que cuando vuelva, gracias a su oración, la vieja casa de putas se haya transformado en el Grand Hotel.

La desastrada religiosa, con migas alrededor de la boca, pareció avergonzarse. Dijo que no era seguro que la oración tuviera un efecto inmediato, pues había sido una chapuza y el destinatario no existía. Ahora se arrepentía de haber querido ser retribuida por un trabajo fraudulento, máxime teniendo en cuenta la generosidad y los sándwiches del recepcionista.

—Anda, cuéntame más cosas de esa pensión —pidió luego—. ¿Por casualidad no tendrías una habitación libre... a precio de amigo?

—¿«Precio de amigo»? —repitió él—. ¿Desde cuándo somos amigos usted y yo?

—Bueno, todavía estamos a tiempo.

3

A la pastora le asignaron la habitación 8, pared con pared con la de Asesino Anders. Pero a diferencia de éste, a quien Per Persson nunca se atrevía a pedirle que pagara, la nueva clienta debía abonar una semana por adelantado. Al precio habitual.

—¿Por adelantado? Pero si es todo lo que me queda.

—Pues más a mi favor, así el dinero no se irá por mal camino. Puedo rezar una oración para usted gratis, así quizá se arreglen las cosas —repuso el recepcionista.

En ese instante entró un hombre con chaqueta de cuero, gafas de sol y barba de tres días. Parecía la parodia de un gánster, lo que probablemente era, y, sin saludar, preguntó por Johan Andersson.

El recepcionista se irguió y respondió que no podía revelar quién vivía y quién no vivía en la pensión Sjöudden. Allí se respetaba a rajatabla la privacidad de los clientes.

—O contestas a mi pregunta o te corto los huevos —espetó el de la chaqueta de cuero—. ¿Dónde está Asesino Anders?

—Habitación siete —respondió Per Persson.

El matón se alejó por el pasillo. La pastora lo siguió con la mirada y se preguntó si habría jaleo a la vista. ¿Creía el recepcionista que ella podría hacer algo en su calidad de religiosa?

Per Persson no creía nada, pero ni siquiera tuvo tiempo de decirlo, pues en ese momento regresaba el de la chaqueta de cuero.

—Anders está roque en su cama. Sé muy bien cómo podrían ponerse las cosas, así que de momento dejémoslo dormir. Guarda este sobre y dáselo cuando se levante. De parte del Conde.

—¿Eso es todo? —preguntó Per Persson.

—Bueno, no. Dile que contiene cinco mil coronas en lugar de diez mil, ya que sólo ha hecho la mitad del trabajo —aclaró el hombre, y se marchó.

¿Cinco mil? Cinco que al parecer deberían haber sido diez. Y ahora era cosa del recepcionista explicarle al hombre más peligroso de Suecia que faltaba dinero. A no ser que delegara la faena en la pastora, ya que acababa de ofrecer sus servicios.

—Asesino Anders —dijo ella—. Así que existe de verdad, no era una invención tuya.

—Un alma perdida. Digamos que muy perdida.

Para su sorpresa, ella respondió entonces que si el alma perdida se encontraba perdida a tal extremo, no sería una inmoralidad que el recepcionista y ella tomaran prestado un billete de mil coronas para ponerse las botas en algún buen restaurante de los alrededores.

Per Persson se preguntó qué clase de pastora era aquella que le salía con semejante propuesta, pero reconoció que la idea resultaba atractiva. Aunque, por otra parte, había una razón por la cual Asesino Anders era llamado así. O mejor dicho, tres razones, si el recepcionista no recordaba mal: un hacha en una espalda, un escopetazo en una cara y una navaja en la garganta.

• • •

La cuestión sobre la conveniencia de coger dinero a hurtadillas a un asesino se esfumó, pues el asesino en cuestión se había despertado y se aproximaba por el pasillo con el pelo revuelto.

—Tengo sed —dijo—. Hoy debían pagarme un trabajo, pero se han retrasado y no tengo ni para una cerveza. Ni para comida. ¿Puedes prestarme doscientas coronas de la caja?

Era una pregunta y al mismo tiempo no lo era. Asesino Anders contaba con tener ipso facto dos billetes de cien en la mano.

Entonces la pastora dio un paso al frente.

—Buenos días —saludó—. Mi nombre es Johanna Kjellander y antes tenía una parroquia. Ahora soy una simple pastora.

—Los curas son una mierda —dijo Asesino Anders sin dirigirle la mirada.

La retórica no era uno de sus puntos fuertes. Se volvió y siguió hablando con el recepcionista:

—¿Me aflojas esos billetes o qué?

—No coincido con usted en esa apreciación —replicó Johanna Kjellander—. Por supuesto que en nuestro sector hay algún descarriado que otro; sin ir más lejos, yo misma. Pero ése es un tema del que me agradaría debatir con usted, señor Anders, en otra ocasión. En cambio, ahora se trata de un sobre con cinco mil coronas que un conde acaba de entregar al recepcionista.

—¿Cinco mil? ¡Eran diez mil! ¿Qué has hecho con el resto del dinero, monja de mierda?

Asesino, resacoso y recién levantado, miró airado a Johanna Kjellander. Per Persson, que no deseaba acabar con una pastora asesinada en su recepción, aclaró nervioso que el Conde había dejado el recado de que las cinco mil coronas eran parte del pago, ya que sólo se había hecho la mitad del trabajo. El recepcionista y la pastora eran simples mensajeros y esperaba que el señor Anders comprendiera que...

Pero Johanna Kjellander tomó de nuevo la palabra. Lo de «monja de mierda» le había sentado mal.

—¡Debería avergonzarse! —exclamó con tanta determinación que el aludido estuvo a punto de hacerlo. Y añadió que él sabía perfectamente que ni al recepcionista ni a ella se les ocurriría mangarle dinero—. Sin embargo, en estos momentos no nos encontramos en una situación muy desahogada que digamos, no señor. Y ya que la conversación ha tomado estos derroteros, quisiera aprovechar la oportunidad para preguntarle si podría prestarnos uno de esos cinco bonitos billetes de mil durante un par de días. O mejor durante una semana.

Per Persson se quedó pasmado. Primero, la pastora había pretendido sisar el dinero de Asesino Anders sin que éste lo supiera. Después estuvo a punto de hacerlo enrojecer de vergüenza por haberla acusado de querer timarlo. Y ahora se dedicaba a negociar un préstamo en toda regla. ¿Tenía algún instinto de supervivencia? ¿No se daba cuenta de que los estaba exponiendo a ambos a un peligro mortal? ¡Maldita mujer! Antes de que Asesino hiciera algo más definitivo, debería darle una colleja y tratar de enderezar lo que ella acababa de torcer.

Asesino Anders se había sentado en una silla, probablemente desconcertado ante el hecho de que la pastora acabara de pedirle prestado lo que todavía no había conseguido robarle.

—Por lo que he podido entender —terció el joven, esforzándose en utilizar un lenguaje financiero—, el señor Anders cree que su patrimonio ha sido descapitalizado ilícitamente en cinco mil coronas, ¿correcto?

Asesino Anders asintió, aunque sin entender demasiado aquella palabrería.

—Entonces debo reiterar y subrayar que ni yo ni la pastora más extravagante de Suecia, aquí presente, hemos cogido ese dinero. Pero si hay algo, lo que sea, que pueda hacer para facilitarle las cosas, no dude en decirlo, señor Anders.

«Si hay algo que pueda hacer...» es algo que cualquier persona que trabaja en el sector servicios suele decir, aunque no tenga, necesariamente, ninguna intención de hacerlo. Pero Asesino Anders tomó sus palabras al pie de la letra.

—Pues gracias —dijo con voz cansada—. Consigue las cinco mil coronas que me faltan, anda. Así no tendré que partirle las piernas a nadie.

Per Persson no tenía ningunas ganas de buscar a aquel «conde» que lo había amenazado con hacer algo tan desagradable a la parte más querida de su cuerpo. El simple hecho de volver a ver a esa persona ya sería bastante malo, pero si además tenía que reclamarle dinero... Así pues, estaba muy preocupado cuando oyó decir a la pastora:

—¡Por supuesto!

—¿Por supuesto? —repitió él, sobresaltado.

—Muy bien —respondió Asesino Anders, que acababa de oír «por supuesto» dos veces seguidas.

—Sí, claro que le echaremos una mano al señor Anders —prosiguió la mujer—. Aquí, en la pensión Sjöudden, estamos para servir a los huéspedes. A cambio de una compensación razonable, nos esforzamos en hacerles la vida más llevadera a asesinos y criminales. El Señor no hace distinciones entre las personas. O quizá las haga, pero vayamos al grano: para empezar, ¿podríamos saber algo más sobre la clase de «trabajo» a la que se ha referido el Conde, y por qué razón piensa que sólo se ha realizado la mitad?

En ese instante Per Persson deseó encontrarse en las antípodas. Acababa de oír a la pastora decir «aquí en la pensión Sjöudden». Aún no se había registrado y ni siquiera había pagado, pero eso no le impedía entablar una negociación económica con un asesino en nombre de la pensión.

Decidió que la nueva clienta no le gustaba lo más mínimo. Pero tampoco se le ocurría nada mejor que quedarse donde estaba, pegado a la pared de la recepción, e intentar pasar tan desapercibido como fuera posible. Pensaba que a alguien que no despierta ningún sentimiento no es necesario matarlo.

Asesino Anders también estaba bastante desconcertado. La pastora había dicho tantas cosas en tan poco tiempo que no había logrado seguirla del todo (además, eso de que fuera pastora complicaba la situación mucho más).

Parecía que le estaba ofreciendo alguna forma de colaboración. Esas cosas solían acabar mal, aunque escucharlas no hacía daño. No siempre era necesario empezar dando guantazos a la gente; al contario, con relativa frecuencia era mejor dejar esa parte para el final.

Así pues, Asesino les contó qué clase de trabajo había realizado. No había matado a nadie, si era eso lo que imaginaban.

—Ya, es difícil asesinar a medias —apuntó la mujer.

Asesino Anders les contó que había decidido dejar de matar, pues el precio que tendría que pagar si ocurría una vez más era muy alto: permanecer en la trena hasta cumplir los ochenta.

Pero lo que sucedió fue que, nada más poner los pies en la calle y encontrar un sitio donde vivir, empezaron a llegarle encargos. La mayoría provenían de personas que, a cambio de una sustancial suma de dinero, deseaban quitarse de en medio a enemigos y conocidos, es decir, le pedían que cometiera asesinatos, algo a lo que Asesino Anders ya no se dedicaba y a lo que, en realidad, nunca se había dedicado. En cierta manera, las cosas habían pasado porque tenían que pasar.

Aparte de las propuestas de asesinato, había algún que otro encargo de índole más razonable, como el de marras. Se trataba de partirle los brazos a un hombre que le había comprado un coche al Conde, por lo demás, antiguo amigo de Asesino Anders. Esa misma noche, después de llevarse el vehículo, el hombre, en lugar de zanjar sus deudas, perdió jugando al blackjack el dinero que tenía para pagarlas.

La pastora no sabía qué era el blackjack, ya que no era algo a lo que en sus dos anteriores parroquias dedicaran el tiempo de asueto después del culto. En cambio, había una gran tradición de mikado, un juego de destreza bastante entretenido. Lo siguiente que la mujer quiso saber fueron los detalles de la fallida compra del coche.

—O sea, ¿se llevó el coche sin pagar?

Asesino Anders le explicó cómo funcionaba el aspecto legal en los ambientes menos legales de Estocolmo. En el caso que los ocupaba, se trataba de un Saab de nueve años, aunque la fórmula era siempre la misma: un par de días de crédito no era inconveniente para el Conde. Los problemas sólo surgían si el dinero no estaba sobre la mesa cuando el plazo vencía. Y los problemas, en principio, eran para el deudor, no para el acreedor.

—¿En forma de un brazo partido?

—Más bien dos. Si el coche hubiera sido más nuevo, el encargo habría incluido también costillas y cara.

—O sea, tenía que romper dos brazos y acabó rompiendo uno. ¿No sabe contar o qué pasó?

—Robé una bicicleta y fui a casa del dichoso estafador con un bate de béisbol en el portaequipajes. Cuando lo encontré, llevaba a una recién nacida en brazos y me pidió clemencia, o como se diga. Y como en el fondo tengo buen corazón, mi madre siempre lo decía, en compensación le partí un solo brazo por dos sitios. Pero primero le permití que dejara al bebé, para que éste no se hiciera daño si al realizar mi trabajo, él acababa en el suelo. Y eso fue lo que pasó, que acabó en el suelo. Se me da bien atizar con el bate. Aunque, claro, podría haberle partido los dos brazos cuando estaba allí tirado, gimoteando. No siempre pienso con la rapidez que me gustaría. Y si me cruzo con el alcohol y las pastillas, ni pienso. O luego no lo recuerdo.

La pastora se quedó prendada de un detalle del relato:

—¿Su madre dijo eso? ¿Que en el fondo tiene buen corazón?

Per Persson se había preguntado lo mismo, pero seguía con su estrategia de fundirse con la pared de la recepción, en el más estricto silencio.

—Sí, lo dijo —respondió Asesino Anders—. Fue antes de que le partiera los dientes, justo después de que mi padre muriera borracho perdido. Luego ella no dijo mucho más, por lo menos nada entendible. Menuda vieja estúpida. ¡Joder!

La pastora tenía un par de propuestas sobre cómo solucionar los conflictos familiares sin necesidad de partirle los dientes a nadie, pero cada cosa a su tiempo. En aquel momento lo que deseaba era recapitular la información del señor Anders, para ver si lo había entendido todo correctamente.

Su último cliente había decidido aplicar una rebaja del cincuenta por ciento alegando que Asesino Anders había roto el mismo brazo dos veces en lugar de romper dos brazos una vez.

Asesino asintió. Es decir, si con el cincuenta por ciento se refería a la mitad del precio acordado.

Sí, se refería a eso. Y añadió que, al parecer, el Conde en cuestión era de lo más puntilloso. No obstante, la pastora y el recepcionista estaban dispuestos a ayudar. Y como él no estaba preparado para abrir la boca, ella continuó:

—Por una comisión del veinte por ciento buscamos al tal Conde y nos ocupamos de hacerlo cambiar de opinión. ¿Qué le parece? Pero hay un pequeño detalle. Nuestra colaboración no será realmente necesaria hasta la fase dos.

Asesino Anders intentó digerir aquello. Había muchas palabras y una especie de porcentaje. Pero antes de que pudiese preguntar qué era eso de la «fase dos», la mujer prosiguió.

La segunda fase implicaba que la actividad profesional de Asesino Anders evolucionara bajo la dirección del recepcionista y una servidora. Un discreto trabajo de relaciones públicas para ampliar la clientela, una lista de precios para no perder el tiempo con aquellos que, en realidad, no podían permitírselo, y una clara política ética.

La pastora vio que el rostro del recepcionista se había vuelto tan blanco como la pequeña nevera que había en la pared a su lado, y que Anders perdía el hilo. Decidió hacer un receso para que uno tomara aliento y al otro no se le ocurriera empezar a pegar en lugar de a comprender.

—Por cierto, tengo que felicitar al señor Anders por su buen corazón —añadió—. ¡El bebé salió ileso, sin ningún rasguño! El reino de los cielos es de los niños, tenemos testimonio de ello en el evangelio de Mateo, versículo diecinueve.

—¿Ah, sí? ¿Lo tenemos? —preguntó Asesino Anders, y olvidó que medio segundo antes había decidido darle una paliza, por lo menos, al recepcionista mudo.

La religiosa asintió con devoción y se abstuvo de mencionar que unos párrafos más abajo, en el mismo evangelio, se decía que no se puede matar, que hay que amar al prójimo como a uno mismo y —a propósito de los dientes rotos— honrar tanto a la madre como al padre.

· · ·

La incipiente rabia que había aflorado al rostro de Asesino Anders desapareció. Per Persson lo notó y, por fin, se atrevió a creer que había vida después de la vida, es decir, que la pastora y él sobrevivirían a la conversación que mantenían con el huésped de la habitación 7. Así pues, no sólo volvió a respirar, sino que también recuperó el habla y participó en la conversación intentando explicarle razonablemente al señor Anders qué era el veinte por ciento de algo.

Asesino se disculpó diciendo que con el tiempo se había vuelto un hacha contando años en la cárcel, pero que de porcentajes no sabía gran cosa, excepto que había unos cuarenta de eso en el aguardiente y a veces mucho más si se destilaba en sótanos clandestinos. En algún antiguo informe policial se mencionaba que engullía sus pastillas con licores con el treinta y ocho por ciento de alcohol y aguardiente casero del setenta. Claro que no siempre se podía confiar en los informes policiales, pero si en esa ocasión estaban en lo cierto, no era extraño que pasara lo que pasó, con un ciento ocho por ciento de alcohol en sangre y, además, pastillas.

Sintiéndose inspirada a causa del buen ambiente que empezaba a reinar, la pastora prometió que la facturación de la actividad del señor Anders pronto se duplicaría —¡como mínimo!—, siempre y cuando ella misma y el recepcionista tuvieran las manos libres para actuar como sus representantes a todos los efectos.

Al mismo tiempo, Per cogió dos cervezas de la nevera de recepción. Asesino Anders se bebió la primera de un trago, empezó la segunda y decidió que ya había entendido lo suficiente de lo que acababan de explicarle.

—Pues en eso quedamos, joder.

Y se acabó la cerveza en rápidos tragos, eructó, pidió disculpas y, como gesto de buena voluntad, les tendió dos de los cinco billetes de mil.

—¡Veinte por ciento, pues! —aclaró.

Los otros tres se los guardó en la pechera de la camisa e informó de que era hora de tomar un combinado desayuno-almuerzo en un local que frecuentaba a la vuelta de la esquina, y que por esa razón no tenía tiempo para seguir discutiendo acerca del negocio.

—¡Buena suerte con el Conde! —dijo desde la puerta, y desapareció.

4

Al susodicho Conde no se lo podía encontrar en el *Almanaque de Gotha*. Ni en ninguna parte. Tenía una deuda con Hacienda de casi setecientas mil coronas por evasión fiscal. A pesar de que las autoridades se la recordaban mediante reiteradas cartas que enviaban a su última dirección conocida, en Mabini Street, Manila, capital de Filipinas, nunca recibieron ningún pago. Ni nada. Hacienda no podía saber que la dirección había sido elegida al azar, que las cartas de notificación acababan en casa de un pescadero local que las abría y las utilizaba para envolver langostinos tigre y pulpo.

Mientras tanto, el Conde vivía en Estocolmo con su novia, conocida como la Condesa, y era uno de los grandes distribuidores de diversas clases de estupefacientes. Además dirigía cinco negocios de vehículos de segunda mano, que figuraban a nombre de ella, en el extrarradio sur de la capital.

Llevaba en activo desde la época analógica, cuando se podía montar y desmontar un coche con una llave inglesa y sin necesidad de tener una licenciatura en Ingeniería Informática.

Pero él había sabido adaptarse mejor que muchos a la era digital, de ahí que su negocio se hubiera multiplicado por cinco en apenas unos años. A raíz de eso, surgió el antes mencionado desacuerdo financiero entre el Conde y Hacienda, para divertimento y cierta irritación del laborioso pescadero al otro lado del globo.

El Conde pertenecía a esa clase de personas que ven en los cambios una oportunidad en lugar de una amenaza. Tanto en Europa como en otros lugares del mundo había coches cuya fabricación llegaba a costar un millón de coronas, pero sólo cincuenta dólares robarlos, con ayuda de la electrónica y unas instrucciones de cinco pasos sacadas de internet.

Hacía tiempo que la especialidad del Conde era localizar BMW X5 con matrícula sueca y dejar que su socio en Gdansk enviara a dos tipos a buscarlos para llevarlos a Polonia, donde les preparaban nuevos papeles para que el Conde volviera a importarlos a Suecia.

Eso le proporcionó un cuarto de millón neto por coche durante cierto período. Pero entonces, BMW despertó e hizo instalar sistemas de localización en los nuevos modelos, así como en los ya usados que estuvieran en mejores condiciones. No tuvieron en cuenta las reglas del *fair play* y no avisaron de ello a los ladrones de coches, así que, un buen día, la policía apareció en un local de Ängelholm y se llevó tanto los coches como a los polacos.

Sin embargo, el Conde se salvó. Y no fue porque estuviera empadronado en casa de un pescadero de Manila, sino porque los polacos detenidos tenían demasiado apego a la vida como para cantar.

Por cierto, el Conde había recibido ese apodo muchos años antes por su elegante manera de amenazar a los clientes que no se comportaban como debían. Era capaz de decir cosas como: «Apreciaría de verdad que el señor Hansson saldara sus diferencias pecuniarias conmigo antes de veinticuatro horas. De ser así, le prometo no cortarlo en trocitos.» Hansson, o como se llamara el interesado, siempre prefería pagar. Nadie deseaba que lo trocearan, daba igual la cantidad de trozos. Dos ya eran demasiados.

Con los años, el Conde —con ayuda de la Condesa— desarrolló una técnica más vulgar. Y ésa fue la que le tocó presenciar al recepcionista. El apodo, sin embargo, lo preservaba sin cambios.

•

Así las cosas, Per Persson y Johanna Kjellander fueron en busca del mentado Conde para reclamarle cinco mil coronas de parte de Asesino Anders. Si lo conseguían, el asesino de la 7 se convertiría en una potencial fuente de ingresos. Si fracasaban... No, no podían fracasar.

La propuesta de la pastora sobre cómo encarar al Conde era hacerse los duros. La sumisión no funcionaba en esos círculos, razonó.

Per protestó. Era un recepcionista con cierto talento para las hojas de cálculo y la organización, pero no para la violencia. Y si a pesar de todo lograra convertirse en un tipo duro, no deseaba exhibir esa faceta ante alguien considerado precisamente el mejor en esos menesteres. Por cierto, ¿qué clase de experiencia tenía la pastora en los círculos a los que se refería? ¿Cómo podía estar tan segura de que un abrazo o dos no surtirían mejor efecto?

¿Un abrazo? Hasta un niño pequeño podía adivinar que eso no arreglaría nada ante el Conde, ni siquiera pidiéndole perdón por existir.

—Deja que yo me ocupe del sermón y todo irá bien —dijo la religiosa al llegar a la oficina siempre abierta, domingos incluidos, del Conde—. ¡Y mientras tanto no abraces a nadie!

Él pensó que era el único de los dos que tenía un apéndice exterior pasible de ser amputado, pero se resignó ante la valentía de la mujer. Actuaba como si tuviera a Cristo a su lado, en vez de a un recepcionista. No obstante, no le había quedado claro a qué se refería ella concretamente con lo de hacerse el duro, pero era demasiado tarde para preguntar.

Cuando sonó la campanilla de la puerta, el Conde alzó la vista desde su escritorio. Entraron dos personas a las que reconoció, pero no ubicó enseguida. Por lo menos no eran de Hacienda; lo dedujo por el alzacuellos que llevaba una de ellas.

—Buenos días de nuevo, señor Conde, mi nombre es Johanna Kjellander, pastora de la Iglesia de Suecia hasta hace muy poco. Incluso tuve una parroquia a mi cargo, pero eso podemos dejarlo para otra conversación. Este hombre que ve a mi lado es mi amigo y colega desde hace años...

Sólo entonces Johanna se dio cuenta de que no sabía cómo se llamaba el recepcionista. Se había portado bien con ella en el banco del parque, había sido algo tacaño al negociar el precio de la habitación y bastante discreto en la tarea de convencer a Anders, aunque lo suficientemente osado como para acompañarla a entrevistarse con el conde que tenían delante. Seguro que le había dicho su nombre mientras ella intentaba sacarle veinte coronas por nada, pero todo había sucedido tan deprisa...

—Mi amigo y colega desde hace años... naturalmente, también tiene un nombre, como todos solemos tener...

—Per Persson —dijo Per Persson.

—Como iba diciendo —continuó la pastora—, estamos aquí en calidad de representantes de...

—¿No os di cinco mil coronas hace unas horas en la pensión Sjödden? ¿Sois vosotros?

El Conde estaba seguro. No podía haber muchas pastoras con el alzacuellos sucio en el sur de Estocolmo. En todo caso, no al mismo tiempo.

—En efecto —confirmó ella—. Sólo eran cinco mil. Faltan otras cinco mil. Nuestro cliente, el señor Anders, nos ha pedido que pasáramos a recogerlas. También manda decir que lo mejor para todos es que así sea, pues la alternativa para el señor Conde, según nuestro representado, sería abandonar este mundo de una manera ciertamente desagradable, y para el propio señor Anders, acabar encerrado veinte años adicionales a los ya acumulados por razones similares. Como dice la Biblia: «El que persiste en la justicia alcanzará la vida; el que va en pos del mal, su propia muerte.» Proverbios once, diecinueve.

El Conde recapacitó. ¿Habían ido allí a amenazarlo? ¿Debía apretar aquel alzacuellos y cortarle definitivamente el suministro de oxígeno a la monja? Sin embargo, según lo que había explicado ella, si la estrangulaba convertiría al idiota útil de Anders en un idiota normal y corriente. Luego, el Conde se vería obligado a eliminarlo antes de que éste lo eliminara a él, y eso significaría a su vez que su rompehuesos favorito ya no volvería a estar disponible. Lo que decía o dejaba de decir la Biblia sobre el asunto le importaba un pimiento.

—Mmm —masculló.

La pastora mantuvo el diálogo vivo. No deseaba que se produjera un bloqueo innecesario. Por esa razón, explicó el razonamiento de su cliente al romper el mismo brazo dos veces y dejar el otro en condiciones de uso. Había actuado de acuerdo con los criterios éticos pactados con sus agentes, es decir, ella misma y su amigo Per Jansson allí presente.

—Per Persson —corrigió Per Persson.

Según esos criterios, debía evitarse que cualquier niño corriera peligro durante el encargo, cosa que habría sucedido si Asesino Anders no hubiera actuado con tanto juicio en una situación tan delicada.

—Como ordena el Señor en Crónicas dos, veinticinco, cuatro: «No morirán los padres por los hijos ni los hijos por los padres, sino que cada uno morirá por su pecado» —le recordó.

El Conde comentó que, por lo visto, se le daba bien decir tonterías. Quedaba por explicar cómo pensaba ella solucionar el asunto en cuestión, a saber, que en ese mismo instante el objetivo fallido se paseaba conduciendo el coche que, maldita fuera, aún no había pagado, con un brazo escayolado y el otro no.

—Ése es un asunto que hemos tratado con detenimiento —respondió la pastora ante ese inesperado contratiempo.

—¿Y bien? —preguntó el Conde.

—Bueno, proponemos lo siguiente —dijo ella, e improvisó—: de momento, usted le paga a Asesino Anders las cinco mil coronas pendientes. Dentro de poco, teniendo en cuenta la clase de negocio al que se dedica, usted necesitará sus servicios otra vez. Entonces, si consideramos que el nuevo encargo es digno de nuestro pupilo, y suponemos que así será, le aplicaremos la lista de precios vigente y, al mismo tiempo, acabaremos el trabajo a medio hacer, por supuesto asegurándonos de que no haya bebés cerca. Volveremos a romperle los brazos al objetivo, o sea, el brazo que ya se le habrá curado y el que desafortunadamente resultó ileso en la primera actuación. Esto sin ningún coste adicional, desde luego.

Resultaba algo extraño negociar esa clase de cosas con una religiosa y... lo que fuera su acompañante, pero al Conde le pareció una propuesta aceptable. Pagó las cinco mil coronas, estrechó la mano de la pastora y del otro, y prometió ponerse en contacto con ellos cuando llegara el momento de darle una lección a quien fuera por lo que fuese.

—Y a este señor tengo que pedirle disculpas por lo que dije de sus huevos —añadió como despedida.

—No se preocupe —contestó Per Persson.

—Miembro roto por miembro roto... —se le ocurrió decir a Johanna por inercia, pero se detuvo antes de llegar al ojo por ojo y diente por diente, según Éxodo veintiuno, veinticuatro.

—¿Qué? —preguntó el Conde, creyendo que acababa de ser amenazado.

Y amenazar al Conde dos veces en el transcurso de unos minutos era, como mínimo, mortal de necesidad.

—Nada —dijo Per Persson, cogiendo a la pastora del brazo—. Es que Johanna se ha quedado enganchada a la Biblia. Qué calor hace aquí. Vamos, querida, mira, aquí está la puerta.

5

Durante el camino de regreso, ambos guardaron silencio. Cada uno recapacitó por su cuenta.

El recepcionista presintió que se avecinaban problemas. Y dinero. Y más problemas. Y dinero.

Estaba más que acostumbrado a los problemas, eso no le preocupaba. Pero nunca había visto dinero en cantidades ingentes, salvo en las pesadillas que tenía sobre su abuelo. Sin embargo, quiso plantear sus dudas a la pastora. ¿Dar palizas a la gente por dinero?

Johanna Kjellander pareció buscar una buena respuesta, pero sólo se le ocurrió decir que el hombre temeroso del Señor sabe qué camino ha de elegir.

—Salmo veinticinco —añadió sin convicción.

El recepcionista contestó que aquélla era una de las cosas más estúpidas que había oído y propuso que empezara a utilizar la cabeza en lugar de recitar como un papagayo citas de la Biblia. Sobre todo, teniendo en cuenta que ella no creía en Dios ni en la Biblia. Además, según él, las dos últimas citas no habían sido acertadas.

Con la del Salmo veinticinco, ¿quería decir que ellos eran enviados de Dios para, a través de Asesino Anders, guiar por el buen camino a las personas de dudosa moral?

¿Por qué, en ese caso, el Señor había elegido para ello a una mujer que no creía en Él y a un recepcionista al que nunca se le había ocurrido abrir una biblia?

Johanna, sintiéndose algo humillada, respondió que no era tan sencillo navegar por las aguas embravecidas de la existencia. Ella misma, desde su nacimiento hasta hacía sólo una semana, había sido esclava de una tradición familiar. Ahora tenía otro papel, la gestión administrativa de un matón, aunque no sabía si ésa era la manera correcta de vengarse de un dios inexistente. Tendría que ir viéndolo sobre la marcha, y quizá lograra agenciarse unas coronas durante la búsqueda. En ese contexto, quería aprovechar para darle las gracias a Per Jansson, o Persson, por su ingeniosa intervención cuando su piloto automático bíblico había soltado, en el momento más inoportuno, aquello de miembro por miembro delante del Conde.

—No tiene importancia —dijo el recepcionista, no sin cierto orgullo.

No hizo ningún comentario sobre el resto de cosas que había dicho ella, aunque seguro que había similitudes en el sentir de ambos.

De vuelta en la pensión, Per le dio la llave de la habitación 8 y dijo que ya discutirían el precio de la misma en otro momento. Habían vivido demasiadas emociones en un solo domingo y le apetecía retirarse temprano.

Ella le dio las gracias tan terrenalmente como pudo.

—Gracias —dijo—. Gracias por este día, supongo. Buenas noches tenga usted, Per. Buenas noches.

La tarde siguiente al día que conoció a una pastora, después a un conde y a continuación se convirtió en representante de un asesino al que ya conocía muy bien, Per

Persson se encontraba tumbado en su colchón del trastero de la recepción, con la mirada fija en el techo.

Un brazo roto de vez en cuando no era nada del otro mundo, sobre todo si se trataba de personas que se lo merecían. Además, el hecho enriquecía tanto al ejecutante como a sus socios.

La pastora era una de las personas más raras con las que había topado en su vida. Lo podía afirmar tras haber conocido a mucha gente extraña durante los años que llevaba en la pensión Sjöudden, aquel lugar dejado de la mano de Dios.

Pero ella había puesto las cosas en marcha, y de una manera económicamente provechosa (aunque bien es cierto que podría haberse esmerado más en aquella oración en el banco del parque si quería ganar veinte coronas).

«Creo que seguiré tu estela un tiempo, Johanna Kjellander —se dijo—. Eso haré. Hueles a dinero. Y el dinero huele bien.»

Apagó la lámpara sin pantalla que tenía junto al colchón y se durmió en apenas unos minutos.

Y descansó mejor que en mucho tiempo.

6

En una empresa del ramo de las palizas hay más asuntos que tratar de los que uno imagina. En principio, el reparto económico se estableció en el ochenta por ciento para Asesino Anders y el veinte por ciento restante para la pastora y el recepcionista. Pero había que tener en cuenta los gastos operativos. Por ejemplo, Anders argumentó que necesitaría ropa nueva cuando la que tenía estuviera tan ensangrentada que ya no se pudiera utilizar. Esta cuestión no resultó polémica. Pero también propuso que el coste de las cervezas que consumía antes de los trabajos se repartiera entre los socios. Aducía que sobrio no se podía atizar con saña a la gente.

Sus representantes respondieron que con un poco de práctica lo podría hacer estando sobrio, el problema era que nunca lo había intentado. Al contrario que Anders, defendían que debía reducir el consumo de cervezas los días que tuviese programada una paliza.

Asesino Anders perdió la negociación de la cerveza. Sin embargo, consiguió que aceptaran que no era razonable que fuera a trabajar en transporte público, o en una bicicleta robada y con el bate de béisbol en el portaequipajes. Se acordó por mayoría que la empresa correría con los gastos del taxi. El recepcionista negoció un precio fijo con Torsten, un cliente habitual del Club Amore. Las chicas lo llamaban Torsten *el Taxista*, y por eso se había acordado de él. Per buscó al viejo comprador de sexo y fue directo al grano:

—¿Cuánto cobras por hacer de chófer privado en Estocolmo un par de horas por la tarde, una o dos veces a la semana?

—Seis mil coronas por carrera —dijo Torsten *el Taxista*.

—Te doy novecientas.

—De acuerdo.

—Deberás mantener la boca cerrada sobre lo que oigas o veas.

—He dicho que de acuerdo.

Los socios fijaron reuniones de seguimiento mensuales. Reajustaron la lista de precios inicial, teniendo en cuenta lo que Asesino Anders contaba sobre las dificultades que encontraba al llevar a cabo distintas clases de encargos. Las tarifas también variaban según las diferentes combinaciones posibles. Un brazo derecho partido costaba, por ejemplo, quince mil coronas, lo mismo que uno izquierdo. Pero ambos brazos no valían treinta mil coronas, sino cuarenta mil. De acuerdo con la gráfica descripción de Anders, si acababa de partir un brazo derecho con el bate, el tipo yacía pataleando en el suelo, de forma que resultaba muy complicado acertarle en el izquierdo. Sobre todo, teniendo en cuenta quién era el ejecutor del encargo, pues, desde siempre, Asesino Anders había mostrado dificultad para distinguir el lado derecho del izquierdo (y lo correcto de lo incorrecto).

También eran muy puntillosos con las normas éticas. La primera, y más importante, era que ningún niño podía correr peligro alguno, tanto directa como indirectamente, por ejemplo, teniendo que presenciar cómo su madre o —sobre todo— su padre recibía una paliza.

La segunda regla era que, en la medida de lo posible, las heridas ocasionadas debían sanar con el tiempo, es decir, que quien pagaba lo suyo no tuviera que cojear el resto de su vida. Eso significaba, por ejemplo, tomar la máxima precaución a la hora de romper una rótula, pues son muy difíciles de curar. Sin embargo, un dedo cortado valía perfectamente. Dos también. Pero tres ya no.

Lo más común eran las roturas de brazos y piernas con la inestimable ayuda del bate de béisbol. Aunque a veces el cliente deseaba que la cara mostrara claramente quién había defraudado la confianza depositada en él, y entonces, mediante golpes con puños americanos, había que romper huesos en la mandíbula, la nariz —el cigomático a ser posible—, incluso causar moratones y partir cejas (esto último solía acontecer por mera inercia).

Per Persson y Johanna Kjellander tenían que convencerse de que quienes recibían una tunda a través de su mediación habían hecho méritos para ello. Por eso cada cliente debía exponer al detalle sus razones. El único rechazado hasta la fecha había sido un tipo enganchado a la heroína, recién salido de la cárcel, que en la terapia psicodinámica de la institución había confesado que la culpable de todo era su maestra del jardín de infancia, que ahora tenía noventa y dos años. Asesino Anders creyó que podía haber algo de cierto en ello, pero sus socios argumentaron que las pruebas no eran demasiado sólidas.

El drogata se marchó de allí cariacontecido. Por suerte, la anciana murió dos días después de una neumonía y así se esfumó cualquier posibilidad de venganza.

La distribución del trabajo era la siguiente: Per Persson, que seguía tras el mostrador de la recepción, recibía los encargos, informaba de la tarifa y prometía una respuesta en un plazo de veinticuatro horas. A continuación convocaba a Johanna Kjellander y a Asesino Anders a una reunión de dirección. Este último sólo acudía de vez en cuando; sin embargo, para aprobar un encargo bastaba con un resultado de dos a cero en la votación.

Una vez abonado el importe al contado, el encargo se realizaba de acuerdo con el pedido y en un plazo siempre inferior a una semana, por lo general de dos días. Excepto cuando la derecha acababa siendo la izquierda y al revés, el cliente nunca tenía motivo de queja por la calidad del servicio.

—El izquierdo es el brazo donde llevas el reloj de pulsera —intentó instruir la pastora a Anders.

—¿Reloj de pulsera? —repitió él, que desde su primer asesinato había aprendido a contar el tiempo en años y décadas en lugar de en horas y minutos, costumbre que nunca abandonó.

—O la mano con que sujetas el tenedor cuando comes.

—En el trullo solía comer con cuchara.

7

Bien mirado, todo podría haber ido mejor en la pensión Sjöudden de no ser porque el negocio no acababa de despegar. La reputación de la excelencia de Asesino Anders no se propagaba con la suficiente rapidez en los ambientes apropiados.

El único miembro de la empresa al que no le importaba trabajar apenas unas horas a la semana era el susodicho. A él, que había probado toda clase de drogas, no se lo podía acusar de ser un adicto al trabajo.

El recepcionista y la pastora discutían con frecuencia cómo promocionar las habilidades de Asesino Anders. La conversación fluía de tal manera que, un viernes por la noche, ella propuso acabar la reunión con una botella de vino en el cuarto trastero (amueblado con una silla, un armario y un colchón en el suelo). La idea era atrayente, pero Per Persson todavía recordaba demasiado bien su primer encuentro, en el que ella había intentado timarlo. Podía aceptar compartir una botella de vino, pero era mejor que la reunión prosiguiera donde estaban y que al acabar cada uno se fuera por su lado.

La pastora se sintió desilusionada. Había algo amargo y bello en el recepcionista. Nunca debería haberle puesto precio a aquella oración del banco del parque. Ahora que ella, para su sorpresa, buscaba un poco de amor, ese episodio la perjudicaba. Pero compartieron la botella de vino, y quizá gracias a eso pudieron ponerse de acuerdo en que «la atención de los medios» era ciertamente un método peligroso pero eficaz para alcanzar su objetivo. Decidieron que el brazo ejecutor tendría que conceder a un medio sueco adecuado una entrevista en la que se vislumbrase su extraño talento.

El recepcionista leyó la prensa matutina y la vespertina, revistas semanales y otras publicaciones, vio diferentes programas de televisión, escuchó la radio, y al final decidió que el resultado más rápido y contundente se conseguiría mediante una entrevista en uno de los dos periódicos vespertinos nacionales. La elección final recayó en el *Expressen*, pues sonaba más veloz que el *Aftonbladet*.

Mientras tanto, la pastora le explicó el plan a su pupilo y ensayó con él pacientemente para la futura entrevista: lo atiborró de información sobre qué mensajes debía transmitir, qué tenía que decir y qué no debía mencionar bajo ninguna circunstancia. Resumiendo y en pocas palabras, en el periódico debía aflorar que él:

1. Ofrecía sus servicios.

2. Era peligroso.

3. Estaba desquiciado.

—Peligroso y desquiciado... Ningún problema —confirmó Asesino Anders, aunque no parecía estar demasiado seguro.

—Puedes hacerlo —lo animó ella.

Cuando estuvieron listos todos los preparativos, el recepcionista se puso en contacto con la redactora jefe del periódico y le ofreció una entrevista en exclusiva con Johan Andersson, el asesino en serie más conocido como Asesino Anders.

La redactora jefe no había oído hablar de ningún asesino en serie con ese nombre, aunque tenía buen olfato para reconocer un buen titular. «Asesino Anders» era uno. Pidió que le contara algo más.

Bueno, explicó Per Persson, el caso era que Johan Andersson había pasado la mayor parte de su vida adulta entre rejas por varios asesinatos. Llamarlo «asesino en serie» quizá fuera algo exagerado, aunque él no se atrevía a conjeturar cuántos cadáveres pesaban sobre sus hombros, además de los que le habían valido notables condenas a prisión.

Ahora, esa máquina asesina se encontraba de nuevo en libertad y hacía saber a través de su amigo Per Persson que estaría encantado de conceder una entrevista al *Expressen* para contar su transformación en hombre de bien. O no tan «de bien».

—¿O no tan «de bien»? —repitió la redactora jefe.

El periódico sólo tardó unos minutos en conseguir la desastrosa historia de Johan Andersson. Hasta entonces, en los medios no había aparecido ningún Asesino Anders, de ahí que el recepcionista estuviera dispuesto a ofrecer una somera explicación acerca de que ese apodo había surgido durante sus últimos años en prisión, aunque no fue necesaria. En el *Expressen* razonaron diciendo que si se llamaba Asesino Anders, ése era su nombre. ¡Maravilloso! El periódico tenía a su propio asesino en serie. Eso era mejor que cualquier asesinato veraniego.

Al día siguiente, un reportero y un fotógrafo se reunieron con Asesino Anders y sus amigos de la pensión Sjöudden en la recepción, un tanto adecentada para el evento. La pareja se llevó aparte al periodista y le explicó que ellos no debían aparecer en el artículo, pues eso podría poner sus vidas en peligro. ¿Le quedaba eso claro al periodista?

El joven reportero, visiblemente nervioso, reflexionó un momento. No era correcto que unos extraños dictaran al periódico las condiciones de un reportaje, pero el protagonista de la entrevista era Johan Andersson. Así que, de acuerdo, dejar fuera a la fuente de la noticia era razonable. Sin embargo, tampoco querían que se subieran grabaciones de audio ni imágenes a internet, y exigían que sólo se sacaran fotografías. Eso molestó aún más a los del periódico, pero el recepcionista insistió en que estaba en juego su propia seguridad y la de la pastora, si bien con argumentos poco claros. El periodista y el fotógrafo murmuraron algo, aunque acabaron por aceptar.

Solventados esos prolegómenos, Asesino Anders contó con todo lujo de detalles cómo se había cargado a algunas personas a lo largo de los años. Aunque siguiendo la estrategia de sus relaciones públicas, no mencionó la influencia del alcohol y las pastillas, sí enumeró las cosas que lo hacían perder el control; las cosas que podían desatar su violencia.

—Odio las injusticias —le dijo al joven del *Expressen*, pues recordó que la pastora había mencionado algo al respecto.

—Probablemente como casi todo el mundo —comentó el periodista, que seguía nervioso—. ¿A qué injusticias en particular se refiere?

Asesino Anders las había repasado con la pastora, pero en ese momento tenía la mente en blanco. Tal vez debería haber tomado una cerveza más en el desayuno para estar en forma. O quizá se la había tomado.

Lo primero tenía solución, mientras que lo segundo no parecía posible. Chasqueó los dedos para que el recepcionista le trajera una cerveza de la nevera. En menos de cinco segundos tenía una lata abierta en la mano, e instantes después ya estaba vacía.

—¿Por dónde íbamos? —preguntó, relamiéndose la espuma que le había quedado sobre el labio.

—Hablábamos de las injusticias —dijo el reportero, que nunca había visto a nadie acabarse tan rápido una cerveza.

—Ah, sí, de que yo las odio, ¿no?

—Exacto... pero ¿a qué injusticias se refiere?

A esas alturas, la pastora había aprendido que la sensatez de Asesino iba y venía a su antojo. En aquel momento, lo más probable era que se hubiera ido de paseo sin previo aviso.

Estaba en lo cierto. Asesino Anders no tenía ni idea de qué podía odiar. Además, la cerveza le había sentado muy bien. En cambio, allí estaba, en proceso de amar al mundo entero, pero eso no podía decirlo. Sólo podía improvisar:

—Bueno, odio... la pobreza. Y las enfermedades horribles. Siempre afectan a los buenos ciudadanos.

—¿Ah, sí?

—Sí, los buenos enferman de cáncer y esas cosas. Los malos, nunca. Odio eso... También odio a los que explotan a la gente normal.

—¿Piensa en alguien en concreto?

¿En quién pensaba? ¿En qué pensaba? En que era exasperantemente difícil acordarse de lo que debía decir. Por ejemplo, acerca de una cosa tan sencilla como matar, ¿debía afirmar que ya no volvería a matar, o era al contrario?

—Ya no mato a nadie —se oyó decir—. O sí lo hago. Que se anden con ojo aquellos que están en mi lista de odiados.

«¿Lista de odiados? —se preguntó—. ¿Qué lista de odiados? Ojalá este condenado reportero acabe ya con sus preguntas...»

—¿Lista de odiados? ¿Quiénes están en esa lista?

¡Maldita sea! La mente de Asesino Anders iba despacio y deprisa al mismo tiempo. Tenía que ordenar los pensamientos... ¿Qué debía decir a continuación? Debía parecer... desquiciado y peligroso. ¿Y qué más?

Si la pastora y el recepcionista no le rezaban a una fuerza superior para que Anders encontrara el camino, sólo era porque no creían estar en buenas relaciones con esa fuerza en concreto. Sin embargo, ambos esperaban. Esperaban que su pupilo, de alguna manera, aterrizara con los pies en el suelo.

Por encima del hombro del reportero y a través de la ventana, Asesino Anders distinguió el rótulo de neón de Inmuebles Suecia sobre un edificio, al otro lado de la calle, a un centenar de metros de distancia. Junto a la empresa inmobiliaria había una pequeña oficina del Handelsbanken. Desde donde estaba sentado apenas se podía ver, pero lo sabía, pues ¿cuántas veces había estado allí, bajo la marquesina de la parada, fumando, esperando al autobús que lo llevaría a cometer su siguiente fechoría?

A falta de suficiente juicio propio, se dejó inspirar por lo que veían sus ojos.

Inmobiliarias, bancos, marquesinas de autobús, fumadores...

Nunca había tenido escopeta ni revólver, pero sabía disparar a bocajarro.

—¿Quiénes están en mi lista de odiados? —preguntó retóricamente. Luego bajó la voz y habló más despacio—. ¿Está seguro de que quiere saberlo?

El joven asintió con semblante grave.

—Pues no me gustan los de las inmobiliarias —dijo Asesino Anders—. Los banqueros. La gente que fuma. Los que cogen el tren a diario para ir a trabajar...

Con eso metió todo lo que veía por la ventana y algo más.

—¿Los que cogen el tren a diario para ir a trabajar? —se sorprendió el periodista.

—Sí, ¿usted también lo hace?

—No, quiero decir, ¿cómo puede odiar a los que cogen el tren para ir a trabajar?

Asesino Anders consiguió representar el papel de sí mismo y aprovechó lo que acababa de decir. Bajó la voz aún más y dijo muy despacio:

—¿Es usted defensor de los que cogen el tren a diario?

El reportero del *Expressen* se asustó. Aseguró que no era defensor de los que viajaban en tren a diario, que tanto él como su novia iban al trabajo en bicicleta, y que, además, no había pensado mucho en qué actitud debía adoptar ante los que cogían el tren a diario para ir a trabajar.

—Tampoco me gustan los ciclistas —añadió el entrevistado—. Aunque los del tren son peores. Y el personal hospitalario. Y los jardineros. —Había cogido carrerilla.

Entonces la pastora pensó que más les valía cortar, antes de que el reportero y el fotógrafo se dieran cuenta de que se estaba riendo de ellos, o que no entendieran lo que decía, o un poco de ambas cosas.

—Bien, creo que tendrán que disculparnos, pero Asesino Anders, bueno, Johan, tiene que tomarse su descanso del mediodía junto con una pastilla amarilla y otra naranja. Es importante que lo haga para que todo vaya bien durante la tarde.

La entrevista no había salido como esperaban, pero con un poco de suerte quizá funcionara. La pastora lamentó que no se hubiese hablado de lo más importante, lo que había hecho repetir veinte veces a su pupilo. Es decir, el anuncio en sí de sus virtudes.

Entonces ocurrió un milagro. ¡Se acordó! Cuando el fotógrafo ya estaba al volante del coche de la redacción y el reportero había metido un pie para ocupar el asiento del pasajero, Asesino Anders anunció:

—Si quiere que le parta la rótula a alguien, ya sabe dónde encontrarme. No soy caro, pero sí eficaz.

El reportero abrió los ojos como platos, agradeció la información, metió el otro pie en el coche, se masajeó con la mano izquierda una de sus rótulas sanas, cerró la puerta y le dijo al fotógrafo:

—Larguémonos de aquí.

•

El cartel que anunciaba el *Expressen* del día siguiente rezaba:

¿El hombre más peligroso de Suecia?
ASESINO ANDERS
Entrevista en exclusiva:
«QUIERO MATAR DE NUEVO.»

La cita no reproducía exactamente sus declaraciones, pero cuando la gente no sabía expresarse de forma que sus frases funcionaran como titulares, el periódico no tenía más remedio que interpretar lo que el entrevistado había querido decir, en lugar de lo que había dicho literalmente. A eso se lo llama «periodismo creativo». En cuatro páginas, los lectores pudieron enterarse de lo detestable que era Asesino Anders, conocer la historia de todas sus atrocidades y, sobre todo, aquel rasgo psicopático que hacía que lo despreciara todo, desde los agentes inmobiliarios y el personal sanitario hasta los que cogen el tren a diario para ir a trabajar.

El odio que Asesino Anders siente por una gran parte de la humanidad parece no tener límites. Al final, resulta que nadie, realmente nadie, está a salvo. Los servicios de Asesino Anders están en el mercado. Le ofreció al reportero del *Expressen* romper una rótula, cualquiera de ellas, a cambio de un precio razonable.

Además del artículo principal sobre el encuentro entre el valiente entrevistador y el susodicho asesino, el periódico completaba el reportaje con una entrevista a un psiquiatra. Éste dedicaba la mitad de su razonamiento a subrayar que sólo podía opinar en términos generales y, la otra mitad, a explicar que no se podía encerrar a Asesino Anders, ya que desde una perspectiva médica no estaba documentado que fuera un peligro para sí mismo ni para terceros. Claro que había cometido crímenes, pero desde el punto de vista legal ya había pagado por ello. No valía sólo con conjeturar las locuras que uno podría cometer en un hipotético futuro.

De la argumentación del psiquiatra, el periódico concluía que la sociedad tenía las manos atadas hasta que Asesino Anders volviera a actuar. Y lo más seguro era que sólo fuera cuestión de tiempo.

Para finalizar, se incluía una conmovedora crónica de una de las firmas más conocidas del periódico. Comenzaba así:

Soy madre. Todos los días voy a trabajar en tren. Y tengo miedo.

Tras la atención dispensada por el *Expressen*, les llovieron infinidad de solicitudes de entrevistas de todos los rincones de Suecia, Escandinavia y Europa. El recepcionista aceptó las de un puñado de periódicos internacionales —*Bild-Zeitung, Corriere della Sera, The Telegraph, El Periódico* y *Le Monde*—, pero ninguna más. Las preguntas se hacían en inglés, español o francés y pasaban por el filtro de la pastora, experta en idiomas, que no se preocupaba por plasmar lo que decía Asesino Anders, sino lo que debería haber dicho. No se lo podía dejar delante de una cámara de televisión ni de un periodista que entendiera lo que salía de su boca. No volverían a tentar la suerte como habían hecho con el *Expressen*. Sin embargo, al dejar que los medios escandinavos reprodujeran las citas de, por ejemplo, *Le Monde* —expresadas por Asesino y tergiversadas y refinadas por la pastora—, estaban difundiendo las cosas que ellos pretendían difundir.

—Tienes talento para las relaciones públicas —le dijo Johanna Kjellander a Per Persson.

—No habría sido posible sin tus conocimientos de idiomas —reconoció él.

8

Quien se había convertido en Asesino Anders para todo un país y medio continente se despertaba cada mañana alrededor de las once. Se vestía, en caso de que se hubiera desvestido al acostarse, y recorría el pasillo para ingerir el desayuno, compuesto de sándwiches de queso con cerveza, en la recepción.

A continuación descansaba un rato, hasta que a eso de las tres de la tarde empezaba a sentir hambre de verdad. Entonces se acercaba al bar del barrio para tomar una comida casera sueca regada con más cerveza.

Ésa era su rutina cuando tenía un día libre, y, desde que los medios fijaron su atención en él, eso ocurría cada vez con menor frecuencia. La empresa que había fundado con el recepcionista y la pastora iba mejor que nunca. Trabajaba lunes, miércoles y viernes, pues no le apetecía hacerlo más. En realidad, no le apetecía hacer nada en particular, ya que estaba harto de romper rótulas. Eso fue lo que se le había ocurrido soltar en la prensa, y la mayoría de sus clientes parecían tener tan poca imaginación que no eran capaces de pedir otra cosa.

Intentaba organizar los encargos para realizarlos justo después de la comida casera y antes de haber consumido demasiada cerveza. Incluyendo el trayecto en taxi de ida y vuelta, solía acabar en una hora. Era importante mantener bajo control el nivel etílico. Si tomaba demasiadas cervezas antes del trabajo, las cosas no salían bien. Unas pintas extra y corría el riesgo de sufrir consecuencias de lo más dramáticas. Sin embargo, nunca tan dramáticas como si hubiera añadido pastillas al menú. El mantra de aquel tipo de cincuenta y seis años era «nunca mezcles alcohol y pastillas». Podía vivir con la idea de pasarse dieciocho meses en el talego, pero no dieciocho años.

Si el recepcionista y la pastora tenían que decirle algo, el mejor momento era entre el desayuno, a eso de las once, y el almuerzo, a las tres. A esa hora, Asesino Anders se había recuperado de la resaca de la noche y la cogorza del nuevo día aún era incipiente.

Las reuniones podían tener lugar de forma espontánea, aunque también habían fijado una semanal: los lunes a las once treinta en el pequeño vestíbulo de la pensión, donde habían colocado una mesa y tres sillas. Anders acudía por lo menos a ésa, siempre y cuando la noche anterior no hubiese acabado en algún tugurio y no se recuperara a tiempo.

La rutina de las reuniones era siempre la misma. El recepcionista servía una cerveza a Asesino Anders y café para ellos. A continuación, hablaban de los últimos encargos realizados, los que tenían pendientes, la expansión económica y demás.

El único problema real a la hora de realizar el trabajo era que el ejecutor, a pesar de los buenos consejos que recibía, continuaba sin acertar con la derecha o la izquierda cuando se trataba de romper una pierna o un brazo. La pastora ponía nuevos ejemplos, como que cuando se saluda se da la mano derecha. Sin embargo, Asesino respondía que no estaba acostumbrado a dar la mano. Para él, lo normal era alzarla en señal de brindis si el ambiente era bueno, y si no lo era, ambas manos tenían que trabajar al mismo tiempo.

Entonces, a la pastora se le ocurrió que podían pintarle una gran «I» en el puño izquierdo, y así ya no habría confusiones. Asesino asintió, pero pensó que, para mayor seguridad, también podía pintarse una «D» en el derecho.

Esa idea resultó tan brillante como estúpida. Pues lo que para él era «I» para el desdichado que se encontraba frente a él era «D». Por tanto, la cosa no fue bien hasta que, por equivocación, marcaron el puño izquierdo de Asesino con una «D» y viceversa.

El recepcionista constató con satisfacción que la clientela crecía y que las quejas casi desaparecieron después de que el puño izquierdo y el derecho cambiaran de sitio, y que, además, ahora recibían encargos de Alemania, Francia, España e Inglaterra. Sin embargo, de Italia no; allí al parecer se las arreglaban solos.

La cuestión del día era si debían expandir su actividad empresarial y, por consiguiente, incrementar la plantilla. Quizá Anders tuviera algún buen candidato, alguien que pudiera partir brazos y piernas y supiera respetar los límites. Eso, claro, si seguía en sus trece de negarse a trabajar más de un par de horas tres días a la semana.

Asesino Anders notó cierto tono de crítica en ese planteamiento y respondió que quizá no estuviera tan interesado en ganar dinero como sus socios, que él también sabía apreciar la importancia del tiempo libre. Era suficiente con trabajar tres veces a la semana, y de ninguna manera aceptaría que un matón aficionado fuera por ahí manchando su reputación en sus días libres.

Y con respecto a todos esos países que habían nombrado, sólo tenía una cosa que añadir: «¡Ni hablar!»

Asesino Anders no era xenófobo, nada de eso, él creía de verdad que todas las personas eran iguales, pero le gustaba decir «hola» y «buenos días» y charlar un poco con el desgraciado al que tenía que zurrar; era lo mínimo que se podía esperar del prójimo. Y para eso era imprescindible hablar un mismo idioma.

—Eso se llama respeto —explicó enfadado—. Aunque quizá vosotros no hayáis oído hablar de ello.

El recepcionista no comentó nada sobre el grado de respeto que implicaba el intercambio de cortesías con el hombre al que unos segundos después dejaría medio muerto. En cambio, en tono cáustico le dijo que no cuidaba el capital de la empresa. La noche anterior, una *jukebox* había salido volando por la ventana de un bar sólo porque emitía la música inapropiada.

—Así que ¿cuánto nos ha costado tu provechoso tiempo libre? ¿Veinticinco mil? ¿Treinta mil? —preguntó, y sintió cierta satisfacción al atreverse a ponerle los puntos sobre las íes.

Asesino Anders murmuró que quizá treinta se acercara más a la realidad, y que eso ciertamente no era lo más provechoso que había hecho en su vida.

—Pero ¿qué clase de imbécil puede meter dinero en una máquina para escuchar a Julio Iglesias? —se justificó.

9

Para Per Persson era una verdad objetiva que la vida lo había estafado. Puesto que no creía en ninguna fuerza superior y puesto que su abuelo llevaba muchos años muerto, no tenía a nadie ni nada en particular contra lo que dirigir sus frustraciones. Por eso, por la mañana temprano, detrás del mostrador de recepción, decidió que le desagradaba el mundo entero, todo lo que representaba y todo lo que contenía, incluidas sus siete mil millones de personas.

Y no encontró ninguna razón para excluir a Johanna Kjellander, la pastora que había iniciado su relación intentando timarlo. Pero había algo en la desdicha de ella que le recordaba a la suya. Además, el mismo día que se conocieron habían tenido ocasión de compartir el pan —bueno, los cuatro sándwiches de él que ella engulló— y convertirse en socios en el negocio de las palizas.

Así pues, desde el día uno había habido una afinidad implícita, aunque a él le costara más percibirla que a ella. O quizá simplemente necesitaba más tiempo.

Cuando llevaban casi un año de actividad, el recepcionista y la pastora habían ganado cerca de setecientas mil coronas, mientras que el ejecutor se había embolsado cuatro veces más. De vez en cuando, los socios administradores iban a comer y beber juntos a buenos restaurantes. Y aun así, todavía les quedaba casi la mitad de las ganancias, que escondían con esmero en cajas de zapatos en el cuarto de la recepción.

La personalidad algo rígida de Per Persson se complementaba con la temeridad y creatividad de la pastora, y viceversa. A ella le gustaba la hostilidad que él mostraba hacia la vida, se reconocía en esa actitud. Y él, que nunca había amado a nadie, ni siquiera a sí mismo, al final tuvo que admitir que sobre la Madre Tierra había otra persona que comprendía que no se podía contar con el resto de la humanidad.

Después de pasar por la zona de Södermalm para celebrar el pago por adelantado del contrato número cien —por lo demás muy lucrativo: doble rotura de brazos y piernas, varias costillas y cara—, regresaron a la pensión. El ambiente era tan distendido que Per se atrevió a preguntarle si recordaba que unos meses atrás ella le había propuesto acabar la velada en su habitación.

La pastora lo recordaba, y también la negativa del recepcionista.

—¿Podrías volver a proponérmelo aquí y ahora? —preguntó él.

Johanna Kjellander sonrió y preguntó a su vez que si antes de hacerlo era posible obtener alguna indicación preliminar de primera mano. A ninguna mujer le gustaba recibir dos negativas seguidas.

—No —dijo él.

—¿No, qué? —preguntó ella.

—Si vuelves a proponérmelo, no diré que no —respondió Per Persson.

• • •

La reunión que tuvieron en aquel colchón las dos personas más amargadas del país fue maravillosa. Tras acabar, la pastora pronunció por primera vez una corta y sincera homilía sobre la fe, la esperanza y el amor, mencionando que el apóstol Pablo consideraba que el amor era lo más grande que había.

—Al parecer tenía las cosas muy claras —comentó el recepcionista, aún aturdido al comprender que era posible sentir lo que había sentido, fuera lo que fuese lo que había sentido.

—No te creas —repuso Johanna Kjellander—. Pablo también dijo muchas tonterías. Entre otras, que la mujer fue creada para el hombre, que debe guardar silencio a no ser que le dirijan la palabra y que los hombres no pueden acostarse con otros hombres.

El recepcionista pasó por alto quién estaba creado para quién y dijo que sólo recordaba una ocasión, como mucho dos, en que la pastora hubiera hecho mejor cerrando el pico. Por lo que respectaba a quién podía acostarse con quién, él la prefería a ella con diferencia antes que a su socio masculino, aunque no comprendía por qué Pablo tenía que opinar sobre eso.

—Yo preferiría acostarme con un aparcabicis antes que con Asesino Anders —dijo ella—. En lo demás, estoy de acuerdo contigo.

Cuando el recepcionista le preguntó qué decía la Biblia sobre las relaciones sexuales entre una mujer y un aparcabicis, la pastora le recordó que la bicicleta no se había inventado en tiempos de Pablo y por tanto tampoco los aparcabicis.

Ninguno tuvo más que añadir sobre eso. En cambio, iniciaron un nuevo encuentro despojado de la amargura y el resentimiento que implicaban las cuestiones que acababan de tratar.

· · ·

Las cosas fueron por buen camino durante un tiempo. La pastora y el recepcionista compartían con alegría y felicidad su desprecio contra el mundo, incluida toda la población de la tierra. Y así, la carga se tornó la mitad de pesada, ya que cada uno sólo soportaba a tres mil millones y medio de habitantes, en lugar de a siete mil. Más —no había que olvidarlo— un considerable número de individuos que ya no existían. Entre ellos el abuelo del recepcionista, el árbol genealógico de la pastora e —¡importantísimo!— Mateo, Marcos, Lucas, Juan y como se llamaran todos los que aparecían en el libro que había perseguido —y todavía perseguía— a Johanna Kjellander.

Durante el período en que los recién enamorados ganaron sus setecientas mil coronas, Asesino Anders había recibido según contrato dos coma ocho millones. Pero debido a que podía pasarse en el bar toda la noche bebiendo, nunca tenía más de un par de miles de coronas ahorrados. Quemaba lo que entraba al ritmo de una caldera de locomotora. Si en alguna ocasión llegaba a acumular lo que se denomina «un montón de dinero», la estancia en el bar tendía a ser más animada, como el día que arrojó la *jukebox* por la ventana.

—¿No podías haberte limitado a desenchufarla? —le preguntó el dueño al día siguiente a su avergonzado parroquiano.

—Sí —reconoció—. Hubiera sido una alternativa razonable.

En el fondo, la mala vida de Anders beneficiaba a sus socios, pues mientras no hiciera como ellos —es decir, llenar cajas de zapatos con dinero—, siempre necesitaría impartir justicia en nombre de quienes se podían permitir el lujo de impartir justicia, como ellos mismos lo definían.

Lo que el recepcionista y la pastora no sabían era que durante el último año Asesino Anders venía experimentando una creciente sensación de que la vida no tenía sentido. Eso era algo nuevo para él. Siempre había razonado con otros por medio de los puños, pero no era fácil hablar consigo mismo de esa manera. Por eso se refugiaba en el alcohol, cada vez a horas más tempranas y con mayor ahínco.

Eso ayudaba. Pero requería repostar cada dos por tres. Y no mejoraba las cosas el hecho de que sus socios empezaran a mostrarse radiantes de felicidad. ¿Qué era tan jodidamente divertido? ¿Que sólo era cuestión de tiempo que él volviera a donde pertenecía?

Quizá lo mejor fuera acortar el sufrimiento, acelerar el proceso, matar al primer idiota feliz que encontrase y mudarse a la trena durante los próximos veinte, treinta años. Es decir, justo lo que se había propuesto evitar. Una de las cosas buenas sería que la pastora y el recepcionista habrían dejado de sonreír para cuando él saliera de nuevo. Los recién enamorados rara vez siguen enamorados dos décadas después.

Una mañana, en un inesperado y torpe intento por comprender algo, Asesino se preguntó de qué iba todo. Por ejemplo, ¿qué había pasado en realidad cuando tuvo lugar el incidente de la *jukebox*?

Claro que pudo haberle arrancado el cable. Entonces Julio Iglesias habría enmudecido y los fans del español habrían metido bulla. Cuatro hombres y cuatro mujeres alrededor de una mesa. En el mejor de los casos, habría bastado con darle un tortazo al más escandaloso de los caballeros; en el peor, tendría que haber tumbado a los ocho. Con un poco de mala suerte, uno de ellos no se habría levantado nunca, y entonces a él le habrían caído unos veinte años a la sombra.

Un camino más fácil habría sido dejar que aquellos ocho idiotas eligieran la música que quisieran. A no ser que se obstinaran con Julio Iglesias.

Coger la *jukebox* y arrojarla por la ventana, lo que acabó la noche para él y para todos, fue una manera de dejar claro que su yo destructivo tomaba el mando ante su yo super-destructivo. Funcionó. Le salió caro, pero —lo más importante— hizo que se despertara en su propia cama y no en un calabozo en espera de un alojamiento más permanente.

La *jukebox* le había salvado la vida. O él mismo se la había salvado valiéndose de la maldita *jukebox*. ¿Significaba eso que el camino de regreso al trullo no era tan inevitable como su mente había empezado a repetirle con tanta insistencia? A ver si al final resultaba que se podía vivir sin violencia y sin *jukeboxes* volando por las ventanas...

En ese caso, ¿dónde empezaba esa vida? ¿Y adónde conducía?

Pensó. Y abrió la primera cerveza del día. Y a continuación, otra. Y olvidó lo que acababa de pensar, pero le desapareció el nudo del estómago. ¡Y brindó por ello! «La cerveza es el agua de la vida. Y la tercera es casi siempre la que está más rica. ¡Bravo!», pensó con regocijo.

10

Entonces llegó el día en que la empresa recibió una solicitud del Conde. En esa ocasión, la víctima era un cliente que se había llevado un Lexus RX 450h para probarlo el fin de semana y se lo habían robado.

Al menos, eso dijo.

En realidad le había dado tiempo a esconderlo en casa de su hermana, en Dalarna, y ella, en lugar de pensar antes de actuar, se fotografió al volante y colgó la imagen en Facebook. Dado que allí todos conocen a alguien que conoce a alguien que conoce a alguien, el Conde no tardó mucho en saber la verdad. El fraudulento cliente ni siquiera tuvo tiempo de comprender que había sido descubierto antes de que le partieran la cara y le rompieran los dientes. Debido a la antigüedad y el precio del coche —nuevo y caro—, también le machacaron la rótula y la tibia.

Se trataba de un trabajo rutinario, pero según el acuerdo alcanzado diecinueve meses antes, el precio incluía ocuparse de los dos brazos de aquel jugador de blackjack que inicialmente había salido bien parado a medias gracias a un bebé.

Asesino Anders ejecutó ese trabajo pendiente con precisión (dos brazos eran siempre más fáciles que uno, pues no necesitaba acertar). Y ahí habría acabado el asunto de no ser porque recordó aquello tan bonito que le había dicho la pastora en su primer encuentro. Algo sobre lo bueno que había sido al evitar que la niñita saliera herida.

Y en aquella ocasión, Johanna Kjellander había hecho referencia a la Biblia. Mira que si había más historias como ésa en ese tocho... porque era gordo de cojones. Historias que lo hicieran... ¿sentir bien? ¿Convertirse en otra persona? Y es que de vez en cuando algo le rondaba la cabeza, algo que hasta entonces había logrado ahogar con la bebida.

Al día siguiente hablaría en serio con la pastora, para que ella le contara más historias. Pero eso sería al día siguiente. Primero iría al bar. Ya eran las cuatro y media de la tarde.

¿O no?

¿Y si se pasaba primero por la pensión y dejaba que la pastora le contara alguna que otra cosa sobre alguna que otra cosa? Luego bebería hasta que el omnipresente nudo de su estómago se aflojara. No necesitaría decir gran cosa durante el sermón de la pastora, tan sólo escuchar. Y siempre podría beber al mismo tiempo.

•

—Oye, pastora, necesito hablar contigo.

—Ya. ¿Quieres que te preste dinero?

—No.

—¿Ya no queda cerveza en la nevera de recepción?

—No es eso; acabo de mirar.

—Entonces ¿qué quieres?

—Ya te he dicho que hablar.

—¿Sobre qué?

—Sobre cómo funciona lo de Dios y Jesús y la Biblia y todo eso.

—¿Qué? —se sorprendió.

Quizá entonces debería haber presentido que se avecinaba una desgracia.

El primer simposio teológico entre la pastora y el ex asesino comenzó después de que él reconociera haber comprendido que ella sabía de casi todos los asuntos religiosos. Así pues, tal vez lo mejor sería que empezara por el principio.

—¿Por el principio? Bueno, se dice que al principio Dios creó el cielo y la tierra y que eso ocurrió hace unos seis mil años, aunque hay algunos que opinan que...

—No, joder, ese principio no. ¿Cómo empezó para ti?

En lugar de ponerse en guardia, la pastora se sorprendió gratamente. Desde hacía tiempo, el recepcionista y ella estaban de acuerdo en aborrecerlo todo y a todos, pero no cada uno por su lado sino juntos. No obstante, nunca habían intercambiado confidencias, al menos no en profundidad. Cuando se presentaba la ocasión, se ocupaban más que nada de las cosas agradables que podían hacer juntos, no de lo desagradable y sus causas.

Al mismo tiempo —eso saltaba a la vista—, Asesino Anders había estado cavilando por su cuenta. Lo que implicaba una posible catástrofe, pues si empezaba a leer libros sobre poner la otra mejilla y tal, cuando su tarea era la contraria, romper miembros, mandíbulas y narices lunes, miércoles y viernes... bueno, ¿qué pasaría entonces con el negocio?

Cualquier observador externo supondría que la pastora lo habría comprendido a la primera. Y que habría avisado al recepcionista. Pero en ese momento allí no había ningún observador externo, y la pastora no era más que un ser humano (y una intermediaria bastante dudosa entre Dios y los hombres). Cuando alguien deseaba escuchar la historia de su vida, aunque ese alguien fuera un asesino y un matón algo trastornado, ella lo complacía. Así eran las cosas.

De modo que lo obsequió con la versión íntegra de la historia de su vida, una que nadie había escuchado antes. Sabía que Asesino ofrecería la misma respuesta intelectual que una almohada de Ikea, pero sintió cierta felicidad por el simple hecho de que alguien quisiera escucharla.

—Bueno, al principio mi padre creó el infierno en la tierra —comenzó.

Su padre, aunque declarado opositor a la labor pastoral de las mujeres, la forzó a desempeñar esa profesión. Y se oponía a ello no porque las mujeres pastoras fueran en contra del deseo de Dios, un asunto discutible, sino porque pensaba que el lugar de la mujer estaba en la cocina y, de vez en cuando y a petición del marido, también en el dormitorio.

Pero ¿qué podía hacer Gustav Kjellander? La condición clerical había pasado de padres a hijos en la familia Kjellander desde el siglo XVII. No tenía que ver con la fe o la llamada de las alturas. Se trataba de continuar una tradición, de mantener una posición. Por eso no sirvieron de nada los argumentos de la hija sobre sus dudas acerca de la existencia de Dios. Según su padre, tenía que ser pastora, o él se encargaría personalmente de que el diablo se la llevara.

Durante muchos años, Johanna se preguntó cómo había sido posible que ella lo consintiera. Aún no sabía la respuesta, pero su padre la había guardado en un puño desde que ella tenía uso de razón. Lo primero que recordaba de su infancia era la amenaza de que mataría a su conejo. Si Johanna no se iba a la cama a su hora, si no recogía sus cosas, si no sacaba buenas notas... el conejo moriría por compasión, pues un conejo necesitaba un propietario responsable que diera buen ejemplo, no alguien como ella.

Y durante las comidas, a veces su padre se estiraba despacio por encima de la mesa, le cogía el plato, se levantaba, iba hasta el cubo de la basura y arrojaba su comida con plato incluido. Porque se había equivocado al decir algo. Al oír algo. Al responder. Porque había hecho algo mal. O había estado mal, simplemente.

De pronto, Johanna se preguntó cuántos platos habían acabado en la basura durante todos aquellos años. ¿Cincuenta?

Asesino Anders escuchaba concentrado, a la espera de que en algún momento ella dijese algo que valiera la pena. La historia sobre su padre era intrascendente; Asesino enseguida tuvo claro que el viejo se merecía una buena paliza y asunto resuelto. Y si no era así, pues darle otro repasito.

Al final, se vio obligado a decirlo para poner fin a los lamentos de la pastora. Después de una eternidad, aún no había pasado de su decimoséptimo cumpleaños, cuando su padre escupió a su paso y dijo: «Oh Dios, cuánto odio debes de sentir hacia mí que me has dado esta hija. Sin duda me has castigado, Señor.» Su padre no creía en Dios más que ella, pero sí en la idea de atormentar a otros con la ayuda de Dios.

—Oye, pastora, puedes darme la dirección de tu viejo y voy a allí con el bate y le enseño un poco de modales. O, por lo que me cuentas, muchos modales. ¿Qué prefieres, el derecho o el izquierdo? Puedes elegir brazo o pierna.

—Gracias por el ofrecimiento —dijo ella—, pero llega demasiado tarde. Mi padre murió hace casi dos años, el octavo domingo después del Domingo de Ramos. Cuando recibí la noticia, me dirigía al púlpito para hablar del perdón y de no juzgar al prójimo, pero mi sermón acabó siendo otra cosa. Allí estaba yo, dándole las gracias al diablo por haberse llevado a mi progenitor. Como supondrás, mis palabras no fueron bien recibidas. No lo recuerdo todo, pero al parecer lo llamé algo relacionado con los órganos genitales masculinos...

—¿Capullo?

—No hace falta entrar en detalles, pero me interrumpieron, me bajaron del púlpito y me mostraron la salida. Aunque, claro, yo ya sabía dónde se encontraba.

Asesino Anders deseaba conocer la palabra que había utilizado, pero tuvo que conformarse con saber que la elección de esa palabra por parte de la pastora produjo una reacción adversa en dos de las ovejas menos descarriadas de la congregación, que lanzaron sus libros de salmos a su paso.

—Entonces tuvo que ser...

—¡Vale! —exclamó ella, y prosiguió—: Me marché y anduve por ahí hasta el domingo de la Santísima Trinidad, que fue cuando me tropecé con Per Persson, nuestro socio y amigo, en un banco del parque. Y luego te conocí a ti. Y una cosa llevó a la otra y ahora estoy aquí, sentada contigo.

—Sí, ya. ¿Podemos regresar a lo que dice la Biblia sobre la vida, para que esta conversación nos lleve a alguna parte?

—Pero eras tú quien quería... tú querías que te hablara sobre mí...

—Sí, sí, pero no hacía falta que me contaras la novela entera.

11

La necesidad de Johanna Kjellander de compartir con alguien —¡con quien fuera!— los detalles cruciales de su adolescencia, hizo que Asesino Anders maldijera haber acudido a ella, pues ahora tendría que escuchar su historia hasta que acabara. Bueno, él no era la clase de persona que aguanta estoicamente que le den la lata, pero, viendo que ella sacaba una cerveza de la nevera, hizo de tripas corazón.

—Gracias —dijo.

—Te he dicho que silencio.

A Johanna la maltrataron desde su primer día de existencia y de todas las formas imaginables, excepto físicamente. Pesaba tres kilos trescientos cuarenta gramos cuando, por primera y última vez, su padre la sostuvo en brazos. La alzó, la sujetó con más fuerza de la necesaria, acercó su rostro al suyo y le gritó al oído:

—¿Qué haces aquí? ¡No quiero tenerte! ¿Me has oído? ¡No quiero tenerte!

—¿Cómo puedes decir eso, Gustav? —se alarmó la madre de la recién nacida, extenuada.

—Lo que puedo o no puedo decir lo decido yo, ¿entiendes? No vuelvas a llevarme la contraria —replicó Gustav Kjellander, y le devolvió el bebé.

La esposa obedeció. Durante los siguientes dieciséis años, nunca contradijo a su marido. Y cuando no se aguantó más a sí misma, se metió en el lago.

Dos días después, el cuerpo de su esposa desaparecida salió a flote y Gustav encolerizó. Como ya se ha dicho, nunca fue violento, pero Johanna vio reflejado en su rostro que podría haber matado a su esposa allí, en aquel mismo instante, de no haber estado ya muerta.

—Tengo que ir a cagar —la interrumpió Asesino Anders—. ¿Queda mucho?

—Ya te he dicho que no puedes abrir la boca mientras hablo. Haz lo mismo con el trasero si es necesario, pero no irás a ninguna parte mientras yo no haya terminado.

Él nunca la había visto tan decidida. Además, no tenía tantas ganas de ir al baño, sólo estaba aburrido. Suspiró y dejó que continuara.

Tres años después de la muerte de su madre, a Johanna le llegó la hora de abandonar la casa paterna para cursar los estudios superiores. A través de cartas y llamadas de teléfono, su padre se encargó de seguir dominándola, como siempre había hecho.

Una no se hace pastora en una tarde. Johanna sacó muy buenas notas en Teología, Exégesis, Hermenéutica, Pedagogía de la Religión y demás asignaturas, para poder ser admitida al final del semestre en el Instituto Pastoral de la Iglesia de Suecia, en Uppsala.

Cuanto más se acercaba la hija a consumar el deseo de su padre, más frustrado se sentía éste. Johanna era y siempre sería una mujer. En el fondo, no era digna de continuar la tradición familiar. Gustav Kjellander se sentía atrapado entre la exigencia de no romper una tradición centenaria y la traición a los antepasados debido a que Johanna era su hija y no su hijo. Se compadecía de sí mismo mientras odiaba a Dios y a su hija a partes iguales, del mismo modo que sabía que Dios —si es que existía— lo odiaba a él, y que su hija, de atreverse, habría hecho lo mismo.

La única rebeldía de la que Johanna fue capaz apenas podía calificarse de tal. Dedicó todo su intelecto a despreciar a Dios, a no creer en Jesucristo, a leer entre las líneas de todas las historias de la Biblia. Así, al menospreciar la doctrina evangélica y protestante, menospreciaba a su padre. Ocultándole a todo el mundo que era una no creyente activa, finalmente pudo consagrarse como pastora luterana de la Iglesia de Suecia un lluvioso día de junio. No sólo lluvioso, por cierto. También sopló el viento, cayó una tormenta. ¡Cuatro grados en junio! Incluso puede que también granizara.

Johanna se rió por dentro. Si el tiempo que hizo el día de su ordenación fue la manera de Dios de protestar por su opción laboral, ¿en eso consistía todo su poder?

Una vez que dejó de llover y granizar, preparó su equipaje y regresó a Sörmland. Primero se instaló en una parroquia a tiro de piedra de la casa de su padre, un destino que éste le consiguió. Cuatro años después, según estaba planeado, se hizo cargo de la parroquia de los Kjellander. Su padre se jubiló, y aunque pensaba seguir llevando el negocio, le diagnosticaron un cáncer de estómago y, mira por dónde, algo pudo con él. Lo que Dios no consiguió en toda una vida —si es que lo había intentado—, lo hizo el cáncer en tres meses. De forma espontánea y directa, ella le dio a su progenitor la bienvenida al infierno desde el púlpito. Y cuando, además, utilizó esa palabra relacionada con los genitales masculinos contra el hombre que había representado a la congregación durante treinta y tres años, los ánimos se encendieron.

—¿Puedes decirme de una vez si es «capullo» o no? —se impacientó Asesino Anders.

La pastora lo observó con una mirada que decía: «¿No tenías órdenes expresas de mantener el pico cerrado?»

Y así había acabado el experimento de la congregación guiada por una pastora. El padre estaba muerto; la hija, libre. Y desempleada. Después, como ya había dicho, había pasado unos días vagando por ahí, sucia y hambrienta.

Pero tras cuatro sándwiches de jamón y un botellín de zumo de frambuesa, consiguió vivienda y una nueva ocupación. Su trabajo como representante estuvo bien remunerado desde el principio, y luego fue cada vez mejor, y de eso hacía ya dos años. ¡Y además había encontrado el amor! En pocas palabras, se podía decir que la situación le resultaba bastante llevadera. De no ser porque el bruto que tenía de audiencia insistía en que hablaran de la Biblia...

—La Biblia, sí —dijo él—. ¿Ya has lloriqueado lo suficiente como para que podamos ir al grano?

La pastora se sintió ofendida por el desinterés que eso implicaba hacia la historia de su vida. Y también porque, saltándose las reglas por ella establecidas, aquel animal siguiese abriendo la boca.

—¿Quieres otra cerveza? —le preguntó.

—¡Sí, gracias, por fin!

—Pues no te la voy a dar.

12

Uno de los argumentos centrales del ateísmo activo de la licenciada en Teología Johanna Kjellander era el hecho de que los cuatro evangelios habían sido escritos mucho después de la muerte de Cristo. Si había un hombre que podía caminar sobre las aguas, que sacaba comida de la nada, que curaba a los paralíticos, que traspasaba la locura de los hombres a los cerdos y que incluso se levantó de entre los muertos después de llevar tres días cadáver... si había un hombre —o una mujer— así, ¿por qué pasaron una, dos o más generaciones antes de que a alguien se le ocurriera escribir sobre sus hazañas?

—No tengo ni puta idea —reconoció Anders—. Pero ¿hacía caminar a los paralíticos? ¡Cuéntame más cosas!

La pastora se percató de que a su oyente le iban más los milagros que las dudas, pero no se rindió. Le explicó que dos de los cuatro evangelistas tuvieron delante los escritos de un tercero mientras escribían el suyo propio. Pero el último, Juan, se inventó un montón de cosas unos cien años después de que crucificaran a Jesús. De repente, se afirmaba que Él era el camino, la verdad y la vida, que era la luz del mundo y el pan de la existencia, y el resto de la historia era contada a partir de estas afirmaciones.

—El camino, la verdad y la vida —repitió Asesino Anders con cierta espiritualidad en la voz—. ¡Y la luz del mundo!

La pastora prosiguió, insistiendo en que algunas partes del evangelio de Juan no habían sido escritas por éste. No fue hasta el siglo IV cuando alguien encontró nuevos fragmentos, por ejemplo, una famosa escena en la cual Jesús dice que aquel que esté libre de pecado tire la primera piedra. La persona a la que se le ocurrió eso, fuera quien fuese, quería decir que no hay nadie libre de pecado, pues nadie llegó a tirar la primera piedra, aunque la duda es qué pintaba esa historia en la Biblia.

—¡Siglo cuarto! ¿Lo entiendes? —señaló la pastora—. Eso es como si hoy yo me inventara todo lo que pasó en la Revolución Francesa, quién dijo qué y quién no dijo qué, y escribiera un libro con mis invenciones ¡y todos los historiadores del mundo lo leyeran, asintieran y estuvieran de acuerdo!

—Sí —repuso Anders, escuchando sólo lo que quería—. Jesús tenía razón. ¿Quién está en verdad libre de pecado?

—No me refería a eso...

Asesino se puso en pie interrumpiendo a la pastora. El bar lo llamaba.

—Nos vemos el miércoles a la misma hora, ¿de acuerdo? —dijo él.

—El miércoles no creo que...

—Bien. Hasta luego.

13

Los simposios entre el ex asesino y la pastora se repitieron con frecuencia. Al principio, ella no encontró motivos para informar del asunto al recepcionista, pero después no se lo dijo principalmente porque no se atrevía. Intentaba hacer todo lo que estaba en su mano para que los acontecimientos no evolucionaran en la dirección en la que, pese a sus esfuerzos, lo estaban haciendo. Asesino Anders daba muestras de insatisfacción consigo mismo y quería que la pastora y Dios lo guiaran para convertirse en mejor persona. Si Johanna Kjellander objetaba que no tenía tiempo ni fuerzas para ello, la amenazaba con no trabajar o con darle unos guantazos.

—No te pido demasiado, sólo un poco para empezar —le dijo Asesino un día, con un tacto inusual tratándose de él—. Además, tú y yo somos colegas. Y la Biblia dice que...

—Ya, ya —suspiró la pastora.

Ahora no le quedaba más remedio que pringar a Dios, y de esa manera conseguir que Asesino Anders no lo tuviera tan idealizado.

Tomando como referencia el Libro de Job, dijo que el parecido más patente entre Asesino Anders y Dios era que ambos mataban gente, pero que él, a diferencia de Dios, se compadecía de los niños.

—En una ocasión, Dios mató a diez niños de golpe para enseñarle al diablo que, a pesar de ello, el padre de los niños seguía sin perder la fe.

—¿Diez niños? ¿Y cómo se lo tomó su madre?

—Si bien su labor principal en la vida era callar y obedecer, parece que se sintió agraviada. Y mira, la entiendo. Pero tras cavilar un poco, Dios le envió diez nuevos hijos al buen padre. Me imagino que fue la madre, enfadada, quien los parió, o quizá llegaron por correo. No hay nada escrito sobre ese detalle.

Asesino Anders guardó silencio unos segundos y buscó en su memoria un modelo explicativo aplicable, aunque él no lo definió así en su cabeza. La pastora se dio cuenta de que lo había impresionado, ¡había esperanza!

El ex asesino primero murmuró que al menos el Señor le había dado diez nuevos hijos al desdichado... y eso no estaba mal, ¿verdad? A lo que Johanna Kjellander respondió que quizá Dios no era tan de fiar si no era capaz de ver que, a ojos de sus padres, los niños no son intercambiables como las ruedas de un coche.

¿Ruedas de coche? ¿En la época de Job? Asesino Anders no siguió por ahí y encontró una senda mejor para avanzar.

—¿Qué expresión utilizaste el otro día cuando te abronqué por emplear palabras difíciles?

¡Uy, vaya! La pastora comprendió adónde quería llegar.

—No me acuerdo —mintió.

—Sí, dijiste que los caminos del Señor son... *incrustables*.

—Inescrutables. Debería haber dicho «caprichosos», o «productos de una personalidad perturbada», lo siento...

—Y dijiste que la sabiduría de Dios es infinita e incomprensible para los humanos, ¿no?

—Bueno, no, quiero decir, sí, quiero decir... Dije que la gente suele ocultarse detrás de esas explicaciones cuando necesitan explicar lo inexplicable. Por ejemplo, la capacidad de Dios para distinguir entre diez niños y cuatro ruedas de coche.

Anders continuó escuchando sólo lo que quería escuchar. Y después argumentó:

—Recuerdo eso que de pequeño me leía mi madre, ya sabes, esa vieja estúpida que no me jodía tanto antes de empaparse en aguardiente. ¿Cómo era eso?... «Jesusito de mi vida, eres niño como yo...»

—¿Y? —preguntó la pastora.

—¿Cómo que «y»? ¿No lo entiendes? Dios ama a los niños. Además, todos somos sus hijos. Eso lo leí ayer mientras estaba sentado en el váter y...

Johanna Kjellander lo interrumpió en seco. No necesitaba escuchar el final de la frase. Sabía que él le había cogido un ejemplar del Nuevo Testamento que ella se había dejado sobre un taburete en el cuarto de baño del primer piso. Y probablemente había dado con el evangelio de Juan. Así pues, no le quedaba más munición que la cuestión teológica esencial, lograr que el ex asesino se preguntase cómo el mundo era como era siendo Dios tan bueno y todopoderoso.

Esa contradicción se había discutido tanto como las otras, pero quizá Asesino Anders aún no había reflexionado al respecto, y entonces ella tendría una oportunidad de... Fue interrumpida en medio de esa reflexión por su pupilo, que se puso en pie y dijo lo que dijo.

Y entonces la catástrofe fue un hecho.

—No pienso zumbar a más gente. Ni beber más alcohol. De ahora en adelante, pongo mi vida en manos de Jesús. Quiero que me pagues mi último trabajo, el que hice

ayer; le daré el dinero a la Cruz Roja. Luego, cada uno se-
guirá su camino, como suele decirse.

—Pero... no puedes hacer eso... No puedes...

—¿No puedo? He dicho que no pienso sacudir a nadie
más. Aunque a Jesús no le importaría si hiciera un par de
excepciones contigo y con tu recepcionista.

14

Se hizo de noche y se hizo de día sin que la pastora hubiera pegado ojo. Cuando el sol empezó a filtrarse por las rendijas de la persiana, comprendió que no tenía otra elección que despertar al recepcionista y confesar: ella, por error, había hecho que Asesino Anders conociera a Cristo, y Cristo, a su vez, había hecho que Asesino Anders dejara tanto el alcohol como el vapuleo de gente a cambio de dinero.

Con efecto inmediato.

Las únicas personas a las que estaría dispuesto a zurrar eran, desde ese momento, ellos dos. Si no aceptaban su ultimátum.

—¿Su ultimátum? —repitió el recepcionista, todavía medio dormido.

—Al parecer le debemos treinta y dos mil coronas, las quiere para donarlas a la Cruz Roja. No creo que haya nada más.

El recepcionista se sentó. Sintió ganas de odiar a alguien, pero no supo a quién. Su abuelo, la pastora, Asesino Anders y Cristo eran los candidatos que tenía más a mano.

Mejor levantarse, desayunar, sentarse en su maldita recepción y pensar la forma lógica de encontrar una salida.

Su lucrativa empresa había dejado de tener un brazo ejecutor, y por tanto ya podían despedirse de futuros ingresos. La revancha contra su abuelo se iba a quedar en nada, a no ser que Asesino Anders cambiara de opinión. Para conseguirlo había que apartarlo de Dios, Jesucristo y la Biblia, ese trío que había ejercido tan mala influencia sobre él, y llevarlo de nuevo a la senda del alcohol, los bares y el desmadre.

Per Persson logró transmitirle eso a Johanna Kjellander justo antes de que apareciera el ex asesino, por lo menos dos horas antes de lo habitual.

—La paz del Señor esté con vosotros —dijo, en lugar de pedir la cerveza y el sándwich habituales.

No podía resultar fácil pasar de alcohólico a abstemio de un día para otro. El recepcionista presintió que aquel animal libraba una batalla interior, aunque Jesucristo todavía llevaba las riendas. Eso le dio ocasión de urdir un plan tan improvisado como insidioso. Los planes improvisados e insidiosos eran especialidad de la pastora, y eso hizo que Per se sintiera aún más orgulloso cuando, al cabo de un rato, el resultado colmó todas sus expectativas.

—Te sirvo el sándwich de queso, ¿eh? Pero la cerveza no sé... Los discípulos de Jesús toman la eucaristía, no cerveza.

Asesino Anders entendió lo del sándwich, aunque no el resto. Nunca había visto una iglesia por dentro y, por suerte, no tenía ni idea de qué leches era la eucaristía.

—Mmm, media botella será suficiente, todavía es por la mañana —añadió Per Persson como para sí, y le sirvió un poco de vino tinto junto al sándwich envasado.

—Pero yo ya no bebo alcohol...

—Lo sé, sólo la eucaristía y nada más. La sangre de Cristo. ¿Le quito el plástico al cuerpo de Cristo?

—¿Qué dices de Cristo? —preguntó el flamante abstemio.

La pastora comprendió qué se proponía su socio y amante y acudió en su auxilio.

—Aún no hemos llegado a ese punto en nuestros estudios bíblicos —dijo—. Pero Asesino Anders se toma la fe muy en serio y no piensa descuidar la ingesta del cuerpo y la sangre de Cristo. Algo que, lamentablemente, se da cada vez con mayor frecuencia en nuestra sociedad secularizada.

Anders ignoraba qué demonios era una sociedad secularizada, ni comprendía la conexión entre Cristo y un tinto peleón, aunque le pareció discernir que en nombre de Cristo debía acompañar el sándwich con media botella de vino. Fantástico, pues algo así era justo lo que su cuerpo le pedía a gritos. Lo de dejar la cerveza de lado quizá había sido una decisión precipitada.

—Bueno, nadie es perfecto —contestó—, y menos todavía los nuevos creyentes. Ahora que sigo a Jesús no tengo elección, lo sé. Él y yo nos encontramos anoche, y eso significa que voy con media botella de retraso, ¿verdad?

Pues eso. Un pequeño triunfo en medio de todo el desastre. Ahora Asesino Anders creía que quien seguía de verdad a Jesucristo tenía que comenzar la mañana con la eucaristía, después celebrar otra al mediodía, antes de pasar a una buena eucaristía vespertina, a tiempo de precipitarse a la eucaristía nocturna, que comenzaba alrededor de las nueve. Las treinta dos mil coronas que pensaba donar a la Cruz Roja se las quedó para invertirlas en la sangre de Cristo.

No obstante, seguía negándose a trabajar. Tenían cuatro encargos en lista de espera, todos recibidos antes de que Anders y Jesucristo se tropezaran. Desde entonces, el recepcionista había respondido con cierta vaguedad las solicitudes de clientes potenciales. Decía: «Tenemos la agenda llena» o «Nos han surgido problemas logísticos». Pero no podían seguir así mucho más tiempo. ¿Había llegado la hora de abandonar el barco? Tenían bastante dinero en las cajas de zapatos, no para el idiota del asesino que se negaba a trabajar, sino para él y su enamorada pastora.

Sí, su enamorada pastora estaba de acuerdo. Nada indicaba una mejora, es decir un empeoramiento en la fe de Anders. Por tanto, no veía ninguna razón para seguir vinculados a él. Por lo que a ella respectaba, el ex asesino y el Hijo de Dios ya podían seguir su camino juntos y, a ser posible, caerse por el primer acantilado que se encontraran.

También podía olvidarse de la pensión Sjöudden, dijo ella. No obstante, se había acostumbrado mucho a la compañía de Per Jansson. Habían sido, como si dijéramos, ellos dos contra el mundo y por eso estaba dispuesta a compartir con él tanto las cajas de zapatos como la vida hasta la eternidad, si él estaba de acuerdo.

Había algo especial en aquella mujer que, igual que él mismo, no comprendía del todo en qué consistía la lucha por la existencia, aunque ésa era precisamente la razón de que ambos combatieran bien juntos; y por precaución lo hacían contra todos y contra todo en general. Por ende, Per Persson también deseaba continuar por el camino que habían trazado en común, siempre y cuando la pastora se aprendiera de una vez su nombre.

15

En las cajas de zapatos ocultas en el cuarto de la recepción quedaban cerca de seiscientas mil coronas. Ése era su capital inicial conjunto.

A eso les habría gustado añadir las cien mil coronas correspondientes al pago de trabajos no realizados, pero al final se verían obligados a devolverlas, ya que la relación entre Anders y Jesucristo parecía ir viento en popa y sin nubarrones a la vista.

Tener que devolver treinta mil, más treinta mil, más cuarenta mil coronas a tres gánsteres o seudogánsteres de Estocolmo no era algo que entusiasmase al recepcionista. Por una parte, porque significaban cien mil coronas brutas menos en la caja, y por la otra, porque los clientes habían contado con obtener un resultado a cambio de dinero, no con recuperar su dinero sin intereses. En general, el talante de la clientela no era complaciente, ni condescendiente, ni comprensivo. El recepcionista y la pastora corrían el riesgo de sufrir algún que otro contratiempo cuando les explicaran a sus clientes que Asesino Anders ya no daba palizas a la gente.

—Quizá lo mejor sería enviarles el dinero por correo junto con una nota explicativa, y luego desaparecer de aquí

—propuso Per Persson—. Nadie sabe nuestros nombres y no dejaríamos muchas pistas, ni siquiera nosotros mismos nos encontraríamos si necesitáramos buscarnos.

La pastora escuchó en silencio el parecer de su amado. Él sabía que ella necesitaba tiempo para pensar, pero, en cualquier caso, se trataba de que iban a irritar, de una manera u otra, a tres tipos peligrosos. Así que continuó:

—Ya que los tres se van a enfadar de todas formas, también podríamos quedarnos la pasta. Tenemos muchas posibilidades de seguir siendo invisibles para su radar. Yo siempre he cobrado en negro y, por lo que sé, no estoy empadronado en ninguna parte. Por lo que a ti respecta, no anoté tu nombre en el registro antes de que pasaras de clienta de la pensión a empresaria y socia. En cambio, todo el mundo conoce al huésped de la habitación siete, y él se quedará aquí. Quizá le resulte divertido explicarles a los tres clientes que Cristo ha vetado su actividad y que sus anteriores socios se han mudado sin dejar ninguna dirección. Y que, además, con las prisas se han llevado su dinero.

La pastora seguía sin decir nada.

—¿Es mala idea? —preguntó el recepcionista.

Ella negó amablemente con la cabeza.

—No. No está mal pensado. Creo que es una buena idea, aunque urdida un poco a la defensiva. Ya que vamos a engañar a una clase de personas a las que no se engaña excepto si uno está loco, ¿por qué no hacerlo a lo grande? Todo lo que puedan aguantar y un poco más. Cien mil coronas están bien, aunque coincidirás conmigo en que... por ejemplo... estarían mejor diez millones, ¿no?

Johanna Kjellander esbozó una sonrisa a lo Mona Lisa y Per Persson sonrió confundido. Habían pasado algo más de dos años desde que ella se acercara a él en aquel banco con la intención de timarle veinte coronas con una oración de pega. Eso los llevó a ser primero enemigos, después socios, luego amigos y finalmente amantes. Y ahora partirían juntos. Eso le gustaba. Le gustaba mucho. Pero ¿y todo lo demás (el abuelo, papá, mamá, los millones y los gánsteres)?

Diez millones eran cien veces más que cien mil.

¿El riesgo se incrementaría de manera proporcional? ¿Y qué había pensado ella que harían con el dinero, aparte de, si todo salía bien, hacer el amor en la opulencia en lugar de en la pobreza?

Pero no tuvo tiempo de preguntarlo, pues Asesino Anders apareció tarareando por el pasillo.

—El Señor esté con vosotros —saludó con una voz tan suave que irritó al recepcionista.

En ese mismo instante, este último sacó la cuenta que había preparado para vengarse por todo.

—Justo hoy hace dos años y treinta y seis semanas que el señor Andersson no abona su alojamiento —anunció—. Doscientas veinticinco coronas por noche arrojan un total de doscientas veinte mil coronas, contando por lo bajo.

En los viejos y buenos tiempos, quien se hubiera atrevido a pedirle de esa forma a Asesino Anders el pago de la habitación habría corrido el riesgo de llevarse una buena paliza.

—Por favor, amable recepcionista —repuso el deudor—, uno no puede servir a Dios y a Mamón al mismo tiempo.

—Ya, entonces empezaré por Mamón —respondió el acreedor—, y ya veremos si tenemos tiempo para el otro.

—Muy bien —apuntó la pastora.

—¿No sería mejor que comenzaras dándome un sándwich? Recuerda que has de amar al prójimo como a ti mismo y que yo todavía no he probado bocado. O, como decimos los verdaderos creyentes, todavía no he probado el cuerpo de Cristo.

Johanna Kjellander también se sentía bastante irritada con el ex asesino, y ella conocía la Biblia:

—«Bienaventurados los que ahora padecéis hambre», Lucas seis, veintiuno —citó.

—¡Vaya! —exclamó el recepcionista—. Entonces no seré yo quien perjudique la espiritualidad del señor Andersson. No darle un sándwich es lo mínimo que puedo hacer por usted. ¿Hay algo más que no deba hacer? De lo contrario, le deseo un buen día.

Asesino Anders refunfuñó, aunque comprendió que no tendría nada que llevarse a la boca hasta que fuera al bar. Puesto que estaba hambriento, se marchó presuroso mientras murmuraba que el Señor conocía todas nuestras acciones y que la pastora y el recepcionista deberían pensar en tomar partido, ahora que aún estaban a tiempo.

Así que ambos se quedaron de nuevo solos. Ella explicó su plan.

—Bueno, en lugar de reconocer que ese pirado se ha vuelto religioso, difundiremos el mensaje opuesto: Asesino Anders es ahora más cruel que nunca, ya no respeta ningún límite. Durante un tiempo, aceptamos la máxima cantidad de encargos posibles: asesinatos, roturas de extremidades, extracciones de ojos, cualquier cosa, siempre que sea cara. Y luego nos largamos.

—Quieres decir... ¿desaparecer? ¿Sin sacar ningún ojo?

—Ni uno, ¡ni siquiera la retina! Porque nosotros no hacemos eso. Y porque no tenemos a nadie que pueda hacerlo en nuestro lugar...

El recepcionista calculó. ¿Durante cuánto tiempo podrían recibir encargos sin llegar a realizarlos? ¿Dos, tres semanas? Quizá alguna más con la excusa de que Asesino Anders estaba enfermo y que lamentaban el retraso. Cuatro semanas como mucho. Si se atrevían a moverse agresivamente, podrían conseguir seis o siete asesinatos y el doble de mutilaciones y palizas habituales.

—Tú dices diez millones —pensó en voz alta, era él quien se ocupaba de los números y las negociaciones—. Yo estimo que serán casi doce.

Por una parte, diez o doce millones de coronas; por la otra, los bajos fondos de Estocolmo montando en cólera asesina.

Por una parte, ellos desaparecerían sin dejar rastro, nadie sabía quiénes eran ni cómo se llamaban; por la otra, los gánsteres nunca dejarían de buscarlos.

—Bueno, ¿qué te parece? —preguntó de pronto Johanna Kjellander.

El recepcionista guardó silencio unos segundos más. A continuación, imitó la sonrisa estilo Mona Lisa de la pastora y dijo que la única manera que tenían de saber si deberían o no haber hecho lo que iban a hacer era justamente haciéndolo.

—Entonces, ¿seguimos adelante? —preguntó la pastora.

—Adelante. Y que Dios nos proteja.

—¡¿Cómo?!

—Sólo bromeaba.

16

Catorce coma cuatro millones de coronas después, el recepcionista y la pastora prepararon sus flamantes y grandes maletas, una amarilla y otra roja, para su planeada y definitiva partida esa misma mañana.

El mercado había recibido de forma muy positiva las nuevas y violentas ofertas de la empresa. Ambos se sorprendieron ante la cantidad de personas dispuestas a pagar para eliminar a este o aquel conocido. El último había sido un hombre de constitución enclenque, quien, apenas unos días antes, les contó que su vecino había construido un gallinero a cuatro coma dos metros de la linde de su parcela, en lugar de respetar los cuatro coma cinco estipulados. Y cuando él le llamó la atención, el vecino se comportó de forma arrogante y le hizo muecas a su mujer. El enclenque era demasiado enclenque para tomarse la justicia por su mano, y si alguien lo hacía en su lugar en forma de paliza, el vecino volvería a visitar al enclenque tan pronto como se recuperara. Por esa razón necesitaba quitárselo de en medio para siempre.

—¿Por culpa del gallinero? —quiso confirmar el recepcionista—. ¿Por qué no va al ayuntamiento a quejarse? Las normas son las normas.

—Bueno, lo cierto es que la tela metálica del gallinero no se considera una valla, así que en parte lo asiste la ley.

—¿Y por esa razón tiene que morir?

—Le hizo muecas a mi esposa —le recordó el enclenque.

La pastora se dio cuenta de que el recepcionista se olvidaba de que el arrogante constructor del gallinero no llegaría a perder la vida, y que el encargo se resolvería en que el enclenque seguramente también quedaría con una economía igual de enclenque. Así que interrumpió la conversación y cambió de tema.

—¿Cómo se ha enterado de la existencia de Asesino Anders y su empresa de servicios?

—Leí algunos artículos en la prensa y los almacené en la memoria, porque no es la primera vez que se comporta de esa manera, me refiero al vecino. Cuando más tarde el asunto se volvió urgente, sólo tuve que preguntar en... bueno... en los bajos fondos.

La historia parecía razonable. La pastora lo informó de que su exigencia de justicia costaría ochocientas mil coronas.

El enclenque asintió satisfecho. Eran los ahorros de toda su vida, pero valía la pena.

—Les daré el dinero el miércoles. ¿Va bien así?

Perfecto. Su marcha estaba planeada para ese mismo jueves. Lo único que sabían sobre su futuro en común era que lo tenían financiado, que comenzaría justo ese día, al cabo de nada, y que no incluía a ningún asesino redimido.

—¿Os vais a alguna parte? —preguntó Asesino Anders mientras se dirigía a llenarse el estómago con el cuerpo y, sobre todo, la sangre de Cristo.

Últimamente solía encaminarse al centro de la ciudad. Cambiaba de bar tanto como fuera necesario, pues en los cercanos a la pensión ya no quedaba nadie a quien trans-mitirle la Palabra sin recibir improperios. En los barrios de los alrededores, la gente se había enterado de que el ex asesino se había vuelto inofensivo, con lo cual se atrevían a mandarlo a tomar viento fresco cuando insistía en leerles las Sagradas Escrituras durante la retransmisión del partido entre el Arsenal y el Manchester United.

Las maletas podían verse desde el mostrador de re-cepción a través de la puerta, aunque por suerte no así los montones de dinero con que las llenarían.

—¿Necesitas algo? —preguntó el recepcionista, que no creía tener obligación de informar al socio desleal.

Además, apenas quedaban unas horas para que no volvieran a verle el pelo.

—No, nada. Partid en paz —dijo Anders.

Aquel día decidió probar en uno de los bares de Söder-malm. Allí sin duda corría la cerveza a raudales, pero estaba seguro de que también habría vino tinto.

Se sentó en el Soldaten Svejk, en Östgötagatan y pidió dos copas de cabernet sauvignon. La camarera se las trajo en una bandeja y colocó una delante del cliente, que se la be-bió de un trago mientras ella pensaba dónde colocar la otra. Entonces el cliente cambió la copa uno por la copa dos y encargó las copas tres y cuatro.

—Ya que la señorita está aquí —añadió.

La sangre de Cristo se mezcló con la de Asesino An-ders y le transmitió una tranquilidad de lo más cristiana. Echó un vistazo por todo el local y se encontró con la mi-rada de un desconocido... Un momento, había algo familiar en él. Debía de tener unos cuarenta años y estaba bebiendo una jarra de cerveza. Sí, era uno de los tipos con los que había coincidido la última vez que había estado en el talego; los dos asistieron a la misma terapia de grupo... ¿No era aquel que nunca paraba de hablar? Gustavsson u Olofsson o algo parecido...

—¡Asesino Anders! Me alegro de verte —dijo Gustavsson u Olofsson.

—¡Igualmente, igualmente! Gustavsson, ¿verdad?

—Olofsson. ¿Puedo sentarme?

Claro que podía, no importaba cuál fuera su nombre, pues Asesino Anders enseguida lo identificó como un objetivo al que convertir.

—Ahora voy con Jesús —comenzó como siempre.

La reacción no fue la esperada. Olofsson empezó a reírse, y al ver que el otro permanecía serio, su risa se intensificó.

—¡Sí, hombre! —exclamó al fin, bebió un trago de cerveza y de repente se puso serio.

Asesino Anders estaba a punto de preguntar qué era tan gracioso, cuando Olofsson bajó la voz y dijo:

—Sé que vas a liquidar a Oxen.

—¿Qué?

—Tranquilo, no me iré de la lengua. Fue mi hermano quien encargó el trabajo. ¡Que Oxen se vaya al otro barrio es la bomba, tío! Menudo cabronazo. ¿Te acuerdas de lo que le hizo a mi hermana?

Oxen era el gánster más estúpido de todos los gánsteres. Entraba y salía del trullo una y otra vez; su envergadura era tal que se creía con derecho a propinarle una tunda a cualquiera que desobedeciera sus órdenes. En una ocasión, siguiendo esa lógica, se había propasado con su chica. Ella, a su vez, no era la mejor sierva de Dios; trabajaba en atención domiciliaria y se dedicaba a copiar las llaves de los apartamentos de los ancianos para dárselas a sus hermanos. A continuación, ellos esperaban un tiempo prudencial, luego hacían una visita al domicilio en cuestión y arramblaban con todo lo de valor. Si los ancianos estaban en casa, aprovechaban para darles un susto de muerte.

Pero Oxen pensó que era él quien debía quedarse con las llaves, así que le propinó una paliza brutal a su novia y luego a uno de sus hermanos. El otro se encontraba sentado en ese preciso momento frente a Asesino Anders en un bar de Estocolmo, demostrándole su agradecimiento.

—¿Cómo que liquidar a Oxen? Yo no voy a liquidar a nadie. Ya te he dicho que camino con Jesús.

—¿Con quién?

—Con Jesús, joder. Me he redimido.

Olofsson lo miró.

—¿Y qué pasa con las ochocientas mil coronas de mi hermano? Ya te las ha pagado.

Asesino Anders le pidió que se calmara. Aquel que camina junto a Jesús no mata por la espalda a su prójimo, por más contrato que haya de por medio. Así pues, Olofsson tendría que buscar sus ochocientas mil coronas en otra parte.

¿En un lugar distinto del bolsillo donde sin duda habían acabado? Olofsson no era un cobarde. Se puso en pie y dio un paso hacia el cerdo que pretendía estafarle casi un millón de coronas a su hermano. Además, el desgraciado estaba bebiendo vino en lugar de cerveza.

Un segundo después, Olofsson yacía noqueado en el suelo. No importaba lo redimido que estuviera, Asesino Anders era incapaz de poner la otra mejilla. Ni siquiera la primera. En cambio, paró el ataque de Olofsson con la derecha (¿o fue con la izquierda?) y lo tumbó con un derechazo directo (quizá fue un izquierdazo). Eso de poner la otra mejilla ya lo practicaría en el futuro.

La camarera se acercó con la tercera y la cuarta copa de vino, vio a Olofsson y preguntó qué había pasado. Asesino Anders le explicó que su amigo había bebido demasiado, pero que se recuperaría enseguida, y que antes de perder el conocimiento había prometido que pagaría la cuenta. Entonces vació de un trago una de las copas que la camarera tenía en la bandeja y dijo que su amigo seguro que se bebería la otra cuando despertara. A continuación, pasó por encima de Olofsson, dio las gracias y se marchó de allí.

Se dirigió hacia una pensión al sur de Estocolmo, donde en ese momento se llenaban unas maletas, una roja y otra amarilla, sin duda para viajar ese mismo día.

—¿Con cuánto dinero? —murmuró Anders para sí.

Era lento pensando, a veces demasiado y quizá un poco más. Y nadie podía decir que poseía el don de la palabra.

Pero no era tonto.

17

Una hora más y la pastora y el recepcionista no habrían vuelto a ver al ingenuo ex asesino. Pero éste se había encontrado a la persona equivocada en el bar y había sacado la conclusión correcta. Por eso estaba ahora en medio del cuarto trastero, junto a las maletas amarilla y roja. Abrió una de ellas: repleta de billetes.

—Vaya. —Fue todo lo que dijo.

—Catorce coma cuatro millones —comentó el recepcionista, resignado.

La pastora intentó salvar tanto el pellejo como la situación.

—Cuatro coma ocho millones son tuyos, claro. Te los puedes gastar en la Cruz Roja, en el Ejército de Salvación o en lo que quieras. Lo importante para nosotros es que no te quedes con las manos vacías. Una tercera parte es tuya. ¡Por supuesto!

—¿Para mí? —Fue todo lo que su cerebro pudo asimilar en ese momento.

Antes, cuando no tenía que pensar tanto, todo habría resultado más sencillo. Habría:

1. Reventado a la pastora y al recepcionista.
2. Cogido las maletas con el dinero.

3. Desaparecido de allí.

Ahora hallaba más dicha en dar que en recibir, era más fácil para un camello pasar por el ojo de una aguja que para un rico entrar en el reino de los cielos. Y además no hay que desear nada ni a nadie.

Aunque... no. Todo tenía sus límites. Y oyó que Jesús le hablaba. «Deshazte de estos dos fariseos que se han aprovechado de ti. Coge el dinero y empieza desde cero en algún lugar.»

Ésas fueron las palabras de Jesús, y Asesino Anders se las comunicó a sus ex socios.

Entonces el recepcionista comenzó a desesperarse de verdad, sintió que pronto llegaría el momento de ponerse de rodillas para suplicar por su vida. La pastora, en cambio, sólo sentía curiosidad.

—¿De verdad te ha hablado Jesucristo? Vaya, a mí nunca me dirigió ni una palabra durante todos mis años como emisaria del cielo en la tierra.

—¿No crees que quizá fue porque eres una farsante? —replicó Asesino Anders.

—Sí, tal vez. Si sobrevivo a los siguientes minutos, intentaré hablar con Él. Sólo una pregunta antes de que empieces a deshacerte de nosotros...

—¿Sí?

—Según Jesucristo, ¿qué tienes que hacer luego?

—Ya te lo he dicho: coger el dinero y largarme.

—Sí, claro. Pero quiero decir ¿y después? Eres conocido en casi todo el país, lo sabes, ¿verdad? Te reconocerán en cualquier sitio. Y tienes prácticamente a todos los criminales y seudocriminales de la capital detrás de ti. ¿Le has contado eso a Jesusito?

Asesino Anders guardó silencio. Y luego guardó silencio un rato más.

La pastora supuso que buscaba establecer contacto de nuevo y de momento no recibía respuesta. Entonces le dijo que no debía tomárselo como algo personal, quizá el Hijo de Dios estaba muy ocupado. Tenía tantas cosas que hacer: llenar de peces las redes de pesca, resucitar a los hijos de las viudas, hacer que los ciegos vieran, expulsar a los demonios de los hombres privados del habla... Si Asesino Anders no la creía, encontraría pruebas de ello en Lucas 5 y Mateo 9.

El recepcionista se removió incómodo. ¿Era ése el momento adecuado para provocar a aquella bestia?

Sin embargo, Asesino Anders no captó la provocación, todo lo contrario: ¡ella tenía razón! Jesús debía de estar muy ocupado. Aquello tendría que resolverlo él mismo. O pedirle consejo a alguien. Por ejemplo, a la maldita pastora.

—¿Se te ocurre algo? —refunfuñó.

—¿Me lo preguntas a mí o a Cristo? —dijo ella.

El recepcionista le lanzó una mirada ceñuda: «¡Ahora no te pases!»

—¡Te lo pregunto a ti, maldita sea! —exclamó Asesino Anders.

Diez minutos después, la pastora le sonsacó lo que había sucedido en el Soldaten Svejk, cuando el valiente asesino tumbó al amenazador hermano Olofsson —primero paró el golpe con la izquierda y luego le lanzó un derechazo mortal—, y la conclusión que el ex asesino había sacado del diálogo previo. Es decir, que ella y el recepcionista estaban a punto de traicionar a su socio.

—Ex socio —precisó el recepcionista—. Todo se torció cuando te negaste a cumplir tus obligaciones laborales.

—Pero ¡es que encontré a Jesús! ¿Es tan difícil de entender? ¿Y por eso queréis dejarme con el culo al aire?

La pastora intervino y evitó una discusión para la que no había tiempo. Estaba de acuerdo con la descripción de los hechos trazada por el ex asesino, si bien ella habría utilizado otras palabras. Ahora tenían que mirar hacia delante y actuar con rapidez, pues era imposible saber cuándo el conocido que Asesino Anders se había encontrado en el bar habría logrado levantarse del suelo, recoger su ira y marcharse. Lo más seguro era que hubiera ido directo a ver a su hermano para contarle un par de cosas.

—Hace un momento me has preguntado si teníamos pensado largarnos —añadió—. La respuesta es «¡sí!».

Lo mejor sería que se marcharan juntos. Ellos se ocuparían de proteger a su ex socio para que no fuera descubierto, con todo lo que eso podía significar. El dinero de las maletas lo compartirían fraternalmente; serían unos cinco millones por cabeza si añadían el dinero ahorrado de forma más honrada por el recepcionista y la pastora (no mucho más honrada, aunque sí algo más).

No sabían con certeza adónde dirigirse, pero el día anterior el recepcionista había ido a ver al Conde, el viejo conocido de Asesino Anders, para comprarle una pequeña autocaravana donde habría sitio para los tres durante un tiempo, aunque en principio estaba diseñada para dos personas.

—¿Autocaravana? —repitió Anders—. ¿Cuánto pagaste por ella?

—No mucho.

Per Persson se había llevado el vehículo con la promesa de que, a más tardar el viernes siguiente, Asesino Anders pasaría a pagarlo y, al mismo tiempo, le explicaría al Conde los detalles de la ejecución del doble asesinato contratado.

—¿Doble asesinato contratado?

—Contratado, pagado y no ejecutado. Se trata de uno de los principales competidores del Conde en el negocio automovilístico, y de un camello de pastillas que le hace competencia desleal a la Condesa. Les gustaría trabajar en solitario. Y pensaron que valía la pena pagar uno coma seis millones para conseguirlo.

—Uno coma seis... ¿que están en la maleta amarilla?

—Sí, o en la roja.

—¿Y los competidores del Conde y la Condesa van a seguir vivitos y coleando?

—Sí, a no ser que Cristo decida que vuelvas al trabajo, pero no tenemos ninguna razón para pensar que así será. No obstante, también les hemos robado ese vehículo. Por tanto, corremos el riesgo de que el Conde y la Condesa pronto se conviertan en nuestros clientes más insatisfechos, junto con el buen número ya existente de clientes insatisfechos. Debemos irnos ahora mismo y emprender el viaje hacia un destino desconocido.

En ese momento no era sencillo llamarse Johan Andersson. Y tampoco facilitaba las cosas que fuera conocido como Asesino Anders alguien que acababa de redimirse. Además, sus únicos amigos en el mundo parecían ahora sus peores enemigos y lo invitaban a compartir una autocaravana sólo para que él no los matara.

Jesús seguía guardando silencio como el muro de las lamentaciones mientras la pastora y el recepcionista parloteaban. Y, por lo visto, ellos tenían la única solución posible.

—Puedo ofrecerte media botella de la sangre de Cristo para el camino —lo tentó el recepcionista.

Asesino Anders tomó una decisión.

—De acuerdo. Aunque en un día como éste, mejor una entera. Venga, nos largamos.

18

Olofsson, el presidiario reincidente noqueado por un colega recién redimido en un bar de Södermalm, despertó en apenas unos minutos. Se comportó de manera insolente con el personal de la ambulancia que acababa de llegar, maldijo a la pobre camarera cuando ésta le reclamó el pago de la cuenta, lanzó la copa de Cabernet Sauvignon contra la pared y se marchó de allí tambaleándose. En menos de media hora llegó a casa de su hermano Olofsson (en los círculos de presidiarios reincidentes es habitual prescindir de los nombres de pila). Cuando el hermano pequeño le explicó la situación al mayor, Olofsson y Olofsson se dirigieron de inmediato a la pensión Sjöudden para hacer justicia.

El lugar parecía abandonado. En la recepción había un par de clientes desconcertados que preguntaban por el recepcionista, pues no tenían la llave de su habitación. Un tercer cliente deseaba registrarse desde hacía unos diez minutos. Éste les contó a Olofsson y Olofsson que había pulsado varias veces el timbre sin ningún éxito, y si llamaba a la pensión con su móvil, sonaba el teléfono que había sobre el mostrador, ése de ahí.

—¿Ustedes también han reservado habitación? —preguntó el hombre.

—No —respondió Olofsson.

—No —confirmó Olofsson.

Y entonces salieron de allí, se dirigieron al coche en busca de un bidón de gasolina, rodearon el edificio hasta llegar a la parte trasera y le prendieron fuego.

En señal de advertencia.

Sin especificar cuál.

Eso ocurría con facilidad cuando los dos hermanos se juntaban. Olofsson era casi tan temperamental como Olofsson.

Una hora más tarde, el jefe de bomberos de Huddinge decidió que no valía la pena pedir refuerzos. El edificio estaba en llamas y no se podía salvar, pero no soplaba viento y, por lo demás, reinaban unas condiciones atmosféricas tan favorables que ningún edificio circundante corría peligro. Sólo quedaba esperar que la pensión se consumiera por completo. De momento no podían estar seguros del todo, pero según los testigos no había quedado nadie atrapado en su interior. Respecto a la causa del siniestro, dos desconocidos habían pegado fuego al edificio. Desde el punto de vista jurídico se trataba de un incendio intencionado.

Desde el punto de vista periodístico, ya que nadie había resultado herido, la noticia no debería haber despertado mayor interés. Sin embargo, en el *Expressen*, un avispado redactor que estaba de guardia recordó dónde había tenido lugar la entrevista con Asesino Anders. Ya habían pasado dos o tres años desde entonces, pero aquel asesino había vivido allí. ¿Seguiría viviendo en aquella pensión? Tras un rápido y buen trabajo, tuvo listo el titular del día siguiente.

Guerra en los bajos fondos:
ASESINO ANDERS
huye de los incendiarios

Le dedicaron dos dobles páginas, que incluían una exhaustiva repetición de lo peligroso que se consideraba a Asesino Anders, completada con especulaciones sobre la probable causa del incendio intencionado. Y ya que Asesino no había muerto carbonizado, debía de encontrarse por ahí fuera —¡huyendo!—, buscando un nuevo lugar donde ocultarse. ¿Quizá justo cerca de ti?

Una nación asustada compra periódicos vespertinos.

·

Que se hubiera quemado la pensión Sjöudden hasta los cimientos de esa manera era, según el recepcionista, que iba al volante, sumamente positivo desde dos puntos de vista, y directamente negativo desde uno. La pastora y Asesino Anders le pidieron que se explicara.

Bueno, en primer lugar, el dueño de la pensión, el viejo y tacaño rey del porno local, se quedaba sin su principal fuente de ingresos, y ¡eso era bueno! Si el recepcionista no recordaba mal, el dueño pensó que no era nada viril asegurar el edificio por varios miles de coronas al año. Así que no tenía seguro contra incendios, y eso lo volvía todo aún más divertido.

—¿Nada viril? —se extrañó Johanna Kjellander.

—La diferencia entre lo viril y la estupidez a veces es muy sutil.

—¿Qué piensas tú del caso que nos ocupa?

El recepcionista respondió con sinceridad: según se habían desarrollado los hechos, la estupidez había ganado la partida después de que la virilidad la hubiera liderado durante mucho tiempo.

La pastora se abstuvo de profundizar en ambas cualidades masculinas y le pidió que continuara con el tema sobre lo bueno y lo malo.

De acuerdo, también era bueno que todas las huellas dactilares, los posibles objetos personales olvidados y cualquier otra cosa que pudiera identificar al recepcionista y la pastora se hubieran incinerado. Ahora, ambos eran todavía más desconocidos que antes.

Más o menos como Asesino Anders, pero al revés. Los periódicos, con el *Expressen* a la cabeza, difundieron a los cuatro vientos la historia sobre el peligroso criminal, abonándola con fotografías suyas. Así pues, el ex asesino no podía bajar de la autocaravana, salvo que se echara una manta sobre la cabeza. Y no podía bajar con una manta sobre la cabeza porque eso llamaría la atención. En pocas palabras: Asesino Anders no podía bajar de la autocaravana.

·

Al día siguiente, los periódicos estaban de nuevo repletos de información sobre el hombre de más candente actualidad en Suecia. Las historias de sus fechorías habían corrido tanto que algunos malhechores de poca monta llamaron a sus contactos periodísticos para ganarse un billete de mil facilitando alguna pista.

—Sí, ya sabes, el cabrón ese hizo que le pagaran por adelantado unos trabajillos y después se piró con la pasta sin haberlos ejecutado. Dinero fácil, ja, ja, ja. ¿Cuánto tiempo crees que puede quedarle de vida ahora?

19

Sería exagerado llamarlo «vagabundeo», aunque el viaje hacia el sur en la autocaravana discurría sin ningún tipo de planificación. La idea principal era alejarse de Estocolmo. Otra, mantenerse todo el tiempo en movimiento. Después de dos días llegaron a Växjö, en Småland, y se dirigieron al centro de la ciudad en busca de una hamburguesería donde almorzar temprano.

En los kioscos y las puertas de las tiendas se veían los carteles que anunciaban los periódicos, cuyos titulares alertaban de que el peligroso y seguramente desesperado asesino podría encontrarse por los alrededores. El delincuente que había inspirado una tirada de cien mil carteles expuestos a lo largo y ancho del país se dirigía sin duda a alguna parte, como por ejemplo a Växjö.

La pastora y el recepcionista no habían vislumbrado una imagen completa de su futuro en común. No obstante, ninguna imagen parcial incluía una pequeña autocaravana en la que convivir con un psicópata temperamental, recién redimido y alcohólico, perseguido por una gran parte de los criminales del país.

Växjö estaba repleto de carteles y portadas con grandes fotografías de Asesino Anders con mirada ceñuda, lo que provocó que la pastora murmurara que, al parecer, tendría que pasar un tiempo antes de que su amado y ella pudiesen abrazarse a solas.

—Bah —dijo Anders—, abrazaos si queréis, ya me taparé los oídos.

—Y los ojos —añadió la pastora.

—¿Los ojos también? Pero entonces no podré...

En ese momento, la autocaravana pasó junto a algo que distrajo al ex asesino. Ordenó al recepcionista que diera media vuelta, pues se trataba de...

—¿Un restaurante? —preguntó el conductor.

—No, a la mierda con eso. ¡Da la vuelta! O da una vuelta a la manzana. ¡Arreando!

El recepcionista se encogió de hombros y obedeció. Enseguida, el ex asesino comprobó lo que creía haber visto: un local de la Cruz Roja. Eran las diez y cuarto de la mañana y Asesino Anders se encontraba de un humor afectuoso, además de sentirse alentado por la romántica conversación que acababan de mantener.

—Cinco millones son míos, ¿verdad? Pues ahora uno de vosotros entrará allí y les entregará quinientas mil coronas en nombre de Jesús.

—¿Estás loco? —saltó la pastora, aunque ya conocía la respuesta.

—¿Que el rico done al pobre significa que esté loco? ¿Eso es lo que dice una pastora titulada? Tú misma, en la pensión, hace un par de días dijiste que si yo así lo quería, mi dinero podía ir a parar a la Cruz Roja o al Ejército de Salvación.

La pastora respondió que en ese momento estaba intentando sobrevivir a una situación y que ahora se trataba de sobrevivir a otra. Y los resultados podían ser diferentes. Ella y el recepcionista tenían que preservar su anonimato.

—Comprenderás que yo no pueda entrar ahí y decir «Hola, aquí os dejo un poco de calderilla». Quizá hay cámaras de videovigilancia, o alguien podría sacarme una foto con su móvil, o llamar a la poli. Te enumeraré otras razones si me das unos segundos...

La pastora no pudo enumerar nada más. Asesino Anders abrió la maleta amarilla, cogió dos gruesos fajos de billetes, cerró la maleta, abrió la puerta de la autocaravana y se apeó.

—Ahora vuelvo —dijo por toda explicación.

Entró en el local a grandes zancadas. Al recepcionista y la pastora les pareció percibir un alboroto a través del escaparate, pero no resultaba fácil distinguirlo con claridad... ¿Había alguien que levantaba los brazos? Después, llegó hasta la calle el ruido de algo que se rompía en pedazos...

Medio minuto más tarde volvió a abrirse la puerta; Asesino Anders salió, pero nadie lo acompañaba. Demostrando una agilidad sorprendente para su edad, saltó al interior del vehículo, cerró la puerta y le sugirió al recepcionista que se marcharan, a poder ser, con la mayor rapidez posible.

Per Persson blasfemó en algunos momentos, en otros giró a la izquierda, luego a la derecha, volvió a torcer a la izquierda, pasó una rotonda y otra rotonda más —así es Växjö— y giró la segunda a la derecha después de haber pasado una cuarta o quinta rotonda. Durante un rato continuó todo recto hasta salir de la ciudad, luego giró a la izquierda por un camino forestal, dobló a la izquierda de nuevo y una vez más torció a la izquierda.

Se detuvo en un claro de lo que parecía un remoto bosque de Småland. A juzgar por lo que había observado por el retrovisor durante el trayecto, nadie los había seguido. A pesar de todo, estaba enfadado.

—¡Mierda! ¿Queréis que votemos del uno al diez lo estúpido que ha sido hacer eso?

—¿Cuánto dinero había en los fajos? —preguntó la pastora.

—No lo sé —respondió Asesino Anders—, pero seguro que Jesús escogió por mí la suma correcta.

—¿Jesús? —repitió el recepcionista, aún enfadado—. Si puede transformar el agua en vino, también podría hacer que apareciera dinero sin nuestra ayuda. Dile de mi parte que...

—Vale, vale —terció la pastora—, parece que todo ha salido bien. Pero estoy de acuerdo en que el ex asesino en parte más paleto del mundo podría haber actuado de otra forma. Cuéntame ahora qué ha pasado dentro del local.

—¿En parte? —inquirió Asesino Anders.

No le gustaba no entender, pero no prestó demasiada atención a lo que había dicho la pastora y se centró en la novedad que representaba el hecho de que Jesús hubiera transformado agua en vino. Se preguntó si en algún momento él llegaría tan lejos con su propia fe.

20

Tras el incidente en el local de la Cruz Roja, recorrieron la margen izquierda del Helgasjön y continuaron su viaje al sur sin acercarse de nuevo a la ciudad. Tomaron un almuerzo temprano, que consistió en perritos calientes de gasolinera con puré de patata de sobre. Después reinó la tranquilidad hasta que llegaron a las afueras de Hässleholm, en el norte de Escandia. Una vez allí, Asesino Anders dijo que tenía que visitar la licorería estatal Systembolaget, ya que comenzaba a escasear el vino que lo mantenía unido a Jesús. Hasta ese momento habían fracasado sus intentos de convertir en algo potable una botella de agua mineral que había encontrado. «A Dios rogando y con el mazo dando», ¿no era eso lo que decían?

A la pastora, que iba al volante, no le gustó el anuncio del ex asesino. Habría preferido alejarse de la debacle de Växjö antes de desafiar un nuevo centro urbano, pero hizo lo que le pedía, pues si había algo peor que un Asesino Anders, era un Asesino Anders sobrio.

El recepcionista tampoco protestó, por razones más o menos similares.

Dijeron a Anders que se ocultara en la parte trasera de la autocaravana —donde, no tenían muy claro por qué, se había sentado hacía un rato y hablaba con una botella de agua— mientras recorrían el corto trayecto hasta el centro comercial en el que se encontraba la susodicha Systembolaget. El trayecto resultó realmente corto, pues la pastora tuvo la suerte de encontrar el mejor aparcamiento: justo delante de la entrada.

—Vuelvo enseguida —dijo el recepcionista—. ¡Y tú no te bajes del coche! Por cierto, ¿qué vino quieres?

—Cualquiera vale, siempre y cuando sea tinto y potente. Ni Jesús ni yo somos tiquismiquis con eso. No nos gusta gastarnos más dinero de la cuenta en la eucaristía, es mejor pensar en aquellos que...

—Vale, vale —lo cortó Per Persson, y se fue.

No hacía muchas semanas, Asesino Anders había aprendido de la pastora que los caminos del Señor son inescrutables, pero en ese momento comprobó a través de los visillos de una ventanilla lateral trasera lo maravillosamente cierto que era eso. ¿Quién se encontraba a unos cinco metros de allí? Nada menos que una mujer del Ejército de Salvación, estratégicamente situada delante de la concurrida Systembolaget. Allí andaba con su hucha en la mano, consiguiendo unas coronas aquí y allá.

La pastora seguía sentada al volante, pensando en sus cosas y ajena al peligro inminente. Asesino Anders cogió con sigilo más o menos la misma cantidad de dinero que la vez anterior, la metió en una bolsa de plástico de la gasolinera, entreabrió la puerta de la autocaravana, despacio para que la pastora no se diera cuenta, e hizo señas con las manos hasta que la mujer del Ejército de Salvación lo vio, por suerte sin reconocer al hombre más peligroso del país. Así que dio los pasos necesarios para acercarse al vehículo, al comprender que el hombre del lenguaje de signos se dirigía a ella.

Cuando la tuvo a su lado, Anders susurró a través de la puerta entreabierta, agradeciéndole su servicio al Señor. Y le tendió la bolsa de plástico repleta de dinero.

Le dio la impresión de que la mujer estaba exhausta y muy ajada. Seguro que le vendrían bien unas palabras de consuelo.

—Descansa en paz —le dijo con amabilidad, aunque en voz demasiado alta, antes de cerrar la puerta.

«¿Descansa en paz?» A la pastora apenas le dio tiempo a darse la vuelta, sorprenderse de lo que veía, volver a sorprenderse ante la imagen de la anciana del Ejército de Salvación retrocediendo a trompicones tras descubrir lo que le habían regalado, y sorprenderse una vez más cuando la pobrecilla chocó contra el recepcionista, que llegaba con dos bolsas llenas de botellas vino eucarístico en las manos.

Las botellas se salvaron. El recepcionista le pidió disculpas a la mujer. ¿Qué había pasado? ¿Se encontraba bien la señora?

Entonces oyó la voz de la pastora desde la ventanilla de la autocaravana.

—Pasa de la vieja y sube inmediatamente. ¡Este idiota lo ha vuelto a hacer!

21

A quinientos kilómetros exactos al nordeste de Hässle-holm, un empresario del sector automovilístico conversaba con su novia. Ambos —como la mayor parte de la nación— habían leído la historia del peligroso asesino que había estafado a los bajos fondos.

El vendedor de coches y su novia pertenecían al grupo de los estafados. Y se adscribían al subgrupo de los menos dispuestos a perdonar. Por un lado, porque el rencor forma-ba parte de su naturaleza y, por otro, porque a todo el dinero perdido, ellos tenían que añadir una autocaravana birlada.

—¿Qué te parece si lo cortamos en trocitos, empezan-do por abajo y siguiendo hacia arriba? —propuso él, cono-cido como «el Conde» en los círculos criminales.

—¿Te refieres a desollarlo despacito mientras está vivo? —preguntó su Condesa.

—Más o menos.

—Me parece bien. Siempre y cuando pueda participar yo también.

—Por supuesto, querida —asintió el Conde—. Sólo te-nemos que encontrarlo.

SEGUNDA PARTE

Un segundo negocio diferente

22

Después de lo acaecido con la Cruz Roja y con la vieja del Ejército de Salvación, la pastora giró en dirección norte. Tras Växjö y Hässleholm, Malmö resultaría el destino lógico para quien los siguiera. Por esa razón, avanzaban en dirección contraria.

Asesino Anders roncaba tumbado sobre una colchoneta colocada encima de las maletas en la parte trasera, cuando la pastora entró en un área de descanso junto a un lago, en algún lugar de los alrededores de Halland y Västergötland. Se detuvo, apagó el motor y señaló hacia una barbacoa de ladrillo que había junto al agua.

—Reunión —dijo lo bastante bajo para no despertar a Anders.

El recepcionista asintió. Ambos se acercaron hasta el agua, se sentaron en sendas piedras que había junto a la barbacoa y sintieron que podrían haber pasado allí un buen rato, de no encontrarse en aquel desastre de situación.

—Declaro abierta la reunión —dijo la pastora en voz baja.

—Y yo la declaro válida con el quórum actual —susurró el recepcionista—. Lamento que no todos hayan oído la convocatoria. ¿Qué tenemos en el orden del día?

—Un solo punto: cómo deshacernos de ese animal durmiente conservando al mismo tiempo el pellejo. Y, a ser posible, conseguir que nuestro dinero siga siendo eso, nuestro. No el dinero de Asesino Anders. Ni el de las misiones estatales. Ni el de Save the Children. Ni el de quien o lo que sea que en adelante se cruce en nuestro camino.

La primera propuesta que recibió apoyo suficiente fue recurrir a los servicios de un sicario para eliminar al suyo propio. El problema era que en los círculos donde se podía encontrar a alguien así había demasiadas personas que recientemente habían sido engañadas por ellos en nombre de Asesino Anders.

No; hacer que un asesino asesinara al ex asesino era demasiado peligroso. Además, rozaba la inmoralidad. A la pastora se le ocurrió una solución más sencilla: ¿qué pasaría si se largaran en cuanto Asesino Anders abandonara el vehículo para aligerarse de vientre tras un árbol?

—Bueno —dijo el recepcionista—, lo que ocurriría entonces sería que... nos habríamos deshecho de él.

—Y que nos quedaríamos con todo el dinero —añadió la pastora.

¡No era tan complicado! Ya podían haberlo pensado antes, junto a la tienda de la Cruz Roja de Växjö. «¡Ahora vuelvo!», había dicho el interfecto antes de apearse de la autocaravana. La pastora y el recepcionista habían tenido medio minuto largo para recapacitar, sacar las conclusiones oportunas y largarse de allí.

«¡Medio minuto largo!», comprendieron diez horas después.

La reunión finalizó. La decisión unánimemente acordada fue no precipitarse: mantenerse tranquilos durante tres días, recabar todo lo publicado en la prensa sobre los acontecimientos de Växjö y Hässleholm, recoger datos sobre cómo Asesino Anders había conseguido asustar a todo el país, comprobar si las identidades de ellos dos seguían en el anonimato y si los estaban persiguiendo.

Y a continuación, actuar de acuerdo con la información obtenida. Y no desviarse del claro objetivo de separarse, tanto ellos como las maletas, de aquel animal que seguía roncando en la parte trasera del vehículo.

El área de descanso era un buen sitio para permanecer aparcados sin ser vistos desde la carretera. Podían comprar provisiones en una gasolinera que había a dos kilómetros de distancia. El recepcionista se ofreció a ir y volver a pie mientras la pastora vigilaba a Asesino Anders, con la misión principal de impedirle salir disparado hacia el bosque para darle un millón o dos al primer excursionista que se encontrara por los senderos circundantes.

23

En principio, las dos donaciones de dinero en Växjö y Hässleholm fueron consideradas actos delictivos. Y la policía las catalogó como de máxima prioridad, ya que fueron llevadas a cabo por quien se decía que era el hombre más peligroso de Suecia.

Se confiscaron cuatrocientas setenta mil coronas a la Cruz Roja de Växjö y quinientas sesenta mil coronas al Ejército de Salvación de Hässleholm. Los departamentos de policía de esas dos ciudades del sur de Suecia cooperaban entre sí.

El local de Växjö era una tienda en la que gente donaba cosas, otros las compraban y el excedente se enviaba a alguno de los rincones más miserables de la tierra. El día de autos, cuando se abrió la puerta y, con una mirada amenazante, el conocido en todo el país como Asesino Anders entró, en el local había dos empleadas y el mismo número de clientes. Que su mirada fuera amenazante lo pensó por lo menos uno de los dos clientes, una mujer, que chilló y corrió a refugiarse tras una estantería llena de objetos de porcelana. Las dos empleadas levantaron los brazos indicando que deseaban conservar la vida, mientras que el otro cliente, el teniente jubilado Henriksson del Regimiento

Kronoberg, octava compañía, se armaba con un cepillo de cuarenta y nueve coronas.

Asesino Anders comenzó diciendo «La paz del Señor sea en esta tienda», pese a que su aparición ocasionó el efecto contrario. A continuación, dejó un grueso fajo de billetes delante de las empleadas que seguían con los brazos en alto y dijo que deseaba que utilizaran los brazos, y sobre todo sus cuatro manos, para aceptar y guardar aquel dinero como una donación hecha en nombre de Jesús. Para finalizar, deseó a todos un buen día y se fue tan rápido como había llegado. Es posible que en la puerta, al salir, dijera «hosanna», pero las empleadas no se pusieron de acuerdo en eso; una de ellas estaba segura de que se había tratado más bien de un estornudo.

A continuación, se metió en una furgoneta blanca o de algún color semejante, pero eso sólo le pareció verlo a una empleada. El resto de los presentes tenía la mirada puesta en la mujer que se encontraba bajo un montón de porcelana rota. Había salido arrastrándose de debajo de la estantería mientras rogaba «No me mate, no me mate...» al hombre que a esas alturas ya no estaba en el local.

Los acontecimientos de Växjö se sucedieron con tal rapidez que nadie pudo confirmar la presencia de una autocaravana. Sin embargo, las cuatro personas presentes en la tienda reconocieron a Asesino Anders. El teniente Henriksson aseguraba a quien quisiera oírlo que él habría atacado al agresor de haber sido necesario, y que lo más seguro era que éste se hubiera dado cuenta de ello, y que por esa razón se había largado y había dejado todo el dinero allí.

La otra clienta, la superviviente de la estantería de porcelana, no pudo ser interrogada por la policía ni por la prensa. En su opinión, había sobrevivido a una tentativa de asesinato por parte del asesino en serie más famoso de Suecia, y ahora se encontraba en el hospital, todavía temblando. «¡Atrapad al monstruo!», logró decirle al reportero

125

del *Smålandsposten* que consiguió colarse en su habitación, antes de que la enfermera jefe lo echara de buenas maneras.

A las empleadas de los brazos levantados, tras una conversación inicial con la policía, las informaron de que no podían hacer declaraciones a los medios ni a nadie más. La orden procedía de la oficina central de la Cruz Roja de Estocolmo. Los que quisieran saber qué habían experimentado las dos trabajadoras, debían ponerse en contacto con la responsable de prensa, que en esos momentos se encontraba a cuatrocientos setenta kilómetros de distancia. A su vez, la responsable de prensa, que estaba instruida para no decir nada que pudiera perjudicar la marca Cruz Roja —y eso era lo que precisamente haría cualquier conexión con el hombre llamado Asesino Anders—, prefirió no declarar nada. Ese «nada» podía sonar más o menos así:

Pregunta: «¿Qué le han contado las empleadas sobre su encuentro con Asesino Anders? ¿Las amenazó? ¿Pasaron miedo?»

Respuesta: «En situaciones como ésta, siempre nos centramos en las miles de personas de todo el mundo que necesitan y reciben ayuda humanitaria de la Cruz Roja.»

En el caso de la anciana del Ejército de Salvación, las declaraciones de los testigos fueron varias y más detalladas. El cruce de caminos de Hässleholm siempre ha sido conocido por lo fácil que resulta salir de allí. Por esa razón los ciudadanos, los políticos y los periodistas se involucraron algo más de la cuenta en los asombrosos acontecimientos sucedidos delante del centro comercial.

Los testigos que se encontraban en la acera junto a la Systembolaget se mostraron dispuestos a ser entrevistados por los medios e interrogados por la policía. Una bloguera publicó una entrada apuntando que quizá ella había evitado una masacre al doblar la esquina y conseguir asustar a los malhechores en el último momento. Cuando fue interrogada por la policía, resultó que lo único que podía afirmar con seguridad era que Asesino Anders y sus secuaces se habían marchado en un Volvo rojo.

El mejor testigo resultó ser un fanático de las autocaravanas que se encontraba junto a la mujer del Ejército de Salvación. Podía apostar la vida a que iba una mujer al volante y que la autocaravana era una Elnagh Duke 310 de 2008. De la mujer al volante lo único que pudo decir fue que ese modelo incluía airbag en el asiento del conductor. A pesar de lo mucho que insistieron el hambriento reportero del periódico local y el agente de policía algo cansado que lo interrogó, sólo sacaron en claro que la conductora era «como suelen ser las mujeres» y que las llantas, por alguna razón, no eran las originales.

El alcalde tomó la iniciativa de abrir un centro de crisis en el ayuntamiento, en el que daba la bienvenida a todos aquellos que se sintieran perjudicados, directa o indirectamente, por los estragos causados por Asesino Anders en el municipio. El alcalde pidió la colaboración de dos médicos, una enfermera y un psicólogo de su círculo de conocidos. Al no presentarse ningún ciudadano al centro recién inaugurado, intuyó un descalabro político, cogió su coche y fue en busca de la anciana del Ejército de Salvación. La soldado se encontraba en su casa preparando puré de nabos y no deseaba ir a ninguna parte, pero finalmente accedió porque quiso ser considerada, aunque si realmente hubiera considerado la situación, no hubiera accedido a salir de sus casa.

Así pues, los medios pudieron hablar del centro de crisis instalado a iniciativa del alcalde, de la conmocionada soldado del Ejército de Salvación, que recibía ayuda para recuperar una vida tan normal como fuera posible, y del alcalde, que se acogía a la confidencialidad respecto a los datos sobre el número de ciudadanos afectados que habían requerido atención y apoyo.

La verdad —el hecho de que la soldado no estuviera conmocionada pero sí hambrienta— nunca llegó a conocimiento del público.

24

El tercer día las cosas empezaron a cambiar. Primero la policía notificó que se daba por concluida la investigación criminal sobre Johan Andersson. Si bien era cierto que el donante de casi un millón de coronas era un conocido criminal, resultaba que ya había pagado por sus crímenes y no tenía deudas pendientes con Hacienda. Además, nadie reclamó el dinero y los billetes no se pudieron relacionar con delitos cometidos con anterioridad. La Cruz Roja y el Ejército de Salvación recuperaron las cuatrocientas setenta mil coronas y las quinientas sesenta mil coronas recibidas respectivamente como donativo. No es ilegal que un asesino done dinero a diestro y siniestro.

Si bien algunos testigos declararon que Johan Andersson se había comportado de manera amenazadora, o por lo menos que tenía una mirada amenazadora, en contra de esas afirmaciones estaba la obstinada convicción de la anciana del Ejército de Salvación, que afirmó que Asesino Anders tenía unos ojos bonitos y que su pecho debía de albergar un corazón de oro. Y de ninguna manera consideraba una amenaza su despedida «Descansa en paz».

El responsable de la investigación murmuró para sí que eso era lo mejor que la mujer podía hacer, y cerró el caso.

—Descansa tú también en paz —le dijo al expediente, antes de colocarlo en la estantería de los casos cerrados en el sótano de la comisaría.

Durante esos mismos tres días, alguien había creado un grupo de apoyo en Facebook con el nombre de Asesino Anders. Un día después tenía doce miembros. Dos días después, sesenta y nueve mil. Y antes de la hora del almuerzo del tercer día superaba el millón.

La gente debió de enterarse de lo que estaba pasando al mismo tiempo que los tabloides *Expressen* y *Aftonbladet*. A saber:

Un asesino había encontrado a Cristo y, como consecuencia de ello, había estafado a los bajos fondos para repartir el dinero entre los necesitados. Como Robin Hood pero mejor, eso opinaba todo un país (menos un conde, una condesa y algunas personas más de los bajos fondos de Estocolmo y alrededores). ¡Un milagro de Dios! Eso pensaron tantas personas religiosas de diferentes creencias que se creó una página paralela en Facebook de carácter bíblico.

—Creo que ese hombre, cuyo apodo es tan horrible, muestra coraje, fuerza y generosidad. Espero que en sus futuras acciones se acuerde también de los niños desprotegidos —se le ocurrió decir a su majestad la reina durante la retransmisión televisiva de una gala.

—No me lo puedo creer —dijo el recepcionista cuando la pastora le contó que, de forma indirecta, la reina le había pedido a Asesino Anders que enviara medio millón de coronas a Save the Children o a su World Childhood Foundation.

—Vaya, vaya... —le dijo Asesino Anders a Johanna Kjellander—. Hasta la realeza habla de mí. Los caminos del Señor son ines... ¿cómo era?

—…crutables. Subid, que nos vamos.

—¿Adónde? —dijo el recepcionista.

—No lo sé —respondió la pastora.

«Quizá seamos bienvenidos en palacio —pensó Asesino Anders—. Seguro que tienen muchas habitaciones vacías.»

25

La pastora entró en una nueva y bastante desierta área de servicio a las afueras de Borås para discutir el inminente y necesario cambio de vehículo. Sin embargo, allí se les presentó la gran oportunidad para, de una vez por todas, deshacerse de la parte indeseable del equipaje.

Apenas hubo detenido la autocaravana, Asesino Anders abrió la puerta y se apeó.

—Aaah —dijo, estirando los brazos—. ¡Qué ganas de darme un paseo por la naturaleza de Dios!

Sí, eso deseaba hacer. Jesús dio su aprobación al instante, pero también le informó de que hacía fresco y que lo mejor sería que cogiera una botella de algo reconfortante. Por ejemplo, una botella de pinot noir.

—Estaré fuera una media hora, dependiendo de si encuentro setas calabaza, *Boletus edulis*, por el camino. Os aviso por si queréis tener un rato de ñaca-ñaca —dijo, guardándose la botella en el bolsillo trasero del pantalón y alejándose de allí.

Cuando estuvo fuera de su vista y ya no podía oírlos, la pastora le preguntó al recepcionista:

—¿Quién le ha enseñado el nombre de la seta calabaza en latín?

—Yo no, acabo de enterarme. Pero ¿quién no le ha enseñado que en abril no se encuentran?

Johanna Kjellander guardó silencio. A continuación dijo:

—No lo sé. Ya no sé nada.

La idea era que, a la primera oportunidad, ellos y el dinero se separarían permanentemente de la persona que en ese momento caminaba por ahí buscando setas que se encontraba, por lo menos, a cinco meses de distancia.

Pero ahora una especie de desaliento embargaba el diálogo entre la pastora y el recepcionista. O de resignación. Eso, mezclado con un suave aroma a...

¿A qué?

¿Posibilidades?

¿Debían largarse ya mismo, cuando todo había cambiado tanto en tan poco tiempo? En apenas un par de días, Asesino Anders había pasado de ser el hombre más rechazado al más deseado de Suecia.

Eso requería un nuevo análisis de la situación. De repente viajaban con alguien que tenía una notoriedad semejante a la de Elvis Presley.

—Pero Elvis está muerto —observó el recepcionista.

—Pues todo resultaría más sencillo si Asesino Anders le estuviera haciendo compañía. A ser posible junto con gran parte de la humanidad, pero ahora las cosas son como son.

El peligro de seguir al lado de Asesino Anders era evidente. Pero lo mismo sucedía con las oportunidades. Si a alguien le gustaba mucho el dinero, no abandonaba al nuevo Elvis en la cuneta más cercana.

—Esperemos al que vaga por el bosque y luego dirijámonos a Borås para comprar una autocaravana más grande y distinta de ésta —propuso el recepcionista.

La pastora estuvo de acuerdo. La logística era la especialidad de Per Persson, no la suya, pero entonces cambió de opinión.

—O empecemos por hacer lo que ha sugerido.

—¿Quién?

—El buscador de setas.

—¿Te refieres al ñaca-ñaca?

Sí, a eso se refería.

26

Entraron del brazo en la principal, y probablemente única, tienda de autocaravanas de Borås. Delante del vendedor se llamaron «querida» y «cariño» y causaron una grata impresión. Eso mientras, a dos manzanas de distancia, Asesino Anders permanecía escondido en el vehículo que ya había cumplido su función. Sin setas, pero con una biblia y una botella de eucaristía como compañía.

Tanto la pastora como el recepcionista se quedaron prendados de una Hobby 770 Sphinx. Y no sólo por la *chambre séparée*.

El precio, seiscientas sesenta mil coronas, no era problema. O mejor dicho, sí lo era.

—¿Al contado? —preguntó el vendedor, y pareció receloso.

Era en esa clase de situaciones cuando la pastora daba lo mejor de sí.

Comenzó por aflojarse la bufanda que hasta entonces le había ocultado el alzacuellos, y luego preguntó qué tenía de malo pagar al contado. Apenas un día antes, la policía había devuelto lo que ese tal Asesino Anders —«¡Dios lo bendiga!»— había donado a la Cruz Roja y al Ejército de Salvación.

Por supuesto, el vendedor estaba al corriente de la noticia más importante del país y, tras vacilar, admitió que la pastora tenía razón. Pero ¿seiscientas sesenta mil coronas a toca teja?

Si la cantidad le resultaba excesivamente alta, seguro que podrían acordar una menor. En ese caso, la diferencia iría a parar a la actividad internacional de la Iglesia de Suecia.

—Que, por lo demás, nunca ha tenido problemas con el pago en metálico. Pero si no desea vendernos un vehículo para la lucha contra el hambre, buscaremos otro sitio donde comprarlo.

La pastora hizo un gesto de despedida con la cabeza, cogió a su recepcionista del brazo y dio media vuelta.

Diez minutos después habían terminado con todo el papeleo. La pastora y el recepcionista ocuparon sus sitios en la nueva autocaravana y salieron de allí. Entonces, él por fin pudo preguntar:

—¿La lucha contra el hambre?

—He tenido que improvisar. Por cierto, empiezo a tener hambre. ¿Qué te parece un McAuto?

•

Todos —¡y eran muchos!— los que deseaban conocer a Asesino Anders, el nuevo ídolo nacional, prestaban atención cada vez que pasaba una autocaravana. Los oteadores más expertos se hacían preguntas como: ¿Era una Elnagh Duke 310 de 2008 la que acababan de ver? Y, en ese caso, ¿qué llantas llevaba? ¿Eran las originales o no?

El trío de fugados pensaba deshacerse de esos oteadores abandonando el vehículo birlado al Conde, y ése era el siguiente punto de su agenda.

Pero para los alegres aficionados, una autocaravana era una autocaravana. A pesar del cambio de vehículo, la pastora, el recepcionista y el héroe del pueblo estarían siempre expuestos a las miradas de la ciudadanía. ¿Se distinguía a Asesino Anders en el asiento delantero? ¿Era una mujer —que según un testigo se parecía al resto de las mujeres— la que conducía?

La solución no podía ser sólo deshacerse de la autocaravana del Conde, sino también hacerlo de una forma solemne. Y, para no levantar sospechas, a una distancia prudencial de Borås.

·

Después de pasar por la hamburguesería, y de una visita sin problemas a la Systembolaget local y otra a una gasolinera donde el personal y los vehículos pudieron repostar, el viaje continuó en dirección norte. El plan del día siguiente estaba aprobado y decidido.

Desde el saludo de la reina, Asesino Anders había estado dando la lata sobre donar medio millón de coronas más en nombre de Jesús. ¡Esta vez para los niños! Al final, la pastora y el recepcionista dieron su brazo a torcer. No por los niños, sino para desviar el foco de atención cuando se deshicieran del vehículo del Conde. Y eso sería a la entrada de la oficina central de Save the Children, en Sundbyberg, al norte de Estocolmo.

Después de repasarlo varias veces, Anders dijo que comprendía el plan. Tres repasos más tarde, la pastora y el recepcionista empezaron a creérselo. Quedaba hacer el viaje hasta allí.

Per Persson conducía el vehículo viejo, y Johanna Kjellander el nuevo con Asesino Anders escondido detrás de las cortinillas, en compañía de su biblia.

A mitad de camino hicieron un alto para pasar la noche. Asesino Anders durmió el sueño de los justos en uno de los vehículos. La pastora y el recepcionista pronto lo imitaron en el otro, aunque primero... bueno, tenían que ponerse al día en cuestión de mimos y carantoñas cuando se les presentaba la oportunidad, ¿no?

Había que reconocer que Asesino Anders se esforzaba, pues pasaba horas hojeando la biblia y recopilando citas, en particular sobre ejemplos de generosidad. Se sentía tan bien cuando hacía una donación... Y ahora sentía lo mismo con la gratitud que recibía a través de los periódicos y las redes sociales.

La noche dio paso al día, era hora de ponerse en marcha hacia Sundbyberg. La pastora regresó a la autocaravana donde estaba Asesino Anders y constató que éste ya se había levantado y tenía la nariz pegada al Segundo Libro de Moisés (Éxodo).

—Buenos días, mini Jesús. No te habrás olvidado del plan, ¿verdad?

—Hace sólo unas semanas, te habrías llevado un par de sopapos por decir eso. No, no lo he olvidado. Pero me gustaría escribir una carta a Save the Children.

—Pues hazlo, apenas nos quedan un par de horas para llegar. Lo que estás leyendo tiene miles de años de antigüedad y no cambiará.

La pastora se dio cuenta de que se había irritado sin razón. Provocar al recién redimido no servía de nada. Era sólo que... las cosas no tendrían que haber salido así... Aquella bestia no debería formar parte de su vida ni de la del recepcionista. Ellos dos solos no tendrían en el cogote las miradas de toda Suecia y parte del extranjero.

Pero por el momento las cosas iban como iban. Y era bueno saber amoldarse a las situaciones nuevas. Había una fuerza especial en la noticia del asesino convertido en superestrella y la persona más admirada de Escandinavia. Una fuerza que podía conducir a algo bueno, es decir, dinero, en favor de la pequeña guerra de la pastora y el recepcionista contra la humanidad. O, mejor dicho, de la lucha por la supervivencia.

Pero en toda guerra —hasta la que se libraba contra la existencia como tal— se necesitan soldados. Y los soldados rinden mejor si están contentos.

—Perdona —le dijo a Asesino Anders, que ya estaba escribiendo la carta.

—¿Perdón por qué? —preguntó sin levantar la vista.

—Por ser tan quisquillosa.

—¿Lo eres? Ya he acabado la carta. ¿Quieres que te la lea?

Hola, Save the Children. En nombre de Jesús quiero donar quinientas mil coronas para que no sea necesario volver a salvaros. ¡Aleluya! Libro Segundo de Moisés 21, 2.

Saludos de Asesino Anders,

P.D.: Ahora voy a coger mi Volvo rojo y me marcharé.

La pastora le arrebató la biblia, buscó Éxodo 21,2 y se preguntó qué quería decir con: «Si adquieres un esclavo hebreo, te servirá por seis años, al séptimo quedará libre sin pagar nada.»

Asesino Anders dijo que le había gustado lo de quedar libre gratis. ¿No le parecía a la pastora que había algo generoso en ello?

—¿Tras seis años de esclavitud?

—Sí.

—No.

La carta era más que estúpida, pero Johanna Kjellander no tenía ganas de pelearse. Y lo del Volvo, aclaró Asesino

Anders, era para que la gente dejara de buscarlo en una autocaravana.

La pastora dijo que lo entendía.

•

Y llegaron a su destino. La pastora aparcó en medio de la acera, justo delante de la entrada de Save the Children, en Landsvägen 39, Sundbyberg. En el asiento delantero había un paquete etiquetado de la siguiente manera: «Para Save the Children.» Contenía la carta del donante y cuatrocientas ochenta mil coronas (pues antes había contado mal).

La pastora y el recepcionista fueron a esperarlo a la vuelta de la esquina, en la autocaravana nueva, que bajo ningún concepto podía ser relacionada con Anders. Éste entró por la puerta, se metió en el ascensor y, una vez en la planta a la que iba, una mujer que no lo reconoció a la primera le dio una amable bienvenida.

—La paz de Dios sea contigo —dijo él—. Me llamo Asesino Anders, aunque ya no mato a nadie y no se me ocurre hacer ninguna tontería, al menos no aposta. En cambio, dono dinero en nombre de Jesús para las buenas causas. Me parece que Save the Children es una buena causa. Deseo donar medio millón... Bueno, donaré más, pero ahora sólo será medio millón, que no es moco de pavo. Disculpe el lenguaje, pero uno aprende tantas palabras malsonantes cuando está entre rejas... ¿Por dónde iba? Sí, el dinero está en un paquete dentro de mi autocaravana, que está aparcada aquí fuera... Bueno, no es mi autocaravana, el propietario se llama Conde, no, no se llama así, pero lo llaman así. Luego se la pueden devolver, pero primero cojan el dinero. Bueno, eso es todo, ahora le deseo un bendito día en nombre de Jesús... ¡Hosanna!

Con el «¡Hosanna!» final, sonrió devotamente, dio media vuelta y volvió al ascensor, todo ello mientras la mujer de recepción seguía sin habla.

Una vez en la calle, el ex asesino dobló la esquina, y había desaparecido por completo cuando una hora y media más tarde el perro de los artificieros de la policía indicó que el paquete que había en el interior de la autocaravana blanca aparcada delante de Save the Children era inofensivo y se podía abrir.

Mientras el chucho se ocupaba de lo suyo, la policía había tratado con tacto a la aturdida recepcionista, para conseguir que les contara qué había dicho Asesino Anders aparte de «¡Hosanna!».

•

«¡Asesino Anders ataca de nuevo!», rezaba uno de los muchos titulares, sin que por esa razón nadie malinterpretara el contexto. Todos estaban al corriente, todos sabían que había un asesino suelto y que ese asesino repartía dinero entre los necesitados en lugar de matarlos.

Un nuevo éxito de marketing con sólo una pequeña mancha estética, pues Save the Children no recibió las quinientas mil coronas prometidas, sino sólo cuatrocientas ochenta mil. Bueno, de todas maneras quedaron contentos.

El delicado trato que la policía dispensó a la recepcionista dio buenos resultados. Después de unas horas, ésta consiguió relatar casi todo lo que Asesino Anders le había dicho. Eso incluía la parte relativa a la autocaravana, que pertenecía a un conde que no era conde. Esa información también acabó en los periódicos y condujo no sólo a la devolución del vehículo —pertenecía formalmente a una de las tiendas de automoción de la Condesa—, sino también a que un avezado funcionario de Hacienda pudiera reabrir un caso pendiente: dar con el Conde y comunicarle una deuda fiscal que a esas alturas ascendía a un millón seiscientas cuatro mil coronas.

—Hablamos de desollarlo despacito de abajo arriba, ¿verdad? —recordó el Conde.

—Sí —dijo la Condesa—. Muy lentamente.

•

Dadas las circunstancias, la pastora disfrutó de los acontecimientos. Mientras ella, el recepcionista y el nuevo Elvis proseguían su viaje en un vehículo nuevo, todos los seguidores del héroe buscaban un Volvo rojo. Además, una bloguera de Hässleholm se volvió loca por completo y se puso a gritar frente a la comisaría «¡Un Volvo rojo! ¡Yo dije que era un Volvo rojo!», hasta que la ahuyentaron con la ayuda de un perro fiero.

A partir de entonces, como había dicho la pastora, podían seguir por dos caminos. Uno ya había sido debatido: conseguir apartar al ex asesino de ellos y las maletas, y esfumarse. Ésa sería la alternativa más tranquila. El otro tenía como objetivo recoger los frutos de la enorme popularidad de Asesino. Y, en este caso, Johanna Kjellander había pensado cómo actuar.

—¿Fundar una Iglesia? ¿En nombre de Asesino Anders? —preguntó el recepcionista—. ¿La Iglesia de Asesino Anders?

—Sí. Igual borramos lo de «asesino»... Podría dar lugar a interpretaciones erróneas.

—¿Por qué fundar una Iglesia? Creía que tu vida y la mía se basaban en aborrecer al máximo todo lo que sea posible aborrecer, incluidos Dios, su Hijo y todo eso.

La pastora murmuró que es difícil odiar lo que no existe, pero que, aparte de eso, el recepcionista tenía toda la razón.

—Pero esto es una actividad empresarial —explicó—. Quizá hayas oído hablar de la palabra «colecta», ¿no? Elvis ha vuelto. Y le encanta donar dinero. ¿Quién no querría actuar como Elvis?

—¿Yo?

—¿Quién más?

—¿Tú?

—¿Quién más?

—No muchos más —reconoció el recepcionista.

27

Fundar una Iglesia no consiste sólo en comprar un local y abrir las puertas. Al menos no en Suecia. En un país que lleva más de doscientos años sin guerras, han tenido tiempo de sobra para regular la mayor parte de las actividades de naturaleza pacífica.

Por poner un ejemplo, existen normas muy claras para aquellos que hayan experimentado una aparición celestial y deseen trasmitírselo a otros lo hagan de una forma organizada.

La pastora sabía que las solicitudes para fundar una congregación religiosa se tramitaban ante la Cámara Estatal de Servicios Financieros, Legales y Administrativos. Ya que ella misma, el recepcionista y el futuro líder religioso no tenían otra dirección que la autocaravana, decidieron visitar la susodicha oficina, sita en Birger Jarlsgatan, en el centro de Estocolmo.

La pastora saludó con la cabeza y dijo que había visto la luz, por lo que deseaba fundar una nueva comunidad religiosa.

A lo largo de sus dieciocho años de oficio en el mismo puesto, el funcionario de la Cámara, un hombre de avanzada edad, había tramitado muchas solicitudes de gente que decía haber visto la luz, pero nunca antes había recibido la visita de un solicitante en persona.

—Bien —dijo—. Sólo tiene que rellenar los impresos correctamente. ¿A qué dirección hay que enviar la documentación?

—¿Enviar? —repitió Johanna Kjellander—. «Heme aquí entre vosotros», dice el Señor en el Levítico.

Daba la casualidad de que el funcionario era organista de la Iglesia de Suecia y tenía buena memoria. Por eso estuvo a punto de responder que el libro del Pentateuco advierte que quien no siga los preceptos del Señor sufrirá miedo, enfermedad y muchas cosas más. Ceguera, si no recordaba mal.

Sin embargo, el Señor no había ordenado que hubiera que enviar por correo los impresos correspondientes, y ahora que por primera vez tenía delante un destinatario en cuerpo y alma, bien podría entregarle los papeles en persona. Mientras el funcionario recapacitaba, la pastora —siempre tan presta— cambió de táctica.

—Por cierto, he olvidado presentarme —dijo—. Me llamo Johanna Kjellander y antes dirigía una parroquia. En mi ministerio se suponía que debía ejercer en la comunidad de puente entre lo terrenal y lo celestial, aunque siempre fui consciente de mi incompetencia. En cambio, ahora he encontrado el puente en cuestión. ¡De verdad!

El funcionario no se dejó impresionar. Aunque se estaba estrenando con una solicitud en directo, durante sus años de trabajo se había enfrentado a situaciones de lo más variopintas, como cuando un grupo quiso registrar la creencia de que la fuente de la bondad se encontraba en un molino de viento al noroeste de Värmland. Los dos últimos miembros de la congregación murieron congelados allí arriba durante el invierno, sin que las cualidades del molino les sirvieran de ayuda.

Lo bueno de los congelados —antes de que muriesen de frío, claro— era que tenían unas reglas, una junta directiva y un claro objetivo en las reuniones dominicales de oración y meditación que organizaban los domingos a las quince cero cero en el exterior del molino. Por tanto, no hubo ningún motivo para rechazar la petición de esa comunidad. Meditar cada domingo a entre 12 y 18 ºC bajo cero y un metro y medio de nieve era una acción suficientemente religiosa.

El funcionario decidió que el reglamento le permitía no sólo entregar al solicitante los formularios que ya había cogido, sino, aparte de eso, mostrarse algo más servicial.

Así que le indicó a la ex pastora todo lo que debía rellenar, formuló todas las preguntas pertinentes y se encargó de obtener las respuestas correctas. Por lo que respectaba al nombre de la congregación, el funcionario le informó de los requisitos. Debía diferenciar la actividad de la congregación de las demás y no podía ir contra las buenas costumbres ni el orden público.

—Teniendo todo esto en cuenta, ¿cómo piensa llamar a su congregación?

—Iglesia de Anders. En aras de nuestro líder espiritual.

—Bien. Aparte de su nombre, Anders, ¿cuál es su apellido? —preguntó el funcionario, distraído.

—No se llama Anders, sino Johan. Johan Andersson.

El hombre levantó la mirada de sus formularios. Leía todos los días los periódicos vespertinos cuando regresaba a casa del trabajo, y eso hizo que preguntara de forma espontánea (aunque poco profesional):

—¿Asesino Anders?

—Así lo han llamado en algunos contextos. El hijo amado tiene muchos nombres.

El funcionario carraspeó, se disculpó por haber sido tan indiscreto, asintió y dijo que ésa era una observación muy cierta, la del hijo amado y tal... A continuación, le informó de que fundar la Iglesia de Anders tenía un coste de quinientas coronas y que prefería que el ingreso se realizara por transferencia bancaria.

La pastora puso un billete de quinientos en una mano del funcionario, de la otra cogió los papeles recién sellados, agradeció los servicios prestados y se dirigió al coche que la estaba esperando.

—¡Pastor Anders! —dijo al entrar—. Necesitas ropa nueva.

—Y una iglesia —observó el recepcionista.

—Pero primero un poco de eucaristía, ¿no? —dijo el flamante pastor.

28

Había muchas cosas que organizar y había que hacerlo en el menor tiempo posible.

A la pastora le tocó en suerte elaborar un mensaje espiritual potente y eficaz y preparar al pastor Anders. Le pareció una labor complicada y así se lo comunicó al recepcionista. Al principio, éste no le vio la dificultad; al fin y al cabo, poco importaba lo que dijera un superfamoso, ¿no? Sólo necesitaban que sonara un poco religioso, y así es como sonaba el ex asesino cada vez que abría el pico. Si Elvis quiere donar dinero, todos querrán actuar como Elvis, ¿no era ésa la ecuación?

Sí, era cierto que la idea consistía en que las palabras de Asesino Anders llenaran de nuevo las maletas amarilla y roja, y a ser posible dos más, sin importar su color. Y para eso era necesario no sólo un estúpido sermón semanal, sino también una idea religiosa recurrente que diera el pego. Por tanto, tenía que ser algo más elaborada que un pastor repitiendo «hosanna» desde el púlpito y agachándose para tomar un trago de vino. Además, el proyecto no debía depender únicamente de una persona.

—¿Qué quieres decir? ¿Ya anticipas una Iglesia de Anders sin Anders?

—Más o menos.

—¿Por obra y gracia del Conde y la Condesa?

—Ajá. Y también una veintena de gánsteres de distinto pelaje. No sabemos si pasarán tres minutos o tres meses antes de que alguno de ellos se lo cargue. Pero cuando eso ocurra, nuestro héroe dejará de predicar.

—¿Y entonces...?

—Entonces la Iglesia deberá seguir funcionando, para recordar con amor a su fundador. Cuando el pastor Anders ya no esté entre nosotros, tendrá que sustituirlo una voz alternativa bien preparada. Alguien que, junto a todo el rebaño, se aflija y eche de menos al pastor trágicamente desaparecido. Y continúe recaudando dinero en su memoria.

—O sea, tú misma, ¿verdad? —aventuró el recepcionista, empezando a comprender.

Lo más problemático para la pastora era la clase de mensaje espiritual que se veía obligada a heredar el día que el pastor Anders dejara la vida terrenal para continuar su viaje hacia arriba o hacia abajo. Para Johanna Kjellander era muy duro pensar que en algún momento debería regresar al púlpito y, de un modo extraño, retomar la tradición pastoral de los Kjellander. Cualquier cosa era preferible a ésa.

El recepcionista sabía que no debía inmiscuirse en detalles tales como «el aspecto religioso» que debería tener la Iglesia que acababan de fundar. También comprendía el dilema de la pastora, pero se sintió obligado a recordarle, por una parte, que al parecer Cristo caminaba junto a Asesino Anders y, por otra, que quizá no conseguirían colocar a cualquiera a su lado.

Johanna Kjellander también había comprendido que Cristo, a pesar del contexto general, tenía que estar presente en el mensaje espiritual. Lo mismo valía para la eucaristía, es decir, la tasa de alcohol que fluía por las venas del líder religioso.

El recepcionista le dio un abrazo de consuelo y le dijo que seguro que ella encontraría el equilibrio adecuado. ¿Quizá *con* Jesús pero *sin* los evangelios?

—Mmmm... —musitó Johanna Kjellander, pensativa—. «Quien pide recibe, quien busca halla», Mateo siete, ocho.

Lo primero que aparecía en la lista de asuntos pendientes del recepcionista era la seguridad personal. La inquietud de la pastora hizo que la repasara una vez más. La verdad era que iban camino de exponer no sólo la vida de Asesino Anders, sino también la suya propia ante aquellos cuyo máximo deseo era verlos muertos.

Cargarse al pastor de la Iglesia de Anders mientras predicaba la paz, la armonía y el amor podría resultar bastante sencillo. Eso ya lo había mencionado la pastora, y sería un problema desde el punto de vista financiero. Pero según lo habían planificado, ellos dos tendrían que salir también a la luz sin ninguna garantía de supervivencia. Si los mataban a los tres, no sería exagerado afirmar que la idea comercial habría dejado de ser rentable. Y para evitar que los acontecimientos siguieran ese rumbo no bastaría con enviar una postal de «disculpas» al Conde, la Condesa y el resto de estafados.

—Imagino que estás pensando en un guardaespaldas —dijo la pastora.

—Antes pensaba en un guardaespaldas. Ahora pienso en una guardia de corps.

La pastora lo elogió por ello y le deseó suerte en la misión de proporcionarles una larga y preferentemente feliz existencia. Por cierto, la seguridad también podría dispensarse a Asesino Anders, al menos mientras su presencia tuviera relevancia económica.

—Bien, pero ahora tendrás que disculparme. Debo inventar una religión *con* Jesús y, a ser posible, *sin* Dios —dijo ella, y esbozó una sonrisa antes de darle un beso en la mejilla.

29

Guardaespaldas, un local adecuado, una cuenta bancaria, un contrato de teléfono, una dirección de correo electrónico... El recepcionista tenía unas cuantas cosas en las que pensar. Además, en su papel como director de marketing tendría que utilizar Facebook, Instagram y Twitter.

Hasta el momento, Facebook no era la herramienta favorita del recepcionista. Si bien tenía una cuenta propia, sólo contaba con un amiga y ésta era su madre, que vivía en Islandia y hacía tiempo que había dejado de responder a sus mensajes.

Lo que el hijo no sabía era que se había mudado y había acabado en una cabaña junto al mayor glaciar de Europa, el Vatnajökull. Eso fue después de que su marido banquero se metiera en un buen lío en Reikiavik. A causa de eso, se trasladó al fin del mundo junto a su esposa, que todavía le resultaba lo bastante atractiva (salvo por las malas pulgas que gastaba siempre). El marido afirmaba que ésa era la mejor opción hasta que se calmaran las cosas en Reikiavik y Londres, y un poco en todas partes. Se trataba de una cuestión relacionada con los plazos de prescripción, pero la situación mejoraría al cabo de tres años.

—¿Tres años? —dijo la madre del recepcionista.

—Sí, o cinco. Las leyes son algo confusas al respecto.

La madre del recepcionista se preguntó qué había hecho con su vida. «He acabado en una cabaña junto a un glaciar, en una isla donde nadie entiende lo que digo, si es que consigo encontrar a alguien con quien hablar. ¡Dios mío! ¿Por qué me haces esto?»

No está claro si fue Dios quien respondió, pero a la pregunta de la desesperada mujer le siguió un ruido fuerte y seco. Un terremoto. Justo debajo del glaciar.

—Creo que el Bárðarbunga se está despertando —dijo el marido.

—¿Bardar qué? —preguntó su esposa, sin estar segura de querer saberlo.

—El volcán. Se encuentra a cuatrocientos metros bajo el hielo. Lleva dormido cien años, debe de sentirse bien descansado...

Como en aquella cabaña no había conexión a internet, el hijo no mantenía contacto con su única amiga de Facebook y, por lo tanto, tenía una experiencia limitada sobre cómo funcionaba eso de compartir y todo lo demás. Pero pronto descubrió que poseía talento para ello:

Iglesia de Anders
Más dicha hay en dar que en recibir

Un buen mensaje, si se le permitía opinar sobre su propio ingenio. Tendrían que acompañarlo con una fotografía de Asesino Anders a contraluz, con la Biblia y un iPad en la mano.

—¿Qué voy a hacer yo con un ordenador? —protestó el asesino reconvertido en pastor cuando se tomó la fotografía.

—No es un ordenador, es un iPad; sirve para cambiar lo viejo por lo nuevo. Nuestro mensaje es para todos.

—¿Y cuál es?

—«Es mejor dar que recibir.»

—Muy cierto, muy cierto —asintió Asesino Anders.

—Mmm, en fin —dijo el recepcionista.

En cuanto la pastora tuvo listo el mensaje religioso que predicarían, el recepcionista pudo dar los últimos retoques al conjunto. Seguía sin gustarle el botón de «Me gusta», pues ofrecía a la gente la oportunidad de mostrar su conformidad con algo sin tomarse la molestia de enviar un billete de cien coronas. O por lo menos de veinte.

El local era otra fuente de preocupación. El recepcionista buscó hangares, establos, almacenes y cualquier sitio posible, antes de darse cuenta de que seguía un camino equivocado.

Lo único que tenían que hacer era comprar una iglesia.

En Suecia, hubo un tiempo en el cual la Iglesia estatal evangélico-luterana era todopoderosa. Estaba prohibido creer en otra corriente, estaba prohibido no creer en nada y estaba prohibido pensar en el Dios verdadero de forma incorrecta. En el siglo XVIII, la Iglesia se encontraba en todo su apogeo, pero sufría el desafío de algún que otro pietista, que, inspirándose en horribles ideas extranjeras, creía que debería haber más devoción en el aspecto religioso, algo más patente que la simple mentalidad cuadrada de los luteranos.

¿Devoción? Para erradicar esa corriente, la Iglesia estatal se encargó de arrestar y condenar a aquellos que creían en lo que debían, pero de mala manera.

La mayoría se arrepintió y se libró sin demasiados perjuicios, pues fueron desterrados. Pero alguno que otro se negó a renegar. El más tozudo se llamaba Thomas Leopold.

En lugar de ponerse firmes, rezó una oración por el juez en la sala del tribunal y enfadó a éste de tal forma que fue condenado a siete años en el castillo de Bohus.

Como después de eso el pietista seguía sin arrepentirse, le sumaron cinco años más en el penal de Kalmar y después otro período de igual duración en Danviken.

Se podría pensar que, tras diecisiete años, Leopold se habría ablandado. Pues no.

Entonces tuvieron que resignarse. Lo enviaron de vuelta a Bohus, lo encerraron en la celda donde había comenzado su peregrinación carcelaria y tiraron la llave.

Tuvieron que pasar veintisiete irritantes años antes de que a Thomas Leopold, por fin, se le ocurriera morirse. Tenía entonces setenta y siete años. Una triste historia que, sin embargo, mostraba la determinación de la Iglesia estatal sueca. Ley y orden, y misa los domingos.

Tras el duro siglo XVIII, llegó el XIX, bastante más laxo. Se permitió la existencia pública de algunas iglesias evangelistas que hasta entonces habían subsistido de manera clandestina. Y después llegó un desastre tras otro: la ley de 1951 sobre libertad religiosa y, medio siglo después, la separación de Iglesia y Estado.

Por consiguiente, hubo un tiempo en el que uno se podía pasar cuarenta y tres años encerrado por no creer de la forma correcta. Apenas doscientos cincuenta años después, cada mes había cinco mil suecos que abandonaban la Iglesia de Suecia sin siquiera pagar el importe de una multa de aparcamiento como merecido castigo. Éstos podían ir donde quisieran, o a ninguna parte, estaba permitido por la ley. Los que permanecían en la Iglesia y acudían a la misa dominical no lo hacían por temor al Señor, sino porque añoraban los viejos tiempos. Pero la mayoría simplemente no acudía a la iglesia.

Las parroquias se juntaban unas con otras a medida que menguaban sus rebaños. La consecuencia final de que el siglo XVIII se hubiese convertido en el siglo XX fue que el orgulloso reino de Suecia quedó salpicado de iglesias vacías y deterioradas que necesitaban grandes sumas de dinero para ser restauradas y conservadas en buen estado.

Grandes sumas de dinero era algo que sin duda tenía la Iglesia de Suecia. Su capital total rondaba los siete billones de coronas, pero el beneficio anual era de un ridículo tres por ciento, ya que hacía tiempo que había abandonado —si bien a regañadientes— las inversiones en tabaco, petróleo, alcohol, aviones de guerra y carros de combate. Una parte de ese tres por ciento se reinvertía en la propia actividad, pero que lloviera sobre el pastor no significaba que salpicara al campanero. O traducido libremente: las parroquias, en general, tenían una economía muy poco saneada.

Si alguien acudía a una de ellas y ofrecía tres millones de coronas contantes y sonantes en una bolsa de plástico, para quedarse con un edificio medio abandonado que sólo costaba dinero, seguro que era escuchado.

—¿Tres millones? —repitió el pastor Granlund.

Comprendió al instante la cantidad de cosas bonitas que podría hacer con ese dinero en la iglesia principal de la parroquia, que también empezaba a deteriorarse.

Si bien era cierto que el precio rondaba los cuatro coma nueve millones, el edificio llevaba en venta más de dos años sin que hubiera aparecido ningún interesado.

—¿Me ha dicho que es para la Iglesia de Anders? —preguntó el pastor Granlund.

—Sí, en honor a nuestro benemérito líder espiritual, el pastor Johan Andersson. Una vida asombrosa la suya. Un verdadero milagro del Señor —contestó el recepcionista, y pensó que si a pesar de todo Dios existía, lo fulminaría con un rayo.

—Sí, la he seguido en los periódicos —dijo el pastor.

Pensó que sería beneficioso que otra comunidad cristiana comprara el lugar. Se trataba de un edificio consagrado y de esa manera podría seguir siéndolo.

El pastor Granlund tenía plenos poderes en la parroquia para negociar y decidió aceptar los tres millones. El edificio era de un tamaño considerable. Había tenido su época de esplendor hacía casi cien años, se encontraba justo al lado de la E-18 y tenía un cementerio con lápidas desperdigadas, todas con más de cincuenta años de antigüedad. El pastor pensó en las tumbas y en la suerte de no haber enterrado allí a nadie desde hacía mucho tiempo. Disfrutar del último reposo junto a una de las autopistas con más tráfico de Suecia... ¿Qué clase de reposo era ése?

Sin embargo, mencionó el asunto de las tumbas al potencial comprador.

—¿Piensan respetar las tumbas? —preguntó, consciente de que no había impedimentos legales para hacer lo contrario.

—Por supuesto —respondió el recepcionista—. No abriremos ni una, sólo aplanaremos un poco el terreno y lo asfaltaremos.

—¿Asfaltar?

—Para hacer un aparcamiento. ¿Qué, nos decidimos o no? Un negocio rápido: venimos el lunes y el dinero se lo entrego en mano en cuanto me dé un recibo.

El pastor se arrepintió de haber preguntado sobre las tumbas. Hizo como si no hubiera oído la respuesta y le tendió la mano.

—De acuerdo. Señor Persson, acaba de adquirir una iglesia.

—¡Qué bien! —exclamó Per Persson—. ¿Quiere el pastor unirse a nuestra doctrina? Eso representaría algo muy positivo para nosotros. Puede disponer de una plaza de aparcamiento gratuita si lo desea.

El pastor Granlund tuvo la sensación de que estaba trayendo la desgracia al edificio que acababa de vender. Tanto la parroquia como él necesitaban los tres millones, pero tampoco era obligatorio adular al comprador.

—Váyase ahora, Persson, antes de que me arrepienta.

30

Aún quedaba el asunto de los guardaespaldas.

A pesar de que el recepcionista había pasado toda su vida adulta rodeado de criminales y malvivientes, se sentía un inútil a la hora de buscar contactos en los bajos fondos. Porque sin duda era allí donde encontraría su guardia de corps. Gente dispuesta a actuar si aparecían el Conde, la Condesa y sus compinches. Sin preguntar primero y sin intentar reconducir la situación.

Si había alguien que había pasado una buena temporada a la sombra, ése era el pastor Anders. El recepcionista le pidió que pensara, y él pensó con todas sus fuerzas, pero era demasiado temprano para su cerebro y no consiguió dar solución al engorro de los guardaespaldas. Sin embargo, hizo un interesante comentario sobre sus muchos compañeros de desgracias en el talego que tenían un pasado como porteros de discoteca.

—Muy bien —dijo el recepcionista—. ¿Recuerdas el nombre de alguno?

—Sí... Holmlund... —contestó el pastor Anders—. Y Alce...

—¿Alce?

—Sí, lo llaman Alce, pero su nombre verdadero es otro.

—Ya. ¿Podemos llamar a Alce?

—No, está en el talego. Le queda mucho. Asesinato.

—¿Y Holmlund?

—Alce se lo cargó.

El recepcionista se esforzó por conservar el buen talante y lo logró. Entonces el pastor Anders mencionó varios gimnasios de Estocolmo frecuentados por la combinación portero-ex presidiario. A continuación, el recepcionista telefoneó a Torsten *el Taxista* —para no tener que mover la autocaravana) y fueron de gimnasio en gimnasio en busca de gorilas.

Ni en el primer gimnasio ni en el segundo encontró lo que buscaba. No se trataba de acercarse a alguien y preguntarle si había vigilado una puerta o había estado enchironado. En el tercero comenzó a desesperar. Allí, a diferencia de en los anteriores, había alguno que otro con pinta de portero, y que bien podría haber estado congelándose a la puerta de una discoteca. Pero claro, no era posible saber cuál había estado encarcelado por hechos sumamente violentos y a quién no le temblarían las piernas en una situación complicada.

Torsten *el Taxista* lo había seguido al interior del tercer gimnasio sin que nadie se lo pidiera, ya que era condenadamente aburrido quedarse en el coche esperando. Mientras conducía, se había hecho una idea aproximada de la problemática y en ese momento le fue de utilidad. Se dirigió al muchacho de recepción, se presentó como Torsten *el Taxista* y dijo:

—¿Con cuál de tus clientes aquí presentes no deberíamos pelearnos?

El joven se lo quedó mirando.

—¿Torsten *el Taxista*? —dijo, en lugar de responder a la pregunta.

—Sí, ése soy yo. Repito: ¿con quién no deberíamos pelearnos?

—¿Buscan pelea? —preguntó el joven.

—¡No, al contrario! Por eso quiero saber a quién no hay que molestar para que las cosas no acaben mal.

Parecía que el joven deseaba alejarse tanto de la conversación como del lugar. No sabía qué decir o hacer, pero al fin señaló a un hombre alto y tatuado que se ejercitaba en un aparato de musculación de brazos al otro extremo de la sala.

—Lo llaman Jerry Cuchillos, no sé por qué ni quiero saberlo, pero el resto de clientes le tiene miedo.

—¡Perfecto! —exclamó el recepcionista—. Jerry Cuchillos, ¿verdad? ¡Buen nombre!

Le dio las gracias al joven y le hizo una señal a Torsten *el Taxista* para indicarle que hasta el momento se había comportado bien, pero que ahora debía quedarse en la entrada. Aquello era algo que Per Persson y Jerry Cuchillos tenían que tratar a solas.

El recepcionista esperó hasta que Jerry Cuchillos hizo una pausa en su trabajo de bíceps.

—Tú eres Jerry Cuchillos, ¿verdad? —lo interpeló entonces.

Jerry Cuchillos lo miró con actitud expectante, aunque no parecía molesto.

—Ahora mismo soy Jerry sin cuchillos —contestó—, pero, según lo que quieras, puedes llegar a pasarlo mal.

—¡Perfecto! Me llamo Per Persson y represento a un caballero llamado Asesino Anders. ¿Te suena de algo ese nombre?

A Jerry Cuchillos le costó aparentar mal humor y desinterés, pues la conversación había comenzado de una forma peculiar y emocionante. ¿Adónde lo conduciría?

—Sé que Asesino Anders encontró a Jesucristo... y al mismo tiempo se hizo muchos enemigos —comentó.

—Espero que tú no seas uno de ellos —repuso el recepcionista.

No, Jerry Cuchillos no tenía nada contra Asesino Anders. Nunca se habían visto y tampoco habían compartido prisión, pero había otros que probablemente iban tras él. No sólo el Conde y la pirada de su parienta.

Sí, justamente se trataba de eso. Asesino Anders había comenzado una nueva carrera como predicador de su propia Iglesia, lo cual requería ciertas inversiones y sería un fastidio que de repente tuviera que reunirse con su Creador antes de lo previsto. Ésa era la razón por la que Per Persson molestaba al señor Jerry con cuchillos o sin ellos. En pocas palabras: ¿podría encargarse de mantener con vida a Asesino Anders durante el mayor tiempo posible? Y ya puestos, también podría hacer lo mismo con Per Persson y una pastora llamada Johanna Kjellander.

—Una mujer maravillosa, por cierto —añadió.

Jerry Cuchillos tomó nota de que la relación entre Persson y Anders era de carácter comercial y le pareció saludable. Él trabajaba como portero en un lugar poco interesante de la ciudad y no le importaría cambiar por algo mejor. Se presentó como alguien valiente que podía mirar al Conde o a quienquiera a los ojos sin parpadear. ¿Qué condiciones ofrecía Persson?

Per Persson no había pensado la cuestión tan a fondo... Había buscado con cierta desesperación una entrada al inframundo donde deambulaban los guardaespaldas. Y ahora, en parte gracias a Torsten *el Taxista*, se encontraba delante de Jerry Cuchillos, del que apenas sabía que tenía un vocabulario pasable y facilidad de palabra, y que, demostrando un temple impresionante, parecía estar deseando proteger a Asesino Anders del Conde, la Condesa y la chusma que hiciera falta.

No había tiempo que perder. Sin consultar a su querida pastora, decidió que Jerry Cuchillos era el hombre que
buscaban.

—Te ofrezco un puesto como jefe del equipo de seguridad que tú mismo te encargarás de formar y tener listo tan
pronto como sea posible. Las personas a las que contrates
ganarán un buen sueldo, tú cobrarás el doble. Si aceptas,
sólo nos queda saber cuándo puedes empezar.

—Ahora mismo me resulta imposible —dijo Jerry Cuchillos—. Primero tengo que ducharme.

31

Tenían el permiso para fundar la congregación, una iglesia —faltaba terminar de asfaltar el cementerio—, un pastor titular y una pastora de reserva, tenían una incipiente guardia de corps y también una evidente amenaza, encarnada principalmente en el Conde y la Condesa.

No obstante, la pastora sentía cierta insatisfacción, pues aún no había encontrado un mensaje espiritual claro y que los diferenciara. Le habría gustado alejarse un poco, o mucho, de la doctrina evangélica. Mezclar el cuerpo de Cristo con sangre fresca de otro ser. De Mahoma, por ejemplo. La pastora lo conocía bien. En realidad se llamaba Al Amin, «el Fiel». Y lo llamaban Mustafá, «el Elegido». Resultaba más divertido centrarse en un profeta de Dios que en la idea de que Dios hubiese dejado embarazada a María mientras el pobre José no podía más que quedarse mirando.

Pero Jesucristo y Mahoma, uno a cada lado de Asesino Anders... no, no funcionaría. Tampoco lo haría otra de las ideas de la pastora, que mezclaba a Dios y su Hijo con la cienciología. Ésta utilizaba métodos de rehabilitación espiritual con los que se podía ganar dinero. «Por mil coronas liberamos tus pensamientos. Por cinco mil, pensamos por ti.» O algo por el estilo.

El único problema era que los cienciólogos apostaban fuerte por los extraterrestres y otras rarezas. Aunque Jesucristo, en cierto sentido, también podía ser visto como un ser extraño, se trataba de dos doctrinas difíciles de ensamblar. Quizá lo más complicado fuera la edad de la Tierra: seis mil años según la Biblia, por lo menos cuatro trillones de años según los cienciólogos. Aun encontrándose a mitad de camino, habría que alargar el árbol genealógico bíblico en casi dos trillones de años, ¿y quién iba a tener tiempo para eso?

En realidad, lo había sabido desde el principio: estaba atada a la Biblia que Asesino Anders abrazaba y cuidaba con tanto afecto. Ya que la Iglesia de Anders era, en primer, segundo y tercer lugar, un proyecto comercial, la pastora optó por hacer de tripas corazón. El cristianismo seguía bastante extendido en Suecia. El paso no sería muy grande para los que desearan cambiar a la Iglesia de Anders.

Tendrían que afianzar su originalidad aprovechando que contaban con una superestrella en el púlpito —mientras pudieran mantenerlo con vida— y con las pepitas de oro que la pastora cribaba de la Biblia, siempre y cuando el pastor las utilizara correctamente.

El pasaje favorito de Johanna Kjellander era el que se inventó Mateo sobre el buen samaritano. Le parecía impactante el pasaje de los Hechos de los Apóstoles «Hay más dicha en dar...», etcétera, que además contaba con la pequeña ironía de que, tras la muerte de Mateo, la Iglesia romana lo convirtió en santo y desde entonces ejerce de patrón protector de los recaudadores de impuestos y los empleados de aduanas.

En los Proverbios también había bastante donde elegir. Que a los tacaños las cosas les irían mal y que, en cambio, los que donasen su dinero al pastor Anders florecerían como las hojas de los árboles, y otras perlas por el estilo. El pastor Anders no aparecía mencionado expresamente, pero eso era fácil de subsanar. Lo peor era que el libro de los Proverbios estaba en el Antiguo Testamento. Así que necesitaría utilizar toda la Biblia en su propuesta.

La pastora por fin acabó de elaborar el programa. La Iglesia de Anders sería un baluarte de la generosidad, con Cristo como rehén y Dios Padre como amenaza subyacente para los más tacaños de la congregación.

Según los cálculos del recepcionista, un cinco por ciento de los ingresos irían a parar a Asesino Anders, otro cinco por ciento a los guardaespaldas, otro cinco por ciento a los gastos corrientes y otro cinco por ciento a imprevistos. Para la pastora y el recepcionista sólo quedaría el ochenta por ciento, aunque debían darse por bien recompensados. Si caían en las garras de la avaricia, la cosa podría acabar mal. Además, el porcentaje del iluminado pastor se liberaría tan pronto como le metieran una bala entre los ojos.

Y, como decían las Escrituras de manera consoladora: «El alma liberal será engordada.»

•

A medida que pasaban las semanas disminuía la atención hacia el hombre más interesante de Suecia y quizá de Europa. Al principio recaudaron más de ciento cincuenta mil coronas al día a través de Facebook, que se ingresaron en una cuenta corriente abierta a toda prisa. Pero al poco tiempo esa suma se redujo a la mitad y unos días después volvió a reducirse a la mitad. La gente olvidaba con una rapidez malditamente pasmosa.

Antes incluso de que todas las piezas hubieran encajado, la cantidad de donaciones al ex asesino glorificado rozaba casi el cero. Eso hizo que el recepcionista, responsable del presupuesto, se sintiera inquieto. Además, todavía quedaban doce días para la inauguración. ¿Y si no asistía nadie, y si la pastora y él mismo tenían que poner sus últimos ahorros en la colecta mientras Asesino predicaba a saber qué...?

Johanna Kjellander estaba más tranquila. Sonrió a su recepcionista, dijo que la fe podía mover montañas allí y en la Biblia y que no era cuestión de perderla en ese momento. Ella iba a dedicar una semana a enseñarle al pastor la técnica de la predicación. Estaría bien que, entretanto, el recepcionista se encargara de que Jerry Cuchillos y sus reclutas practicaran sus rutinas, para que el trabajo de la pastora no cayera de repente en saco roto.

Por cierto, Jerry Cuchillos había puesto algunos reparos. No le gustaba que la iglesia no tuviera una vía de escape para utilizarla en caso de que atacaran al pastor mientras estaba en el púlpito. Cualquier ladrón sabía que eran necesarias por lo menos dos vías de escape para salir airoso ante visitas inesperadas. Eso era lo idóneo para un ladrón, claro. O, como en ese caso, para un pastor.

—En pocas palabras, Jerry propone que un operario haga un agujero en la pared de la sacristía. Le dije que primero discutiría el asunto contigo, ya que... bueno, se trata de una habitación sagrada en un edificio sagrado y no sabía cómo...

—Un agujero sagrado en la pared está bien —dijo la pastora—. Sacristía con salida de emergencia, los bomberos nos adorarían si lo supieran.

•

La pastora machacó sin tregua a Asesino Anders durante seis días seguidos.

—Creo que ya está preparado —dijo el séptimo día—. O sea, tan preparado como puede estarlo...

—Y la guardia de corps también —anunció el recepcionista—. Jerry Cuchillos ha reunido a un grupo magnífico. Apenas me atrevo a entrar en la iglesia sin antes identificarme.

Y añadió que le preocupaba que su generoso asesino fuera camino de caer en el olvido justo cuando ellos lo tenían todo a punto.

—Podemos hacer algo para remediarlo —dijo la pastora, y volvió a esbozar su sonrisa de Mona Lisa.

Tenía una idea.

Bueno, no. Tenía dos ideas.

Sin saber de qué se trataba, el recepcionista le devolvió la sonrisa. A esas alturas depositaba toda su confianza en su capacidad creativa. En comparación con ella, se sentía como una hoja de Excel.

—Tú eres mucho más que eso, querido —dijo la pastora con mayor convicción de la que creía tener en ese momento.

Al oírlo, el recepcionista se sintió tan inspirado que, sin pensarlo siquiera, le propuso un ñaca-ñaca exprés.

—¿Dónde? —preguntó ella, receptiva.

¡Pues claro! No podían vivir toda la vida con Asesino Anders en una autocaravana. Aún tenían que solucionar el asunto de la vivienda. No sólo para el ex asesino, sino también para la gente honrada.

—¿Detrás del órgano? —propuso él.

32

Resultó inesperadamente fácil conseguir que Asesino Anders comprendiera qué tenía que decir a los periodistas y por qué. Por tanto, cabía esperar que dijese lo que debía, más algunas tonterías, claro, y es que no se le pueden pedir peras al olmo. Cada vez que se metiera en algún embrollo serio, Johanna Kjellander, la pastora ayudante, haría las correcciones oportunas.

El *Expressen* envió al mismo reportero y al mismo fotógrafo que hacía dos años y medio. En esta ocasión, ninguno de ellos se mostró tan nervioso como entonces.

Llegaron apenas dos horas después de que les ofrecieran una entrevista en exclusiva con el asesino que había encontrado a Jesucristo y que ahora deseaba fundar una Iglesia.

Durante la entrevista, Asesino Anders se explayó sobre que la dicha estaba en dar y no en recibir, aunque admitió que había sido él y nadie más quien había estafado a parte de los bajos fondos. Y que había sucedido de la forma casi más horrible.

—¿Casi más horrible? —repitió el reportero.

Sí, en varias ocasiones los maleantes habían firmado contratos de asesinato que pagaron por anticipado. Lo único que podía haber sido más horrible que eso habría sido cometer los asesinatos. Pero nunca se llevaron a cabo, por supuesto. En cambio, el dinero destinado a ese fin se repartió entre personas necesitadas, sin que el asesino que había dejado de asesinar se quedara un solo céntimo (excepto por unos insignificantes ingresos en forma de vino eucarístico y... sí, vino eucarístico). Por cierto, ¡pronto habría nuevas donaciones!

El reportero preguntó el nombre de quienes le habían encargado asesinar a alguien. Eso le permitió al pastor acordarse de decir que no deseaba revelarlo, pues él rezaba cada noche por ellos y les daba la bienvenida a su Iglesia recién fundada, donde prometía presentarles a Jesucristo, que a su vez los acogería en su seno.

—¡Aleluya! ¡Hosanna! ¡Sí, ja, ja! —añadió el pastor Anders, y alzó los brazos al cielo.

Johanna Kjellander le dio un codazo en la zona lumbar. No era momento de desvariar, les quedaba aún un asunto primordial. Asesino Anders parecía haber olvidado de cuál se trataba. Ella se lo tuvo que recordar.

—Además, loado vicario, usted ha tomado medidas —apuntó.

—¿Ah, sí? —preguntó Asesino Anders, bajando los brazos—. ¡Sí, lo he hecho! He dispuesto que la lista de nombres de quienes encargaron asesinatos y palizas se haga automáticamente pública, junto con las pruebas correspondientes. De ese modo, si me atropellan, si recibo un disparo fortuito en la frente, si me encuentran ahorcado a causa de un posible suicidio o si fallezco de forma repentina de cualquier otro modo...

—El sumo pastor se refiere a que si algún día fallece, el Señor no lo quiera, el mundo sabrá quiénes le encargaron esos asesinatos y... quiénes eran las víctimas señaladas.

—¡Por supuesto! En el reino de los cielos no tenemos secretos.

· · ·

La pastora pensó que su pupilo se había expresado de una manera tan ridícula que casi sonaba bien. Y el reportero de *Expressen* seguía interesado en la historia.

—Entonces, ¿teme que los bajos fondos le estén buscando?

—Oh, no, en mi interior siento que todos ellos van camino de abrazar la cruz. ¡Hay suficiente amor de Jesucristo para todos, nos alcanza a todos! Pero si el diablo todavía repta en el interior de alguno de ellos, entonces es importante que la sociedad haga... algo. ¡Hosanna!

Con eso quedaba dicho todo lo que valía la pena decir. Johanna Kjellander dio las gracias a los enviados del periódico por dedicarles su tiempo. Ahora el pastor Anders tenía que prepararse para su primer sermón.

—Será el próximo sábado —informó—. Hora de inicio: las siete en punto. Aparcamiento y café gratuitos para todos.

Tenían dos razones para querer volver a encontrarse con la prensa. Por supuesto, era importante hacer publicidad de la inauguración de la Iglesia de Anders, pero, además, el Conde, la Condesa y el resto de malvivientes sabrían lo que los esperaba por parte de la pastora y el recepcionista si le tocaban un pelo al pastor.

El plan era bueno.

Pero no lo suficiente.

Pues el Conde y la Condesa seguían más enfadados de lo que cabría imaginar.

33

—Qué astuto es ese desgraciado —murmuró la Condesa, tirando el *Expressen* al suelo.

—No; lo conozco desde hace casi cuarenta años —dijo el Conde—. Si hay algo que no es, es astuto. Alguien piensa por él.

—¿La pastora?

—Ajá. Johanna Kjellander, según el periódico. Y su compañero, el ladrón de coches, Per Jansson, si no recuerdo mal. Le tendría que haber cortado los huevos. Aunque todavía estoy a tiempo.

El Conde y la Condesa tenían más autoridad que nadie en los bajos fondos de la gran Estocolmo. Para que una iniciativa colectiva fuera seguida por los más importantes malhechores de la capital, ésta debía partir de la pareja de Condes. Y eso era justo lo que iban a hacer.

•

La primera asamblea general de criminales de Suecia tuvo lugar en el único concesionario de coches medio vacío de los Condes, el de Haninge. El aforo estaba casi completo.

Justo allí habían vivido una semana de ventas mejor que buena. Cualquier coche accidentado e importado de manera ilegal podía volver a parecer nuevo otra vez con un poco de habilidad y astucia. El Conde y la Condesa no creían tener ninguna obligación de informar al comprador sobre lo que le había pasado al vehículo en realidad y cómo tenía sus entrañas. Y, al fin y al cabo, los coches no podían hablar, sólo lo hacían en algunas películas.

Diez modelos ilegales habían abandonado la tienda durante los últimos días a un precio algo inferior a uno nuevo. El airbag de ninguno de ellos funcionaba correctamente, pero eso no importaba, siempre que el comprador tuviera el suficiente sentido común como para no salirse de la carretera.

Una buena semana en general, de no ser por el motivo de la reunión que estaban a punto de empezar.

Conseguir una lista de participantes también requirió de cierta astucia y habilidad, pues en ninguna parte constaba quién había encargado asesinar o machacar a quién. La convocatoria se hizo mediante el boca a boca, partiendo de cuatro bares bien elegidos.

El resultado fue que, a la hora acordada, diecisiete hombres acudieron a la tienda, aparte del Conde y la Condesa, que se situaron en una tarima ante todos.

En realidad, la tarima se utilizaba para exponer el mejor coche del concesionario, pero acababan de venderlo por novecientos gramos de metanfetamina de primera calidad. Sin embargo, resultaba un escenario perfecto para la pareja, pues deseaban señalar que estaban un poco por encima del resto.

El Conde estaba enfadado, y la Condesa, enfadadísima. Fue ella quien abrió la reunión.

—Creo que la cuestión no es si Asesino Anders debe morir o no, sino de qué manera debe hacerlo. El Conde y yo tenemos algunas ideas.

La mayoría de los diecisiete hombres se removieron inquietos en sus asientos. Todos tenían presente que los encargos se harían públicos si el asesino que se negaba a asesinar era tratado como se merecía.

Uno de los diecisiete caballeros se atrevió a sugerir algo al respecto (dicho sea de paso, había pagado una buena suma para deshacerse de los Condes). Pidió la palabra y dijo que liquidar a Asesino Anders podría llevar a un verdadero baño de sangre en la capital, y que lo mejor sería que todos pudieran seguir con sus negocios sin necesidad de pelearse entre ellos.

El Conde objetó que en su mundo no había espacio para el chantaje. Lo que no dijo fue que la Condesa y él habían conseguido enviar al otro barrio a los dos competidores por cuya eliminación Asesino Anders y sus colegas habían cobrado una buena suma y se habían llevado una autocaravana, a pesar de que no habían realizado el encargo.

Pero entonces otro de los diecisiete hombres se atrevió a apoyar al primero. Éste no tenía dinero para matar a los Condes, por lo que se había conformado con contratar la muerte de la Condesa, a la que consideraba más nociva e impredecible. Él también tenía sus razones para desearle una larga vida a Asesino Anders.

Un tercero había pagado para que le dieran una buena paliza a un primo del Conde y eso ya era bastante delicado. Y unos cuantos habían solicitado encargos de distinta naturaleza contra ocho de los allí presentes. Si había alguien que tuviera las manos más o menos limpias en ese asunto, sólo se debía a que no había reunido dinero suficiente para ser más culpable de lo que era.

Todos tenían miedo del Conde y la Condesa, pero por fin los diecisiete se atrevieron, juntos, a oponerse. Estaban de acuerdo en que lo mejor para los negocios era hacer borrón y cuenta nueva. Se encontraban ante la disyuntiva de la venganza frente a la preservación del panorama laboral existente. Y dicho panorama era prioritario.

La Condesa maldijo a los diecisiete hombres, los llamó «condenados insectos» y otras lindezas y consiguió que un par de ellos deseara pagar de nuevo a Asesino Anders para que esta vez sí finalizara el trabajo.

La reunión acabó en menos de veinte minutos. Todos los involucrados, tanto los pequeños como los grandes delincuentes, habían estado representados. El único que faltó fue el enclenque que había pagado ochocientas mil coronas por eliminar a su vecino, porque éste le había hecho muecas a su mujer. Ese hombre sediento de venganza y casi arruinado se había suicidado después de que su pareja lo dejara para irse con el vecino, que seguía vivito y coleando y la había llevado a las islas Canarias; aquellas sospechosas muecas habían sido en realidad un flirteo avanzado.

Resultado final: Asesino Anders seguiría con vida, según la moción aprobada por diecisiete de los diecinueve estafadores estafados que asistieron a la primera asamblea general del crimen. Según los dos restantes, tenía que morir, a ser posible junto a Johanna Kjellander y Per Jansson, ¿o era Persson?

34

Dos días antes de la solemne apertura de la Iglesia de Anders llegó la hora de realizar la segunda idea de la pastora, es decir, una donación de alcance nacional. Torsten *el Taxista* iba al volante, y la pastora, el recepcionista y el sumo pastor Anders, sentados detrás. Las rodillas de este último sostenían un paquete bien envuelto que contenía quinientas mil coronas y un mensaje personal para el destinatario.

Aún no había empezado la temporada turística, pero la explanada delante del Palacio Real de Estocolmo nunca está desierta del todo. Allí permanece un soldado del cuerpo de guardia, clavado ininterrumpidamente en su sitio desde 1523 (no el mismo hombre, claro, y es de suponer que cuando el palacio ardió, a comienzos de 1700, los guardias descansaron y no volvieron al sitio hasta cincuenta años después).

Torsten *el Taxista* era un conductor creativo. Salió de Slottsbacken, continuó subiendo por los adoquines y rodó despacio hasta el soldado de guardia, ataviado con su bonito uniforme de gala y con la reluciente bayoneta calada en el fusil.

Asesino Anders descendió del vehículo con el paquete en la mano.

—Buenos días —dijo con amabilidad—, soy Asesino Anders y estoy aquí para entregarle con orgullo medio millón de coronas a su majestad la reina y a su World... Child... lo que sea... Foundation. Se me ha olvidado el nombre completo, pero no creas, lo he repetido durante todo el trayecto en coche hasta aquí... Bueno, no importa. En pocas palabras...

—¡Entrega el paquete de una puñetera vez! —le gritó el recepcionista desde el coche.

Pero era más fácil decirlo que hacerlo. El soldado no podía aceptar paquetes sospechosos. En cambio, pulsó el botón de alarma y empezó a recitar de memoria:

—Quien intente acceder a un elemento protegido o se detenga junto a dicho elemento tiene la obligación, si es requerido por la guardia que vigila el elemento protegido, de decir su nombre, fecha de nacimiento y dirección, de someterse a un registro corporal que no incluirá cartas ni otros documentos privados, y de consentir el registro de su vehículo, barco o aeroplano.

Asesino Anders se quedó mirando al soldado con los ojos como platos.

—¿Estás mal de la cabeza o qué? —preguntó—. ¿No puedes coger el maldito paquete en nombre de Jesucristo para que pueda irme de aquí?

El soldado de la garita tomó impulso de nuevo:

—El personal encargado de vigilar un elemento protegido también puede, siempre que sea necesario para la misión de protección encomendada, rechazar, apartar o, si esto no fuera suficiente, retener temporalmente a la o las personas que se acerquen de forma indebida al elemento protegido...

—Bueno, pues intenta retenerme a mí, soldadito de plomo —espetó Asesino Anders, enfadado.

Entretanto, el asustado guardia continuaba con su letanía:

—…si la persona contraviene alguna prohibición establecida por el reglamento, se niega, al ser requerida, a aclarar los datos que con razón puedan considerarse inciertos, se niega a someterse a un registro corporal o…

En ese momento Asesino Anders apartó de un empujón al necio soldado y dejó el paquete para la reina en la garita.

—Encárgate de que esto llegue a manos de su majestad, capullo —le dijo al joven, que se había caído de culo—. Puedes registrar el paquete si tienes que hacerlo, pero ni se te ocurra tocar el dinero. ¡Te lo advierto!

Y regresó junto a la pastora, el recepcionista y Torsten *el Taxista*, que consiguió desaparecer entre el tráfico de Skeppsbron segundos antes de que aparecieran por el lado opuesto los refuerzos del soldado, que seguía sentado en el suelo.

•

Primero se dijo que Asesino Anders había atacado el palacio, pero sólo hasta el momento en que la reina convocó una rueda de prensa para agradecer el maravilloso —y escaneado y registrado— regalo de cuatrocientas mil novecientas cuatro coronas para los niños necesitados de la World Childhood Foundation.

—¿Cuándo vas a aprender a contar hasta quinientos? —le dijo el recepcionista a Asesino Anders, pero éste prefirió aparentar enfado en lugar de responder a la pregunta.

La publicidad fue excepcional gracias a una primera oleada de alusiones a la amenaza a la seguridad real, a una segunda en que la misma reina aclaró el malentendido y a una tercera que recordaba la extraordinaria vida de Johan Andersson, alias Asesino Anders, recientemente reconvertido pastor Anders.

—¿O debería llamarme «reverendo»? —recapacitó.

—No —dijo la pastora.

—¿Por qué no?

—Porque lo digo yo.

—¿Y «capellán»?

35

A Jerry Cuchillos le costó bastante conseguir que sus gorilas comprendieran que no tenían que parecerse al club de moteros más peligroso de Suecia, con chaquetas de cuero, puños americanos y fusiles de asalto soviéticos modelo AK-47, que costaban treinta y cinco mil coronas la unidad si se compraban al vendedor de armas más cutre del país.

Por el contrario, lo que tenían que llevar eran chaquetas y pantalones chinos, algo que la mayoría de ellos no había vestido desde la graduación que ninguno había tenido. En todo caso, el subfusil debía ir escondido bajo un ligero abrigo y las granadas de fabricación americana, guardadas con esmero en los bolsillos de la chaqueta.

—Nuestra misión consiste en eliminar cualquier elemento hostil —explicó Jerry Cuchillos—. Nada de asustar a los honrados asistentes a la iglesia.

La inversión más cara fue un detector de metales para la entrada. Con ese chisme, Jerry Cuchillos podía asegurarse de que nadie introdujera armas. La pastora y el recepcionista pensaron que, con el tiempo, el detector y la videovigilancia secreta podrían identificar quiénes llevaban sólo monedas para la colecta y quiénes billetes. Malgastar espacio en la iglesia con gente que deseaba su salvación sin estar dispuesta a pagar el precio justo por ello no formaba parte de sus objetivos.

El patio de la iglesia se convirtió en aparcamiento para quinientos coches. Bajo el asfalto yacía un desconocido número de muertos, enterrados desde finales del siglo XIX hasta 1950. Nadie pidió a esas almas su opinión sobre el asfaltado y ellas tampoco se manifestaron al respecto.

Si el aparcamiento se llenaba, eso representaría unos mil visitantes, mientras que la exigua iglesia sólo tenía capacidad para ochocientas personas. Por esa razón, el recepcionista instaló una gran pantalla en el exterior, con un equipo de sonido de tal calidad y precio que comprarlo le causó dolor de vientre. La pantalla llegó la misma mañana del sermón inaugural. La instalación se pagó al contado. De la anterior fortuna apenas quedaban unos restos en ambas maletas.

—No te agobies —lo tranquilizó la pastora—. Recuerda que la fe mueve montañas tanto dentro como fuera de la Biblia.

—¿Fuera?

Por supuesto. Durante sus estudios de Teología, la pastora había profundizado en teorías alternativas al Génesis, donde Dios creó el cielo y la tierra en pocos días. Otra verdad en la que se podía creer era Pangea, el supercontinente que se dividió dando lugar a los continentes de hoy en día, con sus montañas, valles y tal. Si había gente que se tomaba eso en serio, ¿quién era ella para juzgarla?

El recepcionista se relajó al ver lo tranquila que estaba su enamorada. Y así, optó por dedicarse a llenar de nuevo de dinero las maletas roja y amarilla hasta los topes. Si la fe de la pastora podía mover una montaña o dos al mismo tiempo, ella misma podía decidir cómo hacerlo.

—Entonces, para esta ocasión elijo la Biblia —añadió ella—. Sólo por una cuestión de tiempo. Dios se tomó una semana, mientras que Pangea se fue separando durante mil millones de años, y yo no aguantaré tanto con Asesino Anders, la autocaravana y todo lo demás.

—¿Y todo lo demás? ¿Ni siquiera conmigo?

—¿Mil millones de años? Sí, quizá, sí.

·

Apenas quedaban unas horas para el sermón inaugural. Jerry Cuchillos se encontraba en una pequeña colina, en la esquina noroeste del terreno de la iglesia, barriendo el paisaje con la mirada de izquierda a derecha y viceversa. Todo parecía en calma.

Pero ¿qué era aquello, a lo lejos, en el sendero de grava? ¡Un viejo con un rastrillo! ¿Una amenaza? Al parecer, estaba haciendo lo que suele hacer cualquier persona con un rastrillo.

Rastrillar.

¿Tenía intención de rastrillar todo el camino hasta la entrada de la iglesia?

—Ha surgido un imprevisto en el sendero de grava, a lo lejos —informó a su personal a través del equipo de comunicación, que tampoco había salido gratis.

—¿Me lo cargo? —preguntó uno de los francotiradores del campanario.

—No, idiota —dijo Jerry Cuchillos—. Iré a ver quién es.

El viejo seguía rastrillando y Jerry empuñaba su cuchillo favorito, que llevaba en el bolsillo derecho de la chaqueta. Se presentó como jefe de seguridad de la Iglesia de Anders y le preguntó al hombre quién era y qué hacía allí.

—Estoy rastrillando el sendero —explicó el viejo.

—Sí, eso parece. Pero ¿quién te lo ha pedido?

—¿Pedir? Llevo rastrillando este sendero antes del culto desde hace treinta años, una vez a la semana, menos los dos últimos años, cuando, tras la impía decisión de cerrar esta morada del Señor, sólo lo he hecho de vez en cuando.

—Maldita sea —dijo Jerry Cuchillos, pese a que llevaba varios días concienciándose para no blasfemar en su nuevo trabajo—. Me llamo Jerry —añadió, y soltó el cuchillo para darle la mano al viejo.

—Börje Ekman. Sacristán Börje Ekman.

36

El sacristán Börje Ekman no creía en la buena o la mala suerte. No creía en nada más que en sí mismo, en Dios, su Hijo, el orden y las buenas maneras. Un espectador cualquiera, no demasiado religioso, diría que su inminente encuentro con Asesino Anders era pura mala suerte.

El hombre, con razones para desear un desarrollo de los acontecimientos distinto al que tendría lugar, había trabajado hasta el día anterior en el Ministerio de Trabajo. Cuarenta años en el mismo puesto, aun cuando durante ese período de tiempo el puesto había cambiado de nombre en un par de ocasiones. Encargarse de lo que ahora era la Iglesia de Anders constituía una ocupación voluntaria, con la intención de quedar bien delante de san Pedro el día del Juicio Final.

Durante las tres últimas décadas, Ekman, cada vez más desilusionado, había dejado pasar el tiempo sin hacer nada de provecho en el ministerio. Las cosas habían sido distintas durante sus primeros años, cuando trabajaba por el sueldo. En realidad, no sólo por eso. Se había enfrentado directamente a la actitud abusiva y prepotente que reinaba en aquel entonces, por lo menos en una de las oficinas que dependía de su ministerio. Börje Ekman había descubierto que los funcionarios del Servicio Público de Empleo, regularmente aunque de manera irregular, abandonaban sus despachos para vagar sin rumbo por la ciudad en busca de puestos de trabajo que ofertar. Se decía que salían para «encontrarse con empresarios», para «entablar relaciones», para «crear confianza».

Según el joven Ekman, se trataba de una costumbre perniciosa. Bastaba con pensar en el alto riesgo de que los funcionarios optaran por frecuentar bares donde darse a la libación de licores sin que nadie tuviera la posibilidad de controlarlos.

Alcohol. En horas de trabajo. Vade retro!

Según la visión ideal que él tenía del Servicio Público de Empleo, se trataba de una estructura tan perfecta que, bien gestionada, el desempleo del país podría controlarse al detalle: edad, sexo, profesión, demografía, nivel de estudios, casi hasta llegar al caso individual. Para conseguirlo, era importante hacer bien las cosas desde la base. Se requería una organización clara, una estructura jerárquica sin tensiones ni conflictos internos. En esa tesitura, la ocupación se generaría a partir de la acción planificada y concertada en los centros del Servicio Público de Empleo, cuya plantilla debía estar formada por empleados modélicos. De esa manera, a la larga todo conduciría a poder predecir completamente los resultados. Con sólo pensarlo, Börje Ekman se henchía de satisfacción.

Pero mientras los funcionarios del servicio anduvieran por ahí buscando cubrir vacantes de empleo sería imposible controlar los resultados. En una ocasión, un funcionario de Täby trabó tanta amistad con un empresario que consiguió convencerlo para que implantara dos turnos en su negocio. Eso creó de golpe ochenta puestos de trabajo en el municipio, una pesadilla para cualquier analista del mercado laboral. Sencillamente, no había una columna donde incluir los resultados que podían alcanzarse entre un empresario y un funcionario del Servicio Público de Empleo en la sauna, después de una partida de golf (que el funcionario en cuestión se dejaba ganar sin pensárselo mucho, aunque a veces eso requería fallar dos golpes en el hoyo dieciocho).

Börje Ekman no era tan tonto como para no comprender que ochenta puestos de trabajo eran ochenta puestos de trabajo, sin importar cómo se hubieran creado. Pero siempre había que adoptar una perspectiva más amplia, pues lo que el funcionario en cuestión había hecho, además de jugar al golf en horas de trabajo, era desatender la administración. A causa de un solo funcionario, la estadística cuatrimestral resultó incompleta y desvirtuó la de todo el norte de Estocolmo. El funcionario, además, se negó a actualizar y dar el visto bueno a los ochenta expedientes de los antiguos desempleados.

—Eso es una estupidez —le dijo a Börje Ekman—. No puedo pasarme semanas ordenando papeles de gente que ya ha conseguido trabajo.

Y a continuación colgó el auricular y se marchó al campo de golf a jugarse siete nuevos puestos de trabajo en una empresa de fontanería y ventilación.

Sin embargo, eso fue lo último que hizo antes de que lo despidieran por absentismo y otras causas que Börje Ekman se vio obligado a inventar para cubrirse las espaldas. En cierta manera fue una pena, el hombre era un as consiguiendo puestos de trabajo. Y lo hizo hasta el final, pues, como tuvo que irse, dejó una vacante en la oficina del Servicio Público de Empleo de Täby. Börje Ekman movió los hilos necesarios para asegurarse de que el sustituto tuviera una perspectiva diferente de sus obligaciones laborales. Ante todo, estructura y estadística para que los políticos pudieran ver con claridad la situación del mercado laboral. Con alguien como el recién despedido se corría un riesgo cercano al cien por cien de que el pronóstico trimestral no coincidiera con la realidad. Los pronósticos erróneos constituían un jugoso alimento para la oposición política, por tanto, eran lo peor que podía hacer un funcionario independiente en un ministerio.

Está claro que un pronóstico no puede coincidir siempre con la realidad. Por ende, hay que adaptar la realidad al pronóstico. Para Börje Ekman ésta era una verdad válida para cualquier contexto, excepto para el tiempo atmosférico. El Señor dirigía ese asunto con mano todavía más férrea, para desesperación de quienes elaboraban los pronósticos en el Servicio Meteorológico de Norrköping. ¿Que los meteorólogos anunciaban sol para el día siguiente? Dios decidía mandar lluvia. Ekman se estremecía sólo de pensar en trabajar en un sitio así, aunque le gustaba la idea de mantener línea directa con el Señor, con el apoyo de todas las estaciones meteorológicas y satélites. Eso haría que la predicción meteorológica alcanzara cotas nunca vistas.

Traducido libremente, lo importante era el nivel de previsibilidad, no el resultado. Traducido aún más libremente, todos los ciudadanos, desde un estricto punto de vista climatológico, deberían mudarse por obligación a la zona situada al norte de Gotemburgo. Entonces se sabría cuántos meteorólogos serían necesarios, es decir: ninguno. Sólo hacía falta pronosticar lluvia para el día siguiente y se tendría un acierto anual de entre doscientos y doscientos cincuenta días de los trescientos sesenta y cinco. Si a eso se añadía la relación de Börje Ekman con Dios, la precisión ascendería alrededor del ochenta o noventa por ciento, dependiendo de la disponibilidad del Señor en cada momento.

Para el Ministerio de Trabajo, la lógica de Börje Ekman significaba que nada debía suceder de un trimestre a otro. Cada vez que a pesar de todo ocurría algo, una serie de analistas del ministerio tenían que volver a recalcular los datos desde cero. Ésa era sin duda una cosa que favorecía la ocupación en ese departamento, pero al mismo tiempo podía irritar a los políticos y hasta hacer que perdieran las elecciones. Y si había algo que un funcionario aprendía después de tantos años en el puesto, era que ningún despacho o escritorio era el más pequeño y el más alejado: siempre había otro aún más pequeño y aún más alejado del centro de los acontecimientos.

Börje Ekman representaba un claro ejemplo de esta afirmación. En cuarenta años había logrado dar los suficientes pasos en falso como para que, llegado el momento de su jubilación, hubiera sido trasladado por primera vez, trasladado por segunda vez, trasladado por tercera vez y, finalmente, olvidado por sus colegas y superiores. Börje no se preocupó de recordarles su existencia. En cambio, comenzó a contar pacientemente los días que faltaban para su sesenta y cinco cumpleaños. Llegado el día, la mandamás del ministerio, o sea, la ministra, le dedicó unas breves palabras de agradecimiento por haber sido un colaborador extraordinario, aunque primero se aseguró de saber cómo se llamaba y qué tareas había desempeñado en concreto.

Börje Ekman abandonó por última vez su despacho, no mayor que una despensa, sin amargura ni rencor. Varias décadas después de haber sido arrinconado a causa de su rigurosa visión de la estadística y el control, constató que, paradójicamente, el Servicio Público de Empleo había empezado a adoptarla poco a poco, en lugar de limitarse a una confusa intermediación ad hoc. Pero la labor de no procurar puestos de trabajo sin ton ni son se llevaba a cabo con poco entusiasmo. Los malditos políticos se inmiscuían tanto como los ciudadanos, igualmente malditos en general. Cada cuatro años se celebraban elecciones democráticas, ante las que los partidos prometían reducir el paro de una, dos o tres maneras distintas. Y así, ganara quien ganase, provocaba una nueva confusión en el ministerio. Sería ideal que los votantes dejaran de cambiar de partido todo el tiempo. Porque, actualmente, tras cada elección, los funcionarios tenían que aplicar una nueva política de empleo condenada al fracaso en lugar de seguir con la anterior, ya fracasada.

Así pues, durante todos esos años en despachos cada vez más reducidos y lejanos, el extraordinario funcionario habría tenido una vida bastante inútil, de no ser porque él mismo se preocupó de realizarse de otra manera. Se olvidó del desempleo y lo dejó todo en manos del Señor, para hacer carrera en los asuntos celestiales.

Con ese objetivo, creó una estructura eclesiástica en la parroquia de la que formaba parte, hasta que, poco a poco, llegó a controlar todos los aspectos.

La vida religiosa hizo francamente feliz a Börje Ekman. Llegó a pensar que sería todavía más feliz cuando se jubilara, pues podría dedicar todo su tiempo a ser el pastor no oficial de la congregación. Todas las ovejas lo escuchaban y obedecían, incluido el carnero jefe del púlpito.

Hasta la catástrofe. La iglesia se cerró y la congregación entera —o sea, dieciocho de sus diecinueve miembros activos— se fue a la iglesia vecina. En lugar de trasladarse como decimonoveno y último feligrés, Börje Ekman se quedó para cuidar de su antigua iglesia y mantener el sendero de grava libre de malas hierbas. Granlund, el pastor de la iglesia vecina, no era más que un presuntuoso (es decir, alguien que no dejaba que Börje Ekman hiciera y deshiciera a su antojo).

Hacía unas semanas que habían vendido la ex congregación del ex sacristán, con iglesia, cementerio y todo lo demás incluido, al ex asesino y nuevo creyente del que hablaba todo el país. No resultaba agradable tener que informar a una persona así, quizá incluso debilitara la posición que Börje tenía prevista para sí mismo en la puerta celestial. Pero aquélla era su iglesia y el ex asesino pronto lo entendería (a diferencia de Granlund, que no comprendía nada). El mejor sacristán de Suecia había regresado, aunque nadie se había enterado todavía.

Börje Ekman ya se había pasado por allí para rastrillar el sendero un par de veces antes de la apertura, pero hasta el día de la inauguración no lo habían detectado. Así que aquel tipo se llamaba Jerry... ¿Jefe de seguridad? ¿Para qué?

Mientras rastrillaba, Börje había repasado con una sonrisa el último período de trabajo en su despacho-despensa oficial, cuando creía que por fin podría dedicarse a su antigua parroquia a jornada completa. Hasta que sólo faltaban tres días, dos días, uno... un agradecimiento sin tarta... Y ahora, en el primer día después de su último día había llegado el momento de la reapertura de su amada iglesia.

No se había dado a conocer a propósito. Había pensado esperar hasta después del sermón inaugural. Acercarse como una agradable sorpresa a la dirección de la comunidad, seguramente desorientada y con todo por aprender.

Eran esa clase de pensamientos los que le producían aquella sonrisa que en un futuro no muy lejano se le quedaría congelada.

37

La segunda mayor asamblea general de criminales de Suecia tuvo lugar en el sótano de uno de los bares preferidos por la clientela antes mencionada.

Diecisiete hombres, ningún conde ni ninguna condesa. El orden del día: los Condes debían desaparecer antes de que pudieran tocarle un pelo a Asesino Anders. El asunto se decidió con un resultado contundente: diecisiete a cero.

Pero ¿quién o quiénes lo harían y cómo se llevaría a cabo? Lo discutieron mientras bebían las cervezas que les suministraban desde el piso de arriba.

Aquellos maleantes tenían un líder oficioso: el primero de los que se había atrevido a contradecir a la Condesa en la anterior asamblea general. Después de beberse dos jarras de cerveza, el líder recordó lo que todos ya sabían, es decir: que fueron Olofsson y Olofsson quienes quemaron la pensión Sjöudden.

—¿Y eso qué tiene que ver con el asunto? —preguntó Olofsson.

—Eso me gustaría saber —dijo su hermano.

Bueno, razonó el líder, si no hubieran quemado la pensión, todavía podrían encontrar a Asesino Anders allí y entonces sólo habrían tenido que esconderlo del Conde y la Condesa.

Olofsson protestó y dijo que hasta el momento Asesino Anders se había escondido muy bien sin ayuda de nadie, y que todo el revuelo con los Condes no había empezado con la desaparición de Asesino, sino más bien por haber dejado de ser un matón. Había resucitado junto a Jesucristo y los periódicos le habían dedicado toda su atención, y entonces había dicho eso tan desafortunado sobre lo que pasaría si le ocurriera algo.

—De no ser por eso, sería improbable que los diecisiete aquí reunidos quisiéramos ir a la pensión para charlar y tomar un café con ese cretino y pedirle de buenas maneras que se mudara por su propia seguridad a una cabaña perdida en el bosque —dijo Olofsson.

—¿No os parece? —inquirió su hermano.

El razonamiento había sido demasiado enrevesado para que el resto pudiera seguirlo ni siquiera hasta la mitad. Así pues, con un resultado de quince a dos, se encargó a los hermanos Olofsson que liquidaran al Conde y la Condesa antes de que éstos pudiesen apagar al que habría que haber apagado desde un principio, pero que ahora era mejor mantener bien encendido.

Los reunidos en aquel sótano no tenían por costumbre ponerse de acuerdo con facilidad en lo referente al dinero; no lo llevaban en la sangre. Por eso resultó sorprendente la rapidez con que los quince que no iban a salir al campo de batalla acordaron la recompensa de los ejecutores designados: cuatrocientas mil coronas por aristócrata, y un millón si conseguían eliminarlos al mismo tiempo.

Olofsson y Olofsson parecían poco convencidos, pero un millón era un millón, justo lo que necesitaban para restablecer su situación financiera. Quince irritados maleantes de primera categoría los observaban airadamente esperando su confirmación.

Los hermanos tenían que aceptar...

O aceptar.

38

Ya sólo faltaba una hora para el debut de Asesino Anders en el púlpito. La pastora repasó por última vez la estrategia. Estaba segura de cómo saldría todo. Él parecía medio preparado y se mostraba reflexivo, pero su otra mitad estaba apenas más dotada que un mazo de croquet. Resultaba imposible predecir cuál de las dos mitades predominaría allá arriba.

La iglesia estaba a punto de llenarse. Fuera se agolpaba una nutrida muchedumbre delante de la gran pantalla y había un flujo continuo de nuevos visitantes. Dos francotiradores con miras telescópicas estaban apostados en el campanario y un guardia en cada posible entrada a la iglesia. Al único gorila algo presentable lo colocaron, pese a sus protestas, vestido con traje negro junto al arco detector de metales de la entrada principal. Había asistido a un curso rápido de buenas maneras impartido por la pastora (debido a problemas de tiempo fue un curso rápido de lo más rápido).

—¿Por qué tienen un control de seguridad a la entrada de una iglesia? —preguntó un asistente que en realidad no deseaba estar allí, pero al que su esposa había arrastrado sin miramientos.

—Por razones de seguridad, estimado caballero —respondió el hombre trajeado.

—¿Por razones de seguridad? —repitió el otro con impertinencia.

Johanna Kjellander había decidido que los asistentes no deberían saber la verdad, es decir, que tanto el pastor como ellos mismos estaban amenazados.

—Exacto, por razones de seguridad, estimado caballero —dijo de nuevo el gorila trajeado.

—¿La seguridad de quién y por qué? —se empeñó el hombre.

—¿Podemos entrar de una vez, Tage? —intervino su mujer, algo irritada.

—Hágale caso a su señora —respondió el guardia trajeado.

Se moría de ganas de tumbar al muy impertinente con su puño derecho, que apretaba con fuerza en el bolsillo de la chaqueta. Sólo tenía que acordarse de soltar primero la granada de mano.

—Pero Greta, hay algo raro en todo esto —insistió Tage, al que en ese preciso momento le habría gustado estar viendo por televisión la final de hockey sobre hielo.

La cola se iba alargando detrás del viejo impertinente y el hombre trajeado ya no aguantaba seguir comportándose como un hombre trajeado.

—Oye, si no entiendes las palabras «por razones de seguridad», ¿cómo vas entender el sermón del pastor? Si no te gusta la salvación que ofrecemos, vete con tu puto Volvo a tu puta casa y púdrete en tu puto sofá de Ikea.

Por suerte, la pastora pasaba por allí en ese instante.

—Disculpe que me entrometa... —intervino—. Soy Johanna Kjellander, pastora ayudante del principal mensajero de Dios aquí en la tierra. No hagáis caso a este guardia. Pertenece al grupo de principiantes del pastor Anders y apenas ha llegado más allá del Génesis.

—¿Y? —dijo el impertinente.

—Bueno, en el Génesis no se habla mucho de cómo hay que comportarse, sólo se menciona que no se puede comer la fruta prohibida, aunque Adán y Eva lo hicieron, incitados por una serpiente parlante. Tal vez resulte un poco extraño, pero el Señor puede disponerlo casi todo a su antojo.

—¿Una serpiente parlante? —repitió el hombre, ahora más confuso que impertinente, y que, a diferencia de su mujer, nunca había abierto la Biblia.

—Sí, hablaba y oía, y menuda bronca que recibió de Dios. Ésa es la razón de que se haya arrastrado por el polvo hasta nuestros días. La serpiente, claro, no Él.

—¿Qué quiere decir? ¿Adónde quiere llegar? —preguntó el hombre, cada vez menos impertinente y más desconcertado.

Pues en primer lugar quería llegar a descolocar al impertinente, así que de momento todo iba bien. A continuación añadió en voz baja que la fuerza de las palabras del pastor Anders no conocían límites. Que el propio Cristo pudiera aparecerse durante el sermón quizá fuera demasiado pedir, pero si ocurriera sería horrible que alguien se abalanzara sobre Él y lo azotara. También podría enviar a alguno de sus apóstoles, quizá no a Judas Iscariote, pero había once más donde elegir. En pocas palabras, nadie podía estar seguro de las fuerzas que podría desencadenar el pastor a partir de ese mismo día. De ahí las medidas de seguridad.

—Pero, por supuesto, no es obligatorio conocer al pastor, ni conocer a Jesús ni a sus apóstoles. Todo lo que ocurra dentro de unos momentos aparecerá mañana en la prensa, así que no os preocupéis, podréis leerlo. ¿Deseáis que os acompañe a la salida?

No, el ex impertinente ya no deseaba irse y, por supuesto, su mujer tampoco. Ésta lo sujetó con fuerza del brazo y dijo:

—Vamos, Tage, antes de que nos quedemos sin sitio.

Tage se dejó guiar, pero tuvo la suficiente presencia de ánimo como para, al pasar junto al desagradable guardia de seguridad, señalar que en realidad su mujer y él conducían un Opel Corsa desde hacía casi dos años.

Lo que debía hacer Asesino Anders era hablar de generosidad, generosidad y generosidad. Luego decir algo sobre Jesús y después más generosidad. Otros temas podían ser aquello de que hay más dicha en dar que en recibir y que el cielo esperaba a todos los que vaciaran sus carteras en la colecta, aunque tampoco se excluiría a quienes apenas la entreabrieran (según el principio de «no hay ayuda pequeña»).

—Y no te pases con tus «aleluya», «hosanna» y otras cosas que no entiendas del todo —le advirtió la pastora.

Pero ahora que se acercaba el momento, Asesino Anders estaba nervioso. Si de pronto debía tener cuidado con las cosas que no entendía del todo, no podría hablar mucho.

Y entonces preguntó si una alternativa para un momento crítico podría ser recitar nombres de setas en latín, pues sonaría de lo más religioso para aquellos que no estuvieran muy puestos. Y lo ejemplificó:

—*Cantharellus cibarius, Agaricus arvensis, Tuber magnatum*... En el nombre del Padre y del Hijo y del Espíritu Santo, amén.

—¿Qué dice? —preguntó el recepcionista, que acababa de entrar en la habitación.

—No estoy segura, pero creo que ha implorado al rebozuelo, al champiñón y probablemente a la trufa —respondió Johanna Kjellander, y se volvió de nuevo hacia el pastor para prohibirle que se le ocurriera probar esas setas y advertirle que se mantuviera bien lejos de la falsa oronja, se llamara como se llamase en latín.

—*Amanita muscaria* —le dio tiempo a informar a Asesino Anders, antes de que lo interrumpieran.

La pastora aseguró que no era el momento de perder la confianza (al mismo tiempo que pensaba que la falsa oronja sonaba mejor en latín que un «hosanna» fuera de lugar).

—Recuerda que eres un héroe nacional, que eres el nuevo Elvis —dijo mientras llenaba el cáliz que había encontrado el día anterior en un armario del siglo XVIII y que seguramente valía más en el mercado que toda la iglesia y su contenido.

Por cierto, en el mismo armario había una caja con obleas, probablemente con sabor a polvo. Johanna Kjellander le ofreció a Asesino Anders el cuerpo de Cristo como complemento, pero el pastor, que estaba a punto de vaciar el cáliz que le habían entregado, prefirió doble ración de sangre. Había escondido una bolsa de bollos de canela en el púlpito, por si de pronto necesitaba el cuerpo durante el sermón.

39

Al hacer su entrada, el pastor Anders fue recibido con una impresionante manifestación de júbilo y aplausos.

Él saludó a la derecha, a la izquierda y al frente. A continuación, volvió a saludar con ambas manos hasta que la gente se tranquilizó un poco.

—¡Aleluya! —Fue lo primero que dijo.

El júbilo se desató de nuevo.

—¡Hosanna! —agregó, y la pastora, entre bastidores, susurró al oído del recepcionista que no faltaba mucho para que mencionara la falsa oronja.

Pero Asesino Anders continuó por otros derroteros.

—¡Generosidad, generosidad, generosidad! —exclamó.

—No está mal —dijo la pastora.

Mientras alumnos de dos clases del instituto Mälargymnasiet, contratados para la ocasión, se apresuraban a pasar los cepillos para la colecta, tanto dentro como fuera de la iglesia, Asesino Anders proseguía con su sermón.

—La sangre y el cuerpo de Jesús —dijo, y el júbilo volvió a desatarse.

—El orden formal sería «el cuerpo y la sangre» —le susurró la pastora al recepcionista—. Pero cada uno tiene sus prioridades.

—Con tal de que no saque los bollos de canela... —respondió Per Persson.

Hasta el momento, el pastor no había dicho ni una sola palabra sobre su propia historia ni su nueva misión en la vida. Tampoco había pronunciado ninguna frase coherente. Pero para sorpresa de la pastora y el recepcionista, no parecía necesario. Asesino Anders era tratado como... Sí, como Elvis.

En ese momento vieron que sacaba un papel y se lo colocaba delante. Había recopilado algunas cosas de extraordinario valor durante sus estudios bíblicos en la autocaravana.

—Yo digo, como Pablo le escribió una vez a Timoteo: «No bebas sólo agua, sino también un poco de vino para el estómago.»

El recepcionista se llevó la mano a la frente. La pastora se sobresaltó. ¿Qué otras cosas tenía ese chiflado anotadas en ese papel?

El júbilo se mezcló con risas y sonrisas comprensivas, todo parecía transcurrir en un ambiente relajado.

La pastora y el recepcionista se encontraban tras unas cortinas, a la izquierda del púlpito, desde donde podían observar al público sin ser vistos. Los jóvenes del instituto Mälargymnasiet se apresuraban entre los bancos y casi todos los asistentes colaboraban con algunas monedas, pero ¿acaso no parecía que...?

—¿Me lo estoy imaginando —le dijo el recepcionista a su pastora— o los que están más contentos son los que más dan?

Ella miró a la multitud mientras Asesino Anders proseguía, con ayuda de sus propias anotaciones:

—Incluso el profeta Habakuk veía el vino en sus predicciones. Por cierto, una terminación, *kuk*, muy adecuada, pues como dicen las Escrituras: «Bebe tú también y tu prepucio será descubierto. Prueba el cáliz que el Señor te ofrece.»

La cita estaba sacada de contexto, pero animó aún más el ambiente. Y la pastora pudo comprobar que el recepcionista tenía razón. Los cepillos no daban abasto, algunos alumnos se paseaban con cubos, y en uno de ellos incluso habían depositado ¡una cartera!

Johanna Kjellander no solía blasfemar. Lo había aprendido de su padre pastor, que sólo utilizaba palabras malsonantes en contadas ocasiones, siempre dirigidas a su hija. Excepto los domingos, horas antes de la misa. El pastor se despertaba, se sentaba en la cama, metía los pies en las zapatillas que su mujer siempre colocaba exactamente en el mismo sitio, tomaba conciencia de que era domingo y resumía la jornada antes de que empezara con un: «¡Sí, maldita sea!»

Por eso fue sorprendente que la pastora dijera lo que dijo al ver meter en el cepillo y cubos billetes de quinientas coronas y carteras. Consideró sencillamente que aquello era «un puto milagro». En su defensa, cabría alegar que lo dijo tan bajito que sólo ella lo oyó.

Aparte de esto, Asesino Anders completó los restantes veinte minutos de su sermón sin incidencias destacables. Le dio las gracias a Jesús por permitir que un miserable asesino renaciera. Saludó a su amiga la reina y agradeció todo el apoyo recibido. Y leyó otro par de citas de su papel, esta vez de un género más relevante que las anteriores:

—Porque de tal manera amó Dios al mundo, que dio a su Hijo unigénito para que todo aquel que cree en Él no se pierda, sino que tenga vida eterna.

Y repitió entre sonoros aplausos que casi impedían entender lo que decía:

—Generosidad, generosidad, generosidad. ¡Aleluya, hosanna y amén!

Con ese «amén» mal colocado varios asistentes creyeron que el pastor había acabado —a decir verdad, ni él mismo sabía si había acabado o no—, por lo que se levantaron de los bancos y se acercaron a él. Enseguida les siguieron otros trescientos. Si uno es Elvis, es Elvis.

Después vinieron dos horas y media de firma de autógrafos y gente que deseaba sacarse un *selfie* con el pastor Anders. Mientras, la pastora y el recepcionista entregaron a cada uno de los alumnos de instituto un billete de cien coronas de la colecta y se pusieron a contar lo recaudado.

En una esquina al fondo de la iglesia había un hombre que por una vez no sujetaba un rastrillo (éste habría sido detectado en el control de seguridad).

—Gracias, Señor, por encargarme poner orden en este caos —dijo Börje Ekman.

El Señor no respondió.

40

La inauguración les había reportado cuatrocientas veinticinco mil coronas, tras descontar el salario pagado a los jóvenes del Mälargymnasiet. Veintiuna mil doscientas cincuenta fueron para pagar a los vigilantes, y otras tantas para Asesino Anders, la caja de gastos corrientes y la de fines benéficos. Las trescientas cuarenta mil restantes se guardaron en la maleta amarilla de la pastora y el recepcionista en el armario del siglo XVIII de la sacristía. La roja todavía no era necesaria (las maletas no eran la caja fuerte más segura del mundo, pero el recepcionista insistió en que todos los fondos se juntaran allí y que, en caso de crisis, la vía de escape estuviera a menos de medio minuto).

Le dieron una botella extra de tinto a Asesino Anders para pasar la tarde, en reconocimiento del trabajo bien hecho, y con la promesa de que no necesitarían más de veinte semanas para poder donar el siguiente medio millón al destinatario deseado.

—Maravilloso —dijo el pastor—. Pero me gustaría meterme algo en el estómago, ¿puedes prestarme quinientas coronas para comer?

El recepcionista comprendió que se habían olvidado de comunicar al ex asesino que tenía un salario, y ya que no preguntó por él, podían dejar el asunto como estaba, es decir, en el olvido.

—Por supuesto —dijo—. ¡Bah, te las regalo! Pero no las gastes de golpe, ¿eh? Y llévate a Jerry Cuchillos si vas a alguna parte.

A diferencia de Asesino Anders, Jerry Cuchillos sabía contar. Veintiuna mil doscientas cincuenta coronas no eran un salario suficiente para él y sus empleados.

—Entonces doblémoslo —zanjó el recepcionista.

Los vigilantes recibieron lo que el pastor no había entendido que debía percibir, y de ese modo no hubo ningún desequilibrio presupuestario.

Pero antes de que Anders se fuera con Jerry Cuchillos, alguien entró en la iglesia.

—Qué tarde tan maravillosa al servicio del Señor —ironizó el hombre que cargaba con el cometido celestial de arreglar las cosas.

—¿Y tú quién eres? —preguntó la pastora.

—Me llamo Börje Ekman, sacristán de la parroquia desde hace treinta años. O treinta y uno. O veintinueve, dependiendo de cómo se cuente. La iglesia estuvo un tiempo en barbecho.

—¿Sacristán? —repitió el recepcionista.

«Problemas a la vista», pensó Johanna Kjellander.

—Sí, joder... Me olvidé de comentarlo —dijo Jerry Cuchillos, que, con las prisas, se olvidó también de cuidar el lenguaje.

—Bienvenido a casa —saludó Asesino Anders, que en apenas unos minutos había sido elogiado dos veces, y eso le proporcionó una sensación de bienaventuranza.

Le dio un abrazo a Börje Ekman y se dirigió a la salida.

—Vamos, Jerry. Tengo sed. Hambre, quiero decir.

41

Börje Ekman no tuvo tiempo de esgrimir ninguno de los catorce puntos que había anotado sobre el oficio de la tarde. La pastora y el recepcionista lo acompañaron amablemente a la salida con la promesa de que ya hablarían más adelante. Él respondió que, aparte de algunos detalles de importancia relacionados con el mensaje, el tono del sermón, la duración del oficio y alguna que otra cosa más, no había mucho que decir. Él sabía cómo crear un servicio parroquial perfecto, y ya había entablado contacto con algunos de los asistentes.

—Por cierto, ¿cuánto hemos recaudado hoy?

—Todavía no lo hemos contado, pero seguro que más de cinco mil coronas —respondió el recepcionista, y esperó no haber tirado demasiado por lo bajo.

—Vaya —dijo Börje—. ¡Récord de la parroquia! Imaginen lo que podríamos conseguir una vez que redefina y pula la organización, el contenido y un poco el resto. Apuesto a que algún día romperemos la barrera de las diez mil coronas.

«Problemas, problemas y más problemas», pensó Johanna Kjellander.

• • •

Con un «Volveré el lunes para rastrillar el sendero, quizá nos veamos», Börje Ekman abandonó por fin la sala.

—Vaya, un eterno inconformista —comentó Per Persson.

La pastora estuvo de acuerdo, pero despedir a alguien a quien nunca habían contratado podría esperar hasta la semana siguiente. Ahora tenían que celebrarlo, con una cena de siete platos y pernoctando en un hotel. Sobre todo para discutir el desarrollo del asunto a partir de las experiencias de esa tarde.

•

Justo después de brindar con un Anwilka sudafricano del 2005, la pastora expuso su nueva idea.

—Eucaristía —dijo.

—¡Qué pereza!

—¡No, al contrario!

No se refería a la eucaristía que mantenía activo a Asesino Anders, tampoco a la eucaristía en el sentido tradicional de la palabra, sino en el sentido libre de la Iglesia de Anders.

—Desarróllalo un poco más —pidió el recepcionista.

A continuación bebió otro sorbo del vino sudafricano por el que pronto pagarían algo más de dos mil coronas, siempre que no pidieran otra botella.

Bueno, habían descubierto la proporción: cuanto más alegres parecían los asistentes, mayor era su generosidad. Asesino Anders ponía de buen humor a la gente —bueno, menos a ellos dos y probablemente al maldito sacristán— y, por lo tanto, la volvía más generosa. Con el vino los feligreses se ponen más contentos, ergo, ¡se vuelven todavía más generosos! Simples matemáticas.

La conclusión de la pastora era que si durante el servicio conseguían que cada asistente se soplara entre un vaso y media botella, dependiendo de las ganas y la masa corporal, la recaudación de los sábados se podría duplicar. No de cinco a diez mil coronas, como había apuntado el viejo del rastrillo, sino de medio millón a un millón entero.

—¿Eucaristía sin límite para todos? —preguntó el recepcionista.

—Creo que lo mejor sería no llamarlo «eucaristía», por lo menos internamente. «Estimulación financiera» suena mejor.

—¿Y qué pasa con la autorización para servir alcohol?

—No creo que haga falta. En este maravilloso país repleto de prohibiciones y reglas, uno puede abrir una botella como quiera mientras esté entre las paredes de una iglesia. Pero para estar seguros del todo, el lunes mismo me informaré del asunto. Salud, querido. Buen vino éste. Demasiado bueno para nuestra iglesia.

42

El lunes siguiente, a las 9.01 horas, la pastora llamó desde la sacristía a la autoridad regional encargada de conceder los permisos para la venta de alcohol y tabaco. Se presentó como la pastora asistente de una nueva comunidad religiosa, que se preguntaba si era necesario algún permiso especial para servir vino eucarístico durante la misa.

No, la informó el riguroso representante de la autoridad. La eucaristía se podía suministrar libremente.

Ante eso, la pastora preguntó —para no dejar cabos sueltos— si, en tal caso, había algún límite sobre cuánto vino podía ingerir cada feligrés antes de que las autoridades tuvieran algo que objetar.

El riguroso representante se mostró aún más duro, porque presintió que había algo inadecuado en la pregunta, así que eligió completar la respuesta formal con una reflexión personal.

—Si bien es cierto que la autoridad competente no menciona detalles sobre la cantidad de vino eucarístico que se puede ingerir, en principio, el espíritu de la ley no es que los asistentes a un oficio religioso se emborrachen. En ese caso, se podría pensar que el mensaje religioso no llegará muy lejos.

La pastora podría haber dicho que, en el caso que los ocupaba, no estaría mal que el mensaje se perdiera por el camino, o por lo menos parte de él, pero se apresuró a dar la gracias y colgar.

—¡Luz verde! —le dijo al recepcionista.

Y se volvió hacia Jerry Cuchillos, que en ese momento se encontraba en la sacristía.

—Necesito novecientos litros de vino tinto para el sábado. ¿Puedes encargarte?

—Por supuesto —respondió Jerry, que tenía contactos de sobra—. Doscientas cajas de cinco litros de merlot moldavo, a cien coronas la unidad. ¿Va bien? No sabe demasiado…

«Mal» iba a decir, pero no le dio tiempo, pues fue interrumpido.

—¿Graduación alcohólica? —preguntó la pastora.

—Suficiente.

—Entonces de acuerdo. Bueno, no, mejor compra cuatrocientas cajas, habrá más sábados además del próximo.

43

Börje Ekman rastrillaba su sendero de grava. Era realmente suyo, de nadie más. Asesino Anders pasó por su lado acompañado de Jerry Cuchillos, que iba en silencio. El pastor alabó la calidad del rastrillado y a cambio recibió bonitas palabras sobre su sermón inaugural.

—No se le puede reprochar nada —mintió Börje Ekman, sonriendo.

La mentira piadosa formaba parte de su plan de tres fases. La fase A incluía tres pasos:

1. Opinar sobre el contenido del sermón.

2. Explicarle al pastor su punto de vista, y por último...

3. Escribir él mismo los sermones del domingo tal como había hecho en el pasado.

Ya tendría tiempo de cambiar la decisión que había tomado la nueva Iglesia de celebrar la misa del domingo los sábados por la tarde temprano. Lo haría durante la fase B o la C, dependiendo de las dificultades que encontrara para manejar al pastor, a la pastora ayudante y al otro.

Jerry Cuchillos, el perpetuo acompañante de Asesino Anders, tuvo la suficiente sensatez para contarles a Johanna Kjellander y a Per Persson la incipiente relación entre el predicador y el autoproclamado sacristán.

—Problemas, problemas y más problemas —dijo ella.

El recepcionista asintió. Que Börje Ekman se denominara «sacristán» sin que nadie le hubiera encomendado tal labor era un pequeño problema en sí mismo. Pero parecía estar casado con la iglesia y su entorno, y regresaría sin importar lo lejos que lo echaran Jerry Cuchillos y sus sabuesos. Regresaría y descubriría lo que se le había escapado la primera vez, es decir, el importe real de la recaudación. Además, corrían el riesgo de que ese hombre trastornara la ya bastante trastornada cabeza del pastor y lo desbaratase todo.

—La próxima vez que Anders y tú os encontréis con Börje Ekman, intenta conducir al perturbado en la dirección opuesta —aconsejó el recepcionista.

—¿A cuál de los dos? ¿A Anders o al del rastrillo?

44

La inauguración había salido mejor de lo que cabía esperar, dadas las condiciones en que se desarrolló. Por su parte, la prensa estuvo presente y les proporcionó publicidad gratuita en forma de artículos sobre el éxito del pastor Anders, además de abrir la veda a todo tipo de especulaciones sobre quién sería el destinatario del próximo medio millón de coronas del recién redimido y altruista ex asesino. Aunque a ningún reportero le impresionó el sermón, nadie pudo criticar la entrega del pastor y su parroquia.

Un par de días más tarde, los periódicos volvieron a comentar el asunto. Según una fuente anónima, el café gratuito del próximo sábado iba a ser sustituido por vino. Se informó de que la eucaristía era una parte importante de la liturgia andersiana. La misa se celebraría cada sábado a las diecisiete cero cero durante todo el año, según informaba la prensa. Cuando la Nochebuena cayera en sábado, el vino eucarístico habitual sería sustituido por vino caliente aromatizado; por lo demás, no habría cambios.

—Gracias, Señor, por el teléfono de denuncias anónimas —dijo el recepcionista al leer el anuncio gratuito en los tabloides de tirada nacional.

—¿En qué parte de la Biblia te basas para suponer que Dios ha sido el creador del teléfono de denuncias anónimas? —preguntó la pastora.

•

Y llegó un nuevo sábado. La gente volvió a acudir a la iglesia, pero en esta ocasión en menor número. La pastora y el recepcionista se lo esperaban: muchos ya habían conseguido un autógrafo o un *selfie* y no sentían necesidad de pagar por lo mismo una vez más. De todos modos, hubo doscientos asistentes que no encontraron sitio dentro de la iglesia.

El fin de semana anterior había termos de café cada veinte asientos. Ahora, en cambio, había uno en cada uno y, en el suelo, cada cinco metros, una caja de vino moldavo.

Nadie se atrevió a tocar el vino hasta que el pastor hizo su entrada, lo que ocurrió a las diecisiete cero cero.

De pie, en la misma esquina alejada de la parroquia de la vez anterior, estaba Börje Ekman, totalmente confuso.

—Aleluya y hosanna —comenzó el pastor Anders, y fue al grano por razones personales—: Amigos míos, Jesús cargó con todos los pecados de la humanidad. ¡Comencemos brindando por ello!

Anders rellenó su cáliz de la vinajera mientras se producían movimientos nerviosos en las hileras de bancos. Pocas cosas hay tan embarazosas como brindar sin tener nada con qué hacerlo.

A pesar de las ganas del pastor de beberse de un trago de lo que sostenía en la mano, esperó hasta que pareció que suficientes personas de la congregación estaban preparadas.

—¡A la salud de Jesús! —brindó al fin, y vació el contenido de golpe.

Más de setecientas personas de las ochocientas que había en la iglesia siguieron su ejemplo. Y sólo eso fue más de lo podían aguantar cincuenta de ellas.

Tras un inoportuno «¡Qué bien me ha sentado!», el pastor comenzó su sermón explicando que él era un sencillo servidor del Señor, que hasta entonces no había comprendido que el camino al Reino de los Cielos pasaba por la sangre y el cuerpo de Jesús. Pero había visto la luz. Y por eso estaba en condiciones de revelar a la congregación el origen de la eucaristía. Dejando los detalles de lado, lo que sucedió fue que Jesús tuvo hambre antes de que lo crucificaran e invitó a sus camaradas a ponerse las botas por última vez. Recientes investigaciones, dirigidas por el propio pastor Anders, apuntaban a que tanto Él como sus apóstoles ingirieron mucho más vino de lo que hasta el momento se creía. Después llegó la crucifixión, por lo que existía el riesgo de que, para colmo, Jesús tuviera resaca mientras agonizaba allí, en el Gólgota. Eso podría explicar su angustioso «Dios mío, Dios mío, ¿por qué me has abandonado?».

¿Ponerse las botas? ¿Un Jesucristo resacoso en la cruz? ¿Había oído bien Börje Ekman?

El pastor Anders sacó un nuevo papel con anotaciones y por eso pudo relacionar con elegancia esas últimas ideas con una cita del Evangelio de Marcos, 15, 34. A continuación, hizo una inesperada digresión sobre la maldición de la resaca, antes de regresar a Cristo en la cruz, pues el pastor creía que lo más significativo que Jesús había dicho antes de partir hacia la eternidad había sido: «Tengo sed» (Juan 19, 28).

Esto en cuanto a la sangre de Cristo. Por lo que respectaba a su cuerpo... No, antes debían volver a brindar en nombre del Señor.

No pasó mucho tiempo hasta que casi toda la congregación estuvo achispada. Al pastor le dio tiempo a hacer tres brindis en honor de su interpretación de la eucaristía antes de pasar al siguiente punto del orden del día.

—Se dice que compartieron pan y vino, pero atención: pan ácimo con vino tinto, ¿es ésa la manera que tenemos de honrar dignamente al Señor y a su Hijo?

Se oyeron unos débiles «no» desde diferentes direcciones.

—¡No os oigo! —dijo Asesino Anders alzando la voz—. ¿Es así como debemos honrarlos?

—¡No! —gritaron unos cuantos más.

—¡No os oigo! —insistió el ex asesino.

—¡Nooo! —exclamó entonces toda la iglesia y medio aparcamiento.

—¡Ahora sí os oigo! Y vuestra palabra es mi ley.

Tras una señal, los alumnos del Mälargymnasiet comenzaron su trabajo. Cada uno llevaba en una mano un cubo para llenarlo de billetes o, en el peor de los casos, con monedas. En la otra mano sujetaban una bandeja con diferentes tipos de galletas, uvas, mantequilla y queso. Las bandejas pasaban de asistente en asistente y cuando alguna estaba a punto de agotarse, los futuros bachilleres la rellenaban al momento.

El pastor recibió su propio plato.

—*Prästost*, el queso del cura —comentó satisfecho entre bocado y bocado.

Después de vivir varias semanas sólo de la sangre de Cristo con alguna que otra hamburguesa o bollo de canela, Asesino Anders tuvo a bien leer algo más sobre la eucaristía de verdad (un poco, vamos, no mucho). Además, Johanna Kjellander lo animó, pues pensaba que si de la boca de aquel pastor sólo salían tonterías semana tras semana, la consecuencia sería un pastor que no conseguiría que los feligreses donaran suficiente dinero para acercarse al Reino de los Cielos. Y eso sería tan rentable como una empresa de matones que no puede ofrecer palizas.

Pero había otras maneras, aparte de la eucaristía, de estimular las cogorzas que se cogían dentro y fuera de la morada del Señor. En esta ocasión, la pastora había controlado previamente el papel de Asesino Anders y había añadido algún apunte que podría influir en el ambiente y, por tanto, en la generosidad.

Por consiguiente, el pastor pudo relatar que Noé fue el primero en plantar una viña, y como resultado también fue el primero en pillar unas curdas de órdago. Acabó tendido desnudo en medio de su tienda, todo según el Génesis 9,21, pero se espabiló y durante la resaca le echó una reprimenda a uno de sus hijos y a continuación vivió trescientos cincuenta años, que se sumaron a los seiscientos que ya tenía.

—Ahora levantemos nuestras copas una última vez —finalizó el pastor Anders—. Bebamos la sangre de Cristo. El vino le proporcionó a Noé una larga vida de novecientos cincuenta años; sin el vino llevaría muerto mucho tiempo.

El recepcionista pensó que Noé ya llevaba muerto tiempo de sobra, pero el pastor parecía salirse con la suya en casi todo.

—¡Salud! ¡Seréis todos bienvenidos el próximo sábado! —concluyó Asesino Anders, y vació la vinajera sin utilizar el cáliz.

El recepcionista chasqueó los dedos para que los alumnos dieran una vuelta recaudatoria más, lo que proporcionó otros miles de coronas a lo ya recogido. Por desgracia, una señora mayor con una boa de piel alrededor del cuello tuvo el mal gusto de vomitar en uno de los cubos.

• • •

Mientras la gente salía tambaleándose de la iglesia, pedos de bienaventuranza y vino, la pastora y el recepcionista hicieron balance de la tarde. Un rapidísimo cálculo apuntaba a que habían superado el millón de coronas; la inversión en vino moldavo y aperitivos había reportado muy buenos beneficios.

•

Las maletas con el dinero ya estaban guardadas cuando Börje Ekman, el sacristán, entró en la sacristía, desde donde se controlaba toda la actividad. Tenía las mejillas encendidas y no parecía contento.

—¡En primer lugar…! —comenzó.

—En primer lugar, deberías aprender a saludar como una persona educada —soltó el recepcionista.

—Vaya, hola, Börje —dijo el despistado ex asesino—. ¿Qué te ha parecido el sermón de esta tarde? ¿Igual de bueno que el de la semana pasada?

Börje Ekman perdió el hilo, pero tomó nuevo impulso.

—Buenas tardes a todos —saludó—. Tengo un par de cosas que decir. En primer lugar, el exterior de la iglesia está sumido en un caos. Han chocado por lo menos cuatro coches, la gente arrastra los pies por el sendero de grava y el lunes me costará el doble de esfuerzo rastrillarlo…

—Entonces, quizá lo mejor sea asfaltarlo, así hará juego con el aparcamiento —contestó el recepcionista, que tenía ganas de pelea.

¿Asfaltar el sendero de grava? Para Ekman decir eso era como blasfemar en la iglesia. Mientras intentaba recuperarse de lo que acababa de oír, el pastor insistió, más beodo de lo que su cuerpo necesitaba:

—Oye, di de una vez qué te ha parecido el jodido sermón.

En opinión de Börje Ekman, eso sí que era blasfemar en la iglesia.

—¿Qué está pasando aquí? —preguntó, y bajó la vista hacia el único cubo que aún no habían vaciado ni escondido junto a las cercanas maletas. Era el del vómito vertido sobre varios miles de coronas—. ¿Por el sermón me preguntas? ¡Querrás decir «borrachera colectiva»!

—Hablando de eso... ¿Te apetece un trago? Con tan poco no te garantizo que llegues a los novecientos cincuenta años, pero por lo menos acabarás con ese humor de perros.

—¡Un borracho! —repitió Börje Ekman—. ¡En la casa de Dios! ¡No tenéis vergüenza!

En ese punto, la pastora ya no aguantó más. Era el maldito señor Ekman quien no tenía vergüenza. Ellos se esforzaban y luchaban por conseguir unas miserables coronas para los pobres del mundo, mientras que Ekman se quejaba de su sendero de grava. Por cierto, ¿cuánto dinero había aportado a la colecta?

El autodesignado sacristán no había donado ni una sola corona y eso lo preocupó durante unos segundos, tras los cuales se rehízo.

—Tergiversáis la palabra de Dios, transformáis el culto y la misa en un circo. Vosotros, vosotros... ¿Cuánto dinero habéis conseguido en total? ¿Y dónde está?

—Eso a ti no te importa —se enfadó el recepcionista—. Lo fundamental es que hasta la última corona vaya a parar a los necesitados.

Respecto al tema de «los necesitados»... desde hacía una semana, la pastora y el recepcionista habían cambiado la autocaravana por la suite Riddarholm del hotel Hilton, y eso no salía gratis.

Pero en lugar de contárselo al sacristán, Johanna Kjellander sugirió que «el señor Jerry» le mostrara el camino de salida, por si no lo encontraba él mismo. También sugirió, con un tono más suave, que volvieran a verse cuando estuviera un poco más calmado. ¿Qué le parecía, por ejemplo, el lunes siguiente?

Pensó que con eso quitaría hierro al asunto, sin arriesgarse a que el sacristán acudiera corriendo a la policía o a otro sitio igual de desagradable.

—La encontraré yo solo —dijo Ekman—. Pero volveré el lunes a rastrillar y barrer los cristales de los coches que han chocado. Seguro que tendré que limpiar más de un vómito ahí fuera. Y el próximo sábado exijo un comportamiento muy diferente al de hoy, ¿entendido? Nos reuniremos para tratar el asunto a las catorce horas.

—Catorce treinta —precisó la pastora, sólo porque no quería que fuera Börje Ekman quien tuviese la última palabra.

45

Una de las pocas personas que no probó ni gota de alcohol durante el sermón del segundo sábado fue una señora de mediana edad. Llevaba una peluca rubia y unas gafas de sol, innecesarias dentro de la iglesia. Estaba sentada en la fila decimoctava y depositó veinte coronas en el cubo cada vez que lo pasaron, a pesar de lo mucho que le dolía hacerlo. Tenía que aguantarlo. Se encontraba allí para reconocer el terreno.

Entre los asistentes nadie sabía su nombre. A decir verdad, tampoco había muchos que lo supieran fuera de allí. En los círculos que frecuentaba la llamaban sencilla y llanamente «la Condesa».

Sentados siete filas más atrás, dos hombres vaciaban una de las cajas de vino moldavo. A diferencia de la mujer, no contribuyeron a la colecta ni con una corona. Si alguno de sus vecinos tenía algo que opinar al respecto, lo amenazaban con propinarle un guantazo.

Los hombres se encontraban allí por la misma razón que la Condesa. Uno de ellos se llamaba Olofsson. El otro también. Y por mucho que desearan cortar en pedacitos al pastor, su misión no era otra que analizar las oportunidades que tenía de sobrevivir en su púlpito. Asesino Anders no podía morir. Sobre todo, no antes de que lo hicieran el Conde y la Condesa.

Lo primero con lo que Olofsson y Olofsson se toparon en la entrada fue un detector de metales. Eso los obligó a dar otra vuelta al lugar para ocultar entre unos arbustos dos revólveres que más tarde no lograron encontrar, pues estaban como cubas.

Mientras tuvieron la mente lúcida, también les dio tiempo a apreciar las considerables medidas de seguridad que se habían tomado. Olofsson fue el primero en descubrir a los dos francotiradores del campanario. Le pidió a su hermano que comprobara discretamente su descubrimiento; Olofsson lo hizo.

Por la noche, los hermanos informaron a los otros quince miembros del grupo que habían decidido por unanimidad quitar de en medio al Conde y la Condesa. Como los informadores estaban borrachos, la reunión fue algo accidentada, pero consiguieron que Olofsson y Olofsson confirmaran que, por el momento, Asesino Anders parecía razonablemente bien protegido. Quien quisiera llegar hasta él, necesitaría una buena dosis de inteligencia y determinación.

Por desgracia, inteligencia y determinación eran cualidades que no les faltaban al Conde y la Condesa. Esta última notificó a su noble consorte que, por fortuna, no sería tan sencillo entrar en la iglesia y volarle la cabeza a Asesino Anders, ya que la vigilancia era muy buena. Con «por fortuna» se refería a que, si hubiera sido de otro modo, el matón no sufriría todo lo que se merecía.

Por consiguiente, los sábados no eran el mejor día para actuar. Pero, Asesino Anders también existía los otros seis días de la semana, y entonces, al parecer, sólo lo acompañaba un guardaespaldas.

—¿Sólo uno? —preguntó el Conde sorprendido, y sonrió—. ¿Quieres decir que con un único disparo hecho a distancia se quedaría solo, con un guardia descabezado y caído a sus pies?

—Más o menos. También he visto un francotirador en el campanario, aunque no creo que se pase la semana entera allí sentado.

—¿Algo más?

—Debemos contar con que haya más hombres repartidos por los alrededores de la iglesia. Ésta tiene cuatro entradas; una de ellas recién construida. Me imagino que las cuatro estarán vigiladas.

—¿Cinco, seis vigilantes, más uno que nunca se separa de Anders?

—Ajá. De momento no me atrevo a ser más precisa.

—Entonces, propongo que sigas con la peluca puesta y te des una vueltecita por el lugar para ver si nuestro objetivo se atreve a asomar la nariz fuera de la iglesia. En cuanto sepamos algo más sobre sus movimientos, me cargo primero a su guardaespaldas a ciento cincuenta metros de distancia si hace falta, y la siguiente bala se la meto en la barriga a ese cretino. Ya sé que no tendrá ni de lejos el sufrimiento que se merece. Desangrarse lentamente con los intestinos hechos papilla no es tan horrible como sería deseable, pero teniendo en cuenta las circunstancias, no está mal del todo.

La Condesa asintió con aire decepcionado. Bueno, tendría que resignarse. Por otra parte, «intestinos hechos papilla» sonaba bonito. El Conde era el Conde, pensó, sintiendo una extraña calidez interior.

46

Fue en Olofsson y Olofsson en quienes recayó el encargo de dar pasaporte a la pareja condal. Los otros quince se ocuparon de reunir el dinero prometido a los circunstanciales sicarios. Sin embargo, hasta que se realizara el trabajo, el importe se podía ver pero no tocar.

Por tanto, no faltaba dinero en aquella impía alianza entre criminales. Sin embargo, no iban sobrados de ideas. El cabecilla andaba igual de dubitativo que los hermanos Olofsson. Pero entonces, el maleante número nueve del grupo recordó que apenas unas noches antes había desvalijado el almacén central de Teknikmagasinet en Järfälla, por segunda vez, para más detalles.

Allí se vendía todo el material electrónico imaginable, pero sólo había tenido que cortar un cable amarillo y otro verde en el cuadro eléctrico para acabar con el sistema de seguridad de la empresa. En casa del herrero, cuchillo de palo.

En el local encontraron más de quinientas cámaras de videovigilancia, todas bien empaquetadas y colocadas sobre un palé. Los cacos sólo tuvieron que llevarlas hasta la furgoneta, sin que ninguno de ellos quedara registrado en ninguna grabación.

Asimismo, el número nueve había conseguido más de doscientas básculas de baño —pequeña decepción—, una gran cantidad de teléfonos móviles —¡acierto total!—, varios equipos de GPS, cuarenta prismáticos y aproximadamente el doble de máquinas expendedoras de chicles, que en la penumbra del almacén parecían amplificadores de sonido.

—Si alguien necesita una máquina de chicles, que me lo diga.

Nadie contestó. El número nueve pasó entonces a los GPS.

—Podríamos instalar uno en el coche de los Condes. Así podremos ver en nuestro móvil por dónde van. Es algo que les vendrá bien a sus verdugos.

—¿Y en quién habías pensado para instalar ese algo en el coche de los Condes? —preguntó Olofsson, y en el acto se maldijo por ser tan estúpido.

—¿En ti y en tu hermano, por ejemplo? —dijo el jefe de los criminales—. Debemos ser fieles a nuestro acuerdo y a este dinero que de momento sólo podéis mirar.

—Ni siquiera sabemos qué clase de coche conducen —se resistió Olofsson.

—Un Audi Q7 blanco —dijo el bien informado número nueve—. Por la noche lo aparcan delante de su casa. Justo al lado de otro exactamente igual. Cada uno tiene el suyo. Eso está bien, así podréis acercaros los dos y colocar un GPS en cada coche. ¿Necesitáis también la dirección? ¿Y un GPS para que os muestre el camino?

El número nueve había sido probablemente el mejor de la clase y estaba al mismo nivel que el cabecilla. Olofsson y Olofsson no tenían nada que objetar. Y eso los asustó. Enfrentarse al Conde y la Condesa de la manera que habían decidido podía ser tan terrible como enfrentarse a su Creador. O al enemigo de Éste.

Aunque... un millón de coronas seguía siendo un millón de coronas.

47

El Conde tenía un arsenal imponente. Nunca robaba armas, pero a lo largo de los años había comprado alguna que otra. Y había practicado bastante en la casa de campo con la que la Condesa le había dado la lata diez años antes. Las prácticas de tiro fueron divertidas y provechosas. Nunca se sabía cuándo podía estallar una guerra en el negocio de la venta de automóviles.

El arma más extraña de su colección, ironías del destino, procedía del armero de un genuino conde del norte de la capital. Se trataba de una escopeta de dos cañones, calibre 9,3 x 62, provista de mira telescópica. Una escopeta de doble cañón resultaba de gran ayuda si uno se encontraba cara a cara con un elefante, pero eso no solía ocurrir en los alrededores de Estocolmo. Y si llegara a suceder, la mira telescópica no sería de mucha utilidad, a no ser que el conde al que se la robó estuviera casi ciego, pensó el falso conde.

Pues bien, ahora iba a dar uso al arma. Primero, un pequeño paseo de ida y vuelta por el campo para practicar un poco. El plan era cargar un cañón con una bala expansiva y el otro con una perforante. Eso posibilitaría dos disparos casi en el mismo segundo.

La primera bala, la expansiva, se alojaría entre los ojos del guardaespaldas. Le destrozaría la cabeza. A continuación, tras una rápida corrección de unos milímetros en la mira telescópica, enviaría el siguiente proyectil al ombligo de Asesino Anders. La bala perforante le atravesaría el cuerpo y saldría por el otro lado, ocasionándole un estropicio irreparable. Sin embargo, Anders no se iría de inmediato al otro barrio, primero sentiría un dolor terrible, combinado con una buena dosis de angustia ante la muerte. Acabaría perdiendo el sentido y desangrándose. Demasiado rápido, sí, pero las circunstancias mandaban.

—Si encontramos el lugar ideal desde donde disparar, podremos recargar con tranquilidad, y si se queda pataleando demasiado tiempo, dispararle una vez más.

Ufanándose de su pericia, el Conde había mencionado con anterioridad la distancia de ciento cincuenta metros, pero ahora reconoció que no pasaba nada si el lugar del disparo se encontraba más cerca.

¡Una potente arma que podía realizar dos disparos casi en el mismo segundo, desde dos cañones, con dos intenciones distintas, con mira telescópica y todo! El Conde dio las gracias a su cegato par, supuesto cazador de elefantes, por no haber tenido la precaución de cerrar con llave su armero.

48

Un millón ciento veinticuatro mil trescientas coronas. Más el contenido del cubo vomitado, aunque de éste la pastora y el recepcionista nunca supieron la cantidad exacta que contenía. Tras una inspección ocular tapándose la nariz, el representante de los alumnos del Mälargymnasiet intuyó que el cubo contenía más dinero del que le habría correspondido al grupo, y lo eligió en lugar de las prometidas cien coronas por persona.

—Bien —dijo la pastora—. Coge el cubo y vete.

—Nos vemos el sábado —respondió el alumno, que agarró el cubo y se marchó.

Johanna Kjellander abrió la recién instalada doble puerta de la sacristía para ventilar. (Jerry Cuchillos se había tomado tan en serio lo de instalar una vía de escape adicional para tiempos de guerra que en tiempos de paz la gran entrada se podía utilizar como recepción de mercancías.) No deseaba exponerse a sí misma, al recepcionista y al pastor a los peligros del exterior, pero en esta ocasión consideró que el riesgo era mínimo. Había un guardia en la puerta y Jerry Cuchillos se encontraba en la habitación, como siempre, pegado a Asesino Anders. Además, un terreno abierto cubierto de césped, de unos cien metros de longitud, los separaba de la autopista, y al otro lado había un bosquecillo desde donde se necesitaría un francotirador con mira telescópica para alcanzar, como mucho, a uno de ellos.

•

La reunión de seguimiento del domingo comenzó con la situación financiera, sencillamente porque, por lo visto, Asesino Anders aún no se había despertado. Si no, ese punto no se habría tratado.

En esa ocasión, habían conseguido recaudar alrededor de seiscientas veinticinco coronas brutas por asistente, algo menos de seiscientas coronas netas.

—Creo que hemos encontrado un buen equilibrio entre la tasa de alcoholemia y la generosidad —dijo la pastora, satisfecha.

En ese momento, el ex asesino entró tropezando. Había oído el último comentario de la pastora y propuso que, por seguridad, colocaran entre los bancos unos cubos para vomitar. Así podrían prolongar la euforia de la eucaristía y la generosidad un poco más.

A la pastora y al recepcionista la idea no les pareció adecuada. Los cubos entre los bancos podrían perjudicar la espiritualidad del lugar. Se mirara como se mirase, no había nada celestial en un cubo para vomitar, por muy borracho que pudiera estar Noé en su cabaña.

—Y desnudo —añadió Asesino Anders, sólo por ensañarse un poco con el lamentable estado en que Noé se encontraba.

Y desapareció de nuevo. Lo esperaban el bar y un merecido descanso, ya que no se había gastado las quinientas coronas el sábado por la noche. Además, las reuniones de seguimiento eran muy aburridas. Y las asambleas en general. De no ser porque quería proponerles la idea de los cubos para vomitar, ya estaría sentado ante su primer vaso de vino.

La pastora y el recepcionista se las arreglaban muy bien sin la presencia de Asesino Anders, fuera cual fuese el orden del día. Cuando volvieron a quedarse solos, empezaron a tratar el caso del diabólico sacristán que se había convertido en una amenaza para el negocio. La conversación del día siguiente sería crucial. Según Johanna Kjellander, había dos maneras posibles de solucionar el asunto: o darle un susto de muerte, de lo que se podría ocupar Jerry Cuchillos, o invitarlo a subir a bordo...

—¿Con «invitarlo a subir a bordo» te refieres a sobornarlo? —preguntó el recepcionista.

—Sí, algo por el estilo. Alabamos su buen trabajo con el rastrillo y le ofrecemos veinte mil coronas a la semana para que siga haciéndolo así de bien.

—¿Y si no acepta?

La pastora suspiró.

—Pues entonces tendremos que invitar al jefe de seguridad a que participe en la reunión. Con cuchillos y todo.

La pastora y el recepcionista contaban con fundados motivos para preocuparse por lo que pudiera hacer el sacristán. Börje Ekman tenía en mente informar al arzobispo de lo que estaba sucediendo en su parroquia, pero se trataba de una mujer y, además, extranjera. Sin duda era alemana; los alemanes sabían comportarse, aunque también solían entregarse a excesos con el alcohol. Sin embargo, no lo hacían en nombre de la Iglesia, y ésa era una diferencia muy importante. No obstante, seguía siendo una extranjera. Y mujer. Además, la Iglesia de Anders no dependía del arzobispado.

Sin embargo, tenía que hacer algo. ¿Llamar a la policía? ¿O a Hacienda? Sí, una llamada anónima para informar sobre irregularidades financieras era una buena idea, sin duda.

Bueno, pronto sería lunes, rastrillaría y luego se reuniría con la pastora atea y su tropa. Si eso no funcionaba, el siguiente paso sería Hacienda. Pondría en marcha un plan B. Pero primero tenía que inventárselo.

49

Mientras la pastora y el recepcionista pasaban también la tarde del domingo enfrascados en resolver el caso Ekman, Asesino Anders hizo una nueva entrada, esta vez se lo veía de un humor radiante. Había ido al centro. En Stureplan había encontrado, pared con pared, un bar y una piscina, que juntos constituyeron un bálsamo para su cuerpo y su alma.

—Hola a todos. Veo caras largas por aquí.

Estaba recién duchado y afeitado y llevaba una camisa nueva de manga corta. Tenía los brazos repletos de tatuajes, incluidos un cuchillo, una calavera y dos serpientes reptantes. La pastora pensó que tendría que acordarse de no dejarlo predicar nunca sin chaqueta.

—Bueno, he dicho que veo caras largas —insistió Asesino Anders—. Deberíamos repasar el sermón del próximo sábado, ¿no? Tengo algunas ideas.

—Estamos pensando y estaría bien que no nos interrumpieras —replicó el recepcionista.

—Bah, siempre pensando. ¿Qué tal si de vez en cuando disfrutáramos un poco de la vida? En el Salmo treinta y siete se dice: «Los afligidos poseerán la tierra y gozarán de gran paz.»

La pastora pensó que era increíble lo mucho que aquel idiota parecía hojear el dichoso libro. Pero no lo dijo. En cambio, lo miró de arriba abajo.

—Y según Levítico diecinueve, no debes afeitarte ni tatuarte los brazos, así que cierra el pico un rato, haz el favor.

—Bien dicho. —El recepcionista sonrió mientras Asesino Anders se retiraba cabizbajo, recién afeitado, con sus calaveras, serpientes reptantes y todo lo demás.

Al final, el domingo se convirtió en lunes sin que hubieran encontrado ninguna solución aceptable al caso Ekman, es decir, aparte de la variante «o esto o lo otro» que ya habían discutido: o el maldito sacristán se subía al carro por las buenas, o Jerry Cuchillos lo obligaría a subir por las malas. Ojalá la reunión de las catorce treinta llegara a buen puerto; ahora no necesitaban más problemas.

•

El lunes por la mañana, el esmerado sacristán comenzó su labor antes de las nueve. Había mucho que hacer. Primero el sendero de grava, claro. A continuación, fregar algunas zonas del aparcamiento y barrer los restos de los coches accidentados como resultado del más que probable récord sueco de conducción bajo los efectos del alcohol, alcanzado dos días antes. Ya que la policía de Estocolmo daba prioridad a los controles de alcoholemia durante las horas diurnas, en las que todo el mundo iba sobrio —incluidos los propios agentes—, nadie tuvo que pagar las consecuencias.

A eso de las once, Börje Ekman hizo una pausa corta, se sentó en uno de los bancos del sendero de la iglesia y sacó un sándwich de salchicha y un botellín de leche. Miró distraídamente a su alrededor y suspiró por enésima vez al reparar en algo entre los rosales, aquellas plantas que con mérito ocultaban la vista del aparcamiento a la izquierda de la iglesia. ¿No había límite a cuánto podían ensuciar aquellos borrachos?

Pero ¿qué era aquello en realidad? Börje dejó el sándwich y la leche a un lado y se acercó para mirar.

¿Un... revólver? ¿*Dos* revólveres?

La cabeza le dio vueltas. ¿Acaso se gestaba allí algún embrollo criminal?

Y entonces recordó la respuesta a su pregunta sobre cuánto habían recolectado. ¿Cinco mil? ¡Dios mío, qué ingenuo había sido! ¡Por eso atiborraban de alcohol a los asistentes! Para que hicieran donativos sin cesar en los cubos, y si se daba el caso, cubrirlos con una vomitona bajo la cual se podía adivinar más dinero que todos los ingresos declarados la semana anterior.

Un ex asesino, una pastora que al parecer no creía en Dios y un... bueno, lo que fuera. Dijo llamarse Per Persson; seguro que era un nombre inventado. ¿Quién más había? El jefe de seguridad, el hombre que nunca se separaba del pastor. En una ocasión la pastora lo había llamado... ¡Jerry Cuchillos!

«No piensan en Dios, no piensan en los niños hambrientos, sólo piensan en ellos mismos», se dijo Börje, quien, básicamente, había hecho eso mismo durante toda su vida.

Y justo en ese preciso instante, después de pasar una vida entera a Su servicio, el Señor le habló por primera vez: «Eres tú, Börje, y nadie más, quien puede salvar esta Mi morada. Tú eres el único que ha visto las tropelías que se cometen en ella, tú eres el único que comprende. Eres tú quien debe hacer lo que hay que hacer. Hazlo, Börje. ¡Hazlo!»

—Sí, Señor —respondió Börje Ekman—. Dime sólo qué tengo que hacer. Dímelo y lo haré. Guíame bien, Señor.

Pero con Dios sucedía como con su Hijo, sólo hablaba cuando tenía tiempo y ganas. No respondió a su súbdito, ni entonces ni después. Lo cierto es que el Altísimo nunca más volvió a dirigirse a Börje Ekman mientras éste vivió.

50

El sacristán canceló la reunión prevista para las dos y media alegando migraña y diciendo que, a pesar de todo, no había tanta prisa en arreglar lo que aún tuviera arreglo. Johanna Kjellander recibió la noticia sorprendida de que ya no ardieran las zarzas, pero tenía otras cosas en las que pensar. Se contentó con que aquello que había estado a punto de convertirse en «o esto o lo otro» pudiera acabar en algo intermedio.

¡Ay, qué engañada estaba!

El sacristán sólo quería tiempo para poner orden en sus pensamientos. Regresó en bicicleta a su apartamento de una habitación con cocina americana.

—Sodoma y Gomorra —masculló para sí mismo.

Lugares bíblicos donde el pecado había reinado pavorosamente, pero sólo hasta que el Señor cortó por lo sano.

—Sodoma, Gomorra y la Iglesia de Anders —precisó.

¿Tenían las cosas que ir a peor antes de arreglarse?

Ése había sido precisamente el análisis del presidente Nixon sobre la situación en Vietnam, un asunto que acabó yendo a peor antes de empeorar todavía más. Al final, Nixon tuvo que irse a su casa, por Vietnam y por otras razones.

La historia tiene la mala costumbre de repetirse. Un plan comenzaba a perfilarse en la mente del sacristán. La llamada a Hacienda tenía que basarse en una estrategia sólida. Primero peor, luego mejor (ésa era la idea).

¿El resultado final? Primero peor, luego peor todavía y después... Börje Ekman también tuvo que irse a su casa.

•

En su minucioso reconocimiento del terreno, la Condesa estaba en cuclillas en la colina arbolada con vistas a la recién construida puerta doble, que de vez en cuando se abría y se cerraba. Se encontraba a menos de ciento veinte metros de distancia, pero al otro lado de la autopista. Era miércoles, día en que tenía lugar la entrega del vino. Una furgoneta había dado marcha atrás y, con las puertas de la iglesia completamente abiertas, descargaban cajas y más cajas. Un vigilante armado con un fusil de asalto mal disimulado estaba plantado entre el vehículo y la puerta.

La Condesa logró distinguir algunas personas en el interior. Debían de ser Johanna Kjellander y Per... ¿Jansson? Y junto a ellos se hallaban Asesino Anders y su maldito guardaespaldas.

Gracias a los prismáticos pudo constatar que no conocía al vigilante; se trataba de alguien ajeno a su círculo de amistades. Su nombre no importaba mucho. Si el Conde y ella sentían curiosidad, siempre podrían buscar su tumba y ver qué ponía en la lápida.

Lo más importante era que, de haber estado preparados en ese momento, podrían haberse cargado tanto a Asesino Anders como a su guardaespaldas. El problema era el vigilante con el fusil de asalto. En el peor escenario, éste correría hacia ellos después de que disparasen, y entonces sería crucial poder recargar enseguida. A su favor tenían la autopista que separaba la iglesia de la arboleda.

Con ese pensamiento positivo dio por finalizado ese día su reconocimiento. No había prisa, lo importante era hacerlo bien.

La Condesa regresó a su Audi y abandonó el lugar.

—Deja que se vaya —dijo Olofsson—. Seguro que vuelve a casa para informar al maldito Conde.

—Mmm —respondió Olofsson—. Lo mejor será que nosotros también vayamos a la arboleda y veamos qué espiaba.

•

Una vez más reinaba el buen ambiente entre los directivos de la Iglesia de Anders. La nueva entrega de vino había finalizado, al igual que la de galletas, uvas y *prästost*.

—Repartiremos los mismos aperitivos —dijo la pastora—, ya que tuvieron tanto éxito. Pero la semana que viene a lo mejor hacemos unos cambios. No podemos quedarnos estancados.

—¿Hamburguesas y patatas fritas? —propuso Asesino Anders.

—U otra cosa —respondió la pastora, y añadió que tenían que preparar el sermón.

Pero el ex asesino no había terminado de comentar sus ideas. El vino podía resultarles algo áspero a algunos. Recordó que cuando era un quinceañero, su mejor amigo —muerto a causa de las drogas, una estupidez— y él mezclaban el tinto con Coca-Cola para conseguir un brebaje potable. Cuando más tarde aprendieron a añadirle aspirina, el combinado resultó aún más divertido.

—Suena bien —dijo la pastora—. Revisaremos el aperitivo más adelante y tendremos en cuenta tus puntos de vista. ¿Podemos concentrarnos ahora en el sermón?

En la Biblia abundan las alabanzas al vino como un regalo de Dios. Johanna Kjellander anotó ideas de memoria, como que el vino hace feliz a la gente, igual que el aceite da brillo a su rostro y el pan le proporciona fuerza (extraído de los Salmos)... Y añadió una cita algo menos exacta del Eclesiastés: la vida sin una buena curda ocasional es un sinsentido, un enorme sinsentido.

—¿Seguro que pone «curda»? —preguntó Asesino Anders.

—No, pero ahora no vamos a ponernos tiquismiquis con la terminología —respondió la pastora mientras escribía las predicciones que, según Isaías, afirmaban que el último día se celebraría un banquete de suculentos manjares regados con vinos generosos, y carnes grasas y tiernas con vinos más ligeros.

—Ya lo decía yo... —dijo Asesino Anders—. Comida grasienta. Hamburguesas y patatas fritas. Podemos saltarnos la Coca-Cola y la aspirina.

—¿Hacemos una pausa? —propuso la pastora.

51

A partir del tercer sábado, pareció que las cosas empezaban a rodar. Por segunda semana consecutiva, el servicio religioso reportó cerca de novecientas mil coronas netas para los dos necesitados. La pantalla gigante ya no hacía falta, pero los bancos de la iglesia seguían tan llenos como alcoholizados sus ocupantes.

El sacristán Ekman había regresado a la casa del Señor tras unos días de ausencia, aunque se limitaba a deambular cabizbajo y de momento no había solicitado una nueva reunión con la pastora y el recepcionista. Era una bomba de relojería, pero había tantas cosas en las que pensar... En el mejor de los casos, sentarse con él los llevaría a tener que sobornarlo —y eso equivaldría a paz y tranquilidad—, y, en el peor, aceleraría un problema que parecía en estado de reposo.

—Propongo que de momento no lo importunemos —dijo el recepcionista—. Mientras él no nos importune a nosotros.

La pastora estuvo de acuerdo, aunque presentía que las cosas iban demasiado bien en todos los aspectos. Después de una vida entera llena de fracasos, es fácil desconfiar cuando sucede lo contrario.

Por ejemplo, no tuvieron ningún percance con los bajos fondos, probablemente frustrados. Al parecer, había surtido efecto la amenaza de Asesino Anders de hacer pública la lista de encargos no realizados en caso de que él desapareciera.

La entrega del vino y los aperitivos, que tenía lugar cada miércoles a las trece horas, también iba sobre ruedas. El recepcionista sabía que ese tipo de rutinas eran idóneas para un eventual sicario, pero confiaba en Jerry Cuchillos y sus gorilas. Por cierto, uno de éstos había sido despedido por dejación de funciones tras ser pillado in fraganti roncando en el campanario, abrazado a un tetrabrik vacío de vino moldavo.

Debido a la rápida actuación de Jerry, el asunto reforzó la confianza en lugar de lo contrario. Ahora el grupo tenía un hombre menos, pero el Cuchillos seguía entrevistando candidatos y contaba con tener el equipo cerrado antes de un mes.

Aparte del casi millón de coronas que recaudaban en efectivo semanalmente, el excelente trabajo del recepcionista en las redes sociales les reportó doscientos mil más, que enviaron a la cuenta bancaria de la congregación. Tanto dinero requería mucho trabajo administrativo.

En Suecia se parte de la idea de que todos aquellos que tienen más de diez mil coronas en metálico son criminales, defraudadores de Hacienda o ambas cosas a la vez. Por esa razón existen limitaciones a la cantidad de dinero que se puede ingresar o sacar de una cuenta propia sin necesidad de solicitarlo humildemente con varios días de antelación.

Pero, como decíamos, todo iba sobre ruedas. El recepcionista había conocido y deslumbrado a una banquera, que era también una de las feligresas más entregadas y sedientas de la Iglesia de Anders. En consecuencia, podía encargarle transacciones diarias y sacar un buen fajo de billetes sin que ella alertara a los inspectores de Hacienda sobre un posible blanqueo de dinero. La banquera sabía que el capital se utilizaba en la obra del Señor (además de para pagar su borrachera de fin de semana). Dejar el dinero en la cuenta no era una alternativa para el recepcionista. La vía de escape con las maletas llenas debía estar a menos de medio minuto en caso de emergencia, y se tardaba alrededor de medio año en sacar cientos de miles de coronas de un banco sueco.

—Ahora que la fortuna está de nuestro lado es mejor no ser demasiado avariciosos —reflexionó el recepcionista—. ¿Dejamos que ese tarugo reparta otro medio millón?

—Sí, buena idea —reflexionó también la pastora—. Pero en esta ocasión el dinero lo contamos nosotros.

•

Asesino Anders se alegró mucho al saber que, en pocas semanas, la congregación ya había recaudado cuatrocientas ochenta mil coronas y podría donar quinientas mil una vez más, ya que la pastora, generosa como era, había decidido poner las veinte mil coronas restantes de su propio bolsillo.

—En el Reino de los Cielos tendrás un lugar a la derecha del Señor —le dijo Asesino Anders.

Johanna Kjellander pasó de comentar las pocas probabilidades que había de que aquello ocurriera. Además, como decían los Salmos, David ya se sentaba allí, se supone que sobre las rodillas de Cristo, que, según el evangelio de Marcos, se había apoderado de ese mismo sitio.

El pastor empezó a pensar a quién podría regalar el dinero. ¿Quizá a una asociación sin ánimo de lucro? Pero entonces recordó algo que había oído por casualidad.

—¿Qué es todo eso de los bosques tropicales? «Salvar los bosques» suena bien. Además, Dios mismo creó los bosques. O mejor aún, ¿por qué no buscamos uno de esos lugares donde llueve poquísimo?

A la pastora ya no la sorprendían las cosas que se le ocurrían a Asesino Anders, aunque todavía le costaba digerir lo de su conocimiento de las setas.

—Yo había pensado que quizá podríamos salvar a más niños enfermos y hambrientos —dijo ella.

El ex asesino no era un tipo necesitado de prestigio. Por lo que a él respectaba, daba igual el bosque tropical o los niños hambrientos, lo que realmente le importaba era dar en nombre de Cristo. Pero se permitió reflexionar sobre la combinación «bosque tropical-niños hambrientos». Sonaba muy especial. Aunque, ¿podrían encontrar algo así en Suecia?

52

El alicaído sacristán en realidad no estaba nada alicaído. Sólo esperaba el momento oportuno. Mientras, caminaba a hurtadillas por la iglesia y los alrededores en busca de pruebas que confirmaran su tesis de que no todo iba bien. Si es que había algo que lo fuera.

Pasó una semana, pasaron tres. En su momento, Börje Ekman había visto con sus propios ojos más o menos cuántos miles de coronas había en aquel cubo vomitado; sólo debía multiplicarlos por el número de cubos para imaginar la sustanciosa suma total.

A esas alturas, la falsa pastora y el otro tendrían cuatro o cinco millones escondidos en alguna parte. ¡Por lo menos!

•

El último medio millón no fue a parar a ningún bosque, ni siquiera tropical. En su lugar, Johanna Kjellander propuso que, junto a un par de periódicos, una radio y un canal de televisión, fueran al hospital infantil Astrid Lindgren para que el pastor entregara una mochila con quinientas mil coronas, acompañada del mensaje «Jesús vive», a los niños gravemente enfermos; para colaborar, en la medida de lo posible, a que ellos pudieran seguir con vida.

El director del nosocomio, asimismo doctor en medicina y especialista en pediatría, no estaba en el hospital en el momento de los hechos, pero enseguida emitió un comunicado de prensa para agradecer a la Iglesia de Anders y a su pastor jefe la «enorme generosidad mostrada hacia los niños y sus padres, los cuales atraviesan momentos muy difíciles».

Börje Ekman vaciló un segundo en su convicción de que tras la generosidad de Anders sólo había avaricia y cinismo. Pero una vez pasado ese segundo, vio las cosas con claridad meridiana.

Probablemente el pastor no tuviera mayores fallos —aparte de ser un asesino y tener ciertas limitaciones—, eran más bien las personas que lo rodeaban en la sombra quienes movían los hilos, es decir, la pastora y ese que se llamaba casi igual del derecho que del revés.

El sacristán justiciero estaba sentado en su estudio, pensando que ese último medio millón le habría sido de gran provecho. El principal servidor del Señor necesitaba una base pecuniaria para poder realizar el trabajo siguiendo Sus deseos. Ésa era la razón, por ejemplo, de que durante todos esos años hubiera cogido su diezmo de la colecta sin informar de ello a la congregación. Era un acuerdo entre el sacristán y el Altísimo y no le importaba a nadie más.

53

La Condesa se había ocupado de todos los preliminares, ahora era el turno del Conde. Éste se debatía ante la disyuntiva de cómo actuar. Por una parte, armarse hasta los dientes para afrontar y resistir cualquier eventualidad; por la otra, no llevar demasiado peso, por si, una vez finalizado el trabajo, necesitaba escabullirse tan rápido como Aquiles el de los pies ligeros.

Esta segunda opción era la más probable. Según la Condesa, la doble puerta lateral de la iglesia se había abierto a las trece horas en punto cada miércoles, durante las cinco semanas en que había vigilado el lugar. Las últimas veces, el guardia de la entrada había sido sustituido por ese que nunca se encontraba a menos de medio metro de Asesino Anders; parecía que contaban con un efectivo menos y, últimamente, la distancia entre Anders y su guardaespaldas había aumentado de semana en semana.

Y eso facilitaba las cosas tanto como las complicaba.

Esos miércoles, durante la recepción de la mercancía se había visto a Asesino Anders al otro lado de la puerta, junto a Johanna Kjellander y Per Algo. No era descabellado suponer que las cosas irían igual ese día, el día de la Operación Muchas-gracias-y-adiós.

El plan consistía en cargarse primero a Asesino Anders con la bala perforante y, a continuación, tener preparada la expansiva por si el guardaespaldas comenzaba a avanzar hacia ellos. En resumen, de perforante a expansiva en lugar de al revés, vamos.

Sin embargo, no podían estar seguros de poder despachar al guardaespaldas con ese segundo disparo. En primer lugar, debido al riesgo de que el hombre fuera medianamente espabilado y, en ese caso, no se quedara allí parado después del primer tiro, esperando que también lo finiquitaran a él. En segundo lugar, porque las circunstancias habían hecho que ya no se tratara de desplazar la mirilla unos milímetros, es decir, una décimas de segundo, sino mucho más que eso si los objetivos no estaban situados hombro con hombro.

Por tanto, necesitaban una solución alternativa y, una vez acordada, resultó bastante obvia. Ellos estarían apostados en la arboleda de la colina, por encima de quien fuera lo bastante tonto como para contraatacar. Una de las granadas de fragmentación del Conde lanzada en el momento oportuno tendría un cien por cien de probabilidades de conseguir que el enemigo titubeara.

—Una granada de fragmentación... —repitió la Condesa, embelesada, y saboreó el pensamiento de lo que aquel proyectil podría ocasionar al cuerpo del guardaespaldas.

El Conde sonrió afectuoso. Su Condesa era realmente la mejor.

•

A la una menos diez llegó el momento de preparar la recepción del suministro semanal de sangre de Cristo y demás parafernalia. La pastora y el recepcionista se dirigieron a la sacristía, que se había convertido en almacén, despensa, despacho, centro de recepción de mercancías, etcétera. Allí se encontraron al sacristán husmeando en las maletas amarilla y roja, repletas de millones.

—¿Qué diablos haces aquí en lugar de estar en el infierno? —le espetó el recepcionista, tan sorprendido como enfadado.

—El infierno, eso es —contestó el sacristán con tensa calma—. Ahí es donde iréis a parar vosotros. Asesinos, estafadores, malversadores... ¿Qué más? No encuentro palabras...

—Pero sí has encontrado nuestras maletas, ¡maldito parásito! —replicó la pastora, y cerró ambas bolsas—. ¿Con qué derecho espías nuestra contabilidad?

—¿Contabilidad? Ja. Pues sabed que he tomado mis medidas. Muy pronto dejaréis de sumar dinero en nombre del Señor. ¡Vaya, vaya! ¡Vaya, vaya! ¡Vaya, vaya!

A la pastora le dio tiempo a pensar que se trataba de un parásito inusualmente lacónico, si «¡Vaya, vaya!» era la única forma en que podía describir el estado de las cosas. Pero no pudo contraatacar con algo más agudo, porque entonces apareció Anders.

—Hola, Börje, hacía tiempo que no te veía. ¿Qué tal te va todo? —preguntó, tan incapaz como siempre de captar la situación.

Unos minutos antes, Börje Ekman, rastrillo en mano, y con la tarea casi terminada de acondicionar el sendero de grava, tuvo una iluminación.

¡Las maletas!

¡Claro! Ahí era donde guardaban el excedente de sus maquiavélicos tejemanejes. Tanto en la roja como en la amarilla. Debía hacerse con esas pruebas antes de llamar a la policía, a la oficina del gobierno, a Hacienda, al Defensor del Menor... A todos lo que desearan, debieran y quisieran escuchar.

No estaba muy claro cómo iba a reaccionar el Defensor del Menor, pero el sentir de Börje era que todos, absolutamente todos, debían enterarse. La prensa, la Agencia de Consumo, el pastor Granlund, la Federación Sueca de Fútbol...

Sin embargo, cualquiera que se sintiera impelido a informar tanto al Defensor del Menor como a la Federación Sueca de Fútbol acerca de actos de criminalidad eclesiástica daría pie a que se sospechara de su sano juicio. Ése era el caso de Börje Ekman. Para él, era una cuestión que todo el mundo debía conocer. Y si además actuaba con la suficiente rapidez, le daría tiempo a coger de las dos maletas el diezmo que legítimamente le pertenecía.

Quizá hubiera sido preferible optar por la prudencia, teniendo en cuenta lo que se avecinaba. Pero fuera como fuese, él y su rastrillo se encontraban en la sacristía donde se guardaban las maletas, ajeno a la hora que era y a dónde se encontraban los criminales y dónde se encontrarían al cabo de un momento.

De ahí que lo pillaran con las manos en la masa y se viera rodeado de malvivientes, incluido el que no se separaba del pastor, el que tenía aquel nombre tan acorde con sus funciones.

El saludo bobalicón de Asesino Anders confirmó a Börje que no era más que un idiota útil en aquella conspiración diabólica.

—¿No te das cuenta de que se aprovechan de ti? —le dijo mientras avanzaba hacia él, rastrillo en mano.

—¿Quiénes? ¿Qué dices? —repuso el pastor, con gesto ingenuo.

En ese preciso instante sonó un claxon dos veces al otro lado de la doble puerta. Había llegado el suministro semanal de estímulos financieros.

Jerry Cuchillos hizo un rápido cálculo y concluyó que aquel payaso que se había acercado a Anders era menos peligroso que lo que podría encontrarse fuera. Se dirigió a la puerta y les dijo a la pastora y al pastor, con la mirada fija en Börje Ekman:

—Echadle un ojo al alborotador del rastrillo y yo me ocupo del trabajo de fuera.

El meticuloso jefe de seguridad comenzó por inspeccionar al conductor, que era el mismo de la semana anterior y de las precedentes. A continuación, verificó el contenido del vehículo antes de ponerse en actitud de alerta, con la espalda pegada al muro y barriendo con la mirada de izquierda a derecha y viceversa. La pastora y el recepcionista tendrían que descargar las cajas de vino y demás vituallas.

El Conde estaba tumbado junto a la Condesa en la arboleda, a ciento veinte o ciento treinta metros de distancia. Con la mira telescópica y su puntería infalible resultaría sencillo eliminar primero al guardaespaldas, siguiendo el plan original. Pero en las actuales circunstancias corrían el riesgo de que Asesino Anders, ahora perfectamente visible, tuviera tiempo de moverse antes del segundo disparo y así lograr sobrevivir. Por mucho que al Conde le apeteciera cargarse al guardaespaldas como bono extra, Anders era su objetivo principal.

De ahí el cambio de planes. El Conde colocó a Jerry Cuchillos en el segundo lugar de la lista de bajas y se concentró en la Víctima Principal. (Johanna Kjellander y Per Jansson tampoco tenían mucho futuro, claro, pero ya les llegaría su hora, la capacidad de fuego de un conde no era ilimitada.)

Mientras la pastora y el recepcionista acababan de descargar y mientras aquel cuya intención era asesinar enfocaba la mirilla en el pastor Anders, se inició una disputa entre el pastor y Börje Ekman.

—¡Te están engañando! ¡Se guardan todo el dinero para ellos! ¿No te das cuenta? ¿O es que estás ciego?

Pero Asesino Anders recordaba el reciente éxito de la donación al hospital infantil Astrid Lindgren.

—Por favor, querido Börje —dijo—, ¿has estado rastrillando demasiado tiempo al sol o qué te pasa? ¿Acaso no sabes que la Iglesia ya ha repartido otro medio millón, incluso antes de conseguir reunirlo del todo? La pastora contribuyó con sus últimos ahorros para que pudiéramos hacer nuestra primera donación como Iglesia en nombre de Jesús, aunque las finanzas no lo permitían.

El sacristán volvió a tomar carrerilla. La pastora y el recepcionista le dejaban hacer, siempre y cuando Asesino Anders manejara el asunto como era debido...

—¿Cómo se puede ser tan tonto? ¿Sabes cuánto dinero consigues cada sábado?

Asesino Anders se mosqueó con los términos de la pregunta. En parte porque no sabía qué responder y en parte porque intuía una velada crítica a su inteligencia. Por eso le soltó a Börje Ekman:

—Tú ocúpate de tu rastrillo, que yo me ocupo de recaudar dinero para las personas necesitadas.

Eso enfureció al sacristán justiciero.

—Eres un ingenuo y un mamarracho. —No conocía palabras peores—. Tú sigue así. Al final acabarás rastrillando el sendero —añadió y, en un arrebato de cólera, le puso el rastrillo en la mano—. Yo ya he tomado mis medidas. Sólo te digo una cosa: ¡Sodoma y Gomorra!

Y entonces esbozó una sonrisa de superioridad, justo antes de que la situación empeorara para él.

De forma permanente.

• • •

El Conde, escondido en la arboleda, observaba por la mira telescópica. Trayectoria de tiro: despejada. El disparo alcanzaría al maldito asesino justo debajo del pecho y lo traspasaría.

—Nos vemos en el infierno —dijo, y apretó el gatillo.

La potente detonación hizo que Jerry Cuchillos pasara de observador a actor. Se arrojó al suelo, se arrastró hacia la doble puerta y se aseguró de cerrarla, quedando él mismo en la parte de fuera —no era un cobarde—, bajo la precaria protección de la furgoneta, que estaba en su sitio habitual. ¿De dónde procedía el disparo?

El guardaespaldas había actuado rápido como el rayo, pero el Conde alcanzó a ver que la misión estaba cumplida, pues Asesino Anders se había tambaleado hacia atrás. El guardaespaldas estaba oculto tras el vehículo, fuera del campo visual del Conde. Por eso le dijo a la Condesa que lo mejor sería largarse de allí. No importaba un guardaespaldas más o menos, siempre que no representara una amenaza, y aquél sólo lo sería si seguían escondidos entre los arbustos de la colina.

No obstante, para que el guardaespaldas permaneciera donde estaba y no intentara hacerse el héroe, el Conde disparó también la bala expansiva, sin otra intención que darle a la ventanilla de la furgoneta. El conductor se encontraba acurrucado entre el acelerador, el freno y el embrague, y salió ileso por apenas unos milímetros.

Börje Ekman, como ya se ha dicho, no creía en la buena ni en la mala suerte. Creía primero en sí mismo y su propia excelencia; después, en Dios, y en último lugar, en el orden.

Pero, desde un punto de vista objetivo, podía considerarse mala suerte que Asesino Anders y su pandilla se hubieran establecido justo en su iglesia. Y que le entregara el rastrillo a Anders en el momento del disparo. Y aún más que éste lo sostuviera de tal manera que la bala perforante chocara con la parte metálica de la herramienta, en lugar del ombligo de su destinatario original, y atravesara su cuerpo.

Así pues, el rastrillo salió disparado y golpeó el rostro de Asesino Anders, que se cayó de culo y comenzó a sangrar por la nariz.

—¡Ay, mierda! —exclamó allí sentado.

Börje Ekman no dijo nada. Nadie suele hablar cuando le acaban de meter un bala perforante, aunque rebotada, por el ojo izquierdo hasta el interior del cerebro. El ex sacristán era más ex que nunca. Cayó hecho un ovillo al suelo. Bien muerto.

—¡Estoy sangrando! —gimoteó Anders mientras se levantaba despacio del suelo.

—El sacristán también —dijo la pastora—, pero a diferencia de ti, él no se queja. Con todo mi respeto, tu hemorragia nasal es el menor de nuestros problemas.

Johanna Kjellander miró al hombre tendido en el suelo. La sangre manaba por la cuenca que antes había contenido un ojo y se deslizaba cara abajo.

—«El pago del pecado es la muerte», Carta a los Romanos seis, veintitrés —dijo, sin reflexionar por qué entonces, de ser así, ella seguía con vida.

⦁

Mientras el Conde sacaba su granada de fragmentación del bolsillo como última medida de seguridad antes de retirarse, Olofsson y Olofsson llegaron por fin al lugar de los hechos. Se habían equivocado dc salida cn una rotonda y perdieron de vista el Audi blanco, a pesar del equipo electrónico que les servía de ayuda. Al subir hacia la colina oyeron dos disparos.

Se encontraban a veinte metros del Conde y la Condesa, que estaban a cuatro patas entre unos ralos pero grandes arbustos de euphorbias. El Conde sujetaba lo que sin duda era una escopeta de dos cañones. Al ver a Olofsson y Olofsson, los miró con sorpresa y algo de desesperación. Los hermanos comprendieron que ya había disparado todas sus balas y no había recargado el arma. No había tenido tiempo.

—Acaba con ellos —le dijo Olofsson a su hermano—. Empieza por el Conde.

Pero Olofsson nunca había matado a nadie y hacerlo no es tarea sencilla, ni siquiera para un maleante.

—¿Desde cuándo soy tu lacayo? Hazlo tú mismo si eres tan listo —respondió Olofsson—. Por cierto, empieza por la Condesa, ella es la peor de los dos.

Mientras tanto, el Conde toqueteaba con torpeza la granada de mano, se la enseñó a los hermanos, le quitó el seguro y la dejó caer entre las euphorbias, todo al mismo tiempo.

—¿Qué haces, idiota? —preguntó la Condesa. Fueron sus últimas palabras.

El Conde, por su parte, ya había dejado de hablar.

Los hermanos Olofsson, sin embargo, consiguieron protegerse tras una roca y salieron ilesos de la metralla que destrozó a la noble pareja, además de los arbustos circundantes.

54

Jerry Cuchillos se incorporó con cautela de la posición que ocupaba detrás de la furgoneta. Ya no necesitaba preguntarse de dónde procedía el ataque, pues tras los disparos se produjo una explosión en la colina, al otro lado de la autopista.

Del daño causado en la sacristía ya se ocuparía más tarde. Lo primero era acercarse a la arboleda para eliminar el foco de insurgencia que pudiera quedar.

Pero como Jerry tuvo que moverse en un amplio zigzag para no ofrecer un blanco fácil, cuando llegó a la colina ya se oían las sirenas de la policía. No quedaba claro lo que había ocurrido allí en realidad, pero diversos restos corporales indicaban que los responsables del atentado, una mujer y un hombre, habían volado en pedazos tan pequeños que ni siquiera se podía estar seguro de cuántos eran, de no ser porque el azar había dejado tres pies con zapatos en una fila ordenada en medio de todo el desastre. Jerry calculó una talla 44 o 45 para los dos primeros, y una 36 para el tercero, un zapato de tacón. A no ser que la víctima tuviera tres piernas, fuera hermafrodita y calzara dos tallas diferentes, se trataba de un hombre y una mujer.

¿Cabía la posibilidad de que fueran el Conde y la Condesa? Sin duda era lo más probable. Pero ¿quién o quiénes les habían dado pasaporte de manera tan drástica? ¿Tanta suerte tenían? ¿Podría ser que de los principales líderes criminales que deseaban ver muerto al pastor Anders sólo quedaran tres pies que no irían a ninguna parte? A diferencia de los de Jerry Cuchillos, que abandonó el lugar antes de que llegara la policía.

En el camino de vuelta a la iglesia, Jerry iba rumiando esa hipótesis, aunque apenas se atrevía a creerla. ¿Realmente quienes querían eliminar a quienes querían cargarse al pastor Anders habían hecho saltar por los aires al Conde y la Condesa? ¿Tan afortunados eran?

Un instante después cayó en la cuenta de que la explosión había sido posterior a los disparos. El segundo tiro había impactado en la furgoneta, pero ¿y el primero? En Asesino Anders, había que suponer.

Eso significaba que la amenaza contra el pastor era muy seria.

Y también que estaba muerto.

Unos minutos más tarde, Jerry Cuchillos pudo comprobar que el objetivo en cuya protección había fracasado había tenido más suerte de la que era posible imaginar.

—Nuestra situación ahora es jodidamente delicada —informó a la pastora, al recepcionista y al ex asesino con hemorragia nasal—. Están llevando a cabo una investigación criminal a ciento cincuenta metros de aquí, hay un cadáver a nuestros pies y tendremos a la policía llamando a la puerta tan pronto como sumen uno más uno.

—Dos —dijo Asesino Anders, con un trozo de papel de cocina en una de sus narinas.

Jerry Cuchillos pensó si sería posible meter al sacristán en una maleta, pero para eso habría que serrarle el cuerpo por la mitad y no tenían tiempo. Además de que ciertamente no sería una tarea agradable.

El recepcionista dijo que la bala parecía estar alojada en alguna parte de la cabeza de quien una vez fuera Börje Ekman, y por tanto estaba bien donde estaba, seguramente cerca de la región donde a Ekman le faltaba un tornillo.

La pastora estaba irritada porque el sacristán había dejado una mancha en el suelo antes de su salida de escena. Pero bueno, el charco de sangre se podía limpiar. Se ofreció como voluntaria y, a continuación, dispuso que Jerry metiera el cadáver en la furgoneta y se llevara de allí tanto una cosa como la otra. Aunque el de la furgoneta tendría algo que contarle a la policía respecto a su ventanilla destrozada.

Así pues, debían ponerse en marcha. Y eso hicieron. Jerry Cuchillos se sentó al volante después de convencer al conductor, aún escondido en el suelo, de que se moviera un poco hacia la derecha para que él pudiera alcanzar los pedales y conducir. En su nueva posición, el aterrorizado conductor encontró fragmentos de la bala disparada, es decir, la única prueba de que los tiros habían tenido como objetivo la iglesia.

El vino, las uvas, el queso y las galletas ya estaban descargados, así que allí detrás había sitio de sobra para un sacristán muerto. Y si hubiera hecho falta, incluso habrían podido hacerle compañía un par de monaguillos.

Al principio, a la policía no le quedó claro que la explosión de la granada que se había cobrado dos vidas entre los arbustos de euphorbias estuviera relacionada con el edificio religioso situado al otro lado de la autopista. Pasaron varias horas hasta que un comisario relacionó los hechos con la Iglesia de Anders. Y la consecuente visita policial no se realizó hasta la mañana siguiente.

Los recibió la pastora, dijo que había leído en el periódico el terrible suceso, al parecer a un tiro de piedra de allí. Que el día anterior habían oído una fuerte explosión mientras descargaban unas mercancías, pero que justo después oyeron las sirenas de la policía y eso los tranquilizó.

—Entonces supimos que las fuerzas del orden venían de camino para arreglar lo que se pudiera. Resulta muy satisfactorio constatar que el cuerpo de policía siempre está alerta. ¿Podemos invitarlos a una taza de café parroquial? Supongo que no tendrán tiempo de echar una partidita de mikado, ¿verdad?

Unas diez horas antes, Jerry Cuchillos había lanzado al mar Báltico un enorme saco con ochenta kilos de sacristán y quince de piedras. A continuación, prendió fuego a la furgoneta en un sendero de grava apartado, con la ayuda de cuarenta litros de gasolina. Por precaución, lo llevó todo a cabo en la provincia de Västmanland, para que una posible investigación policial finalizara en un distrito distinto al correspondiente a la inexplicable explosión al norte de Estocolmo.

55

El ex sacristán, que ahora se encontraba a dieciocho metros de profundidad en el mar Báltico, se manifestaría al grupo en una última ocasión, varios días después de su muerte.

—Sodoma y Gomorra —había repetido una y otra vez Börje Ekman el martes anterior mientras permanecía sentado en su apartamento de una habitación y las gachas de avena borboteaban en la cocina.

Le dio un mordisco al trozo de crujiente *knäckebröd* que se había untado con mantequilla y decidió qué paso dar para empezar.

—¿Tengo razón o no, Señor? —preguntó, pero sólo recibió silencio por respuesta.

Entonces cambió de táctica.

—¡Si estoy equivocado, dilo, Señor! Sabes que no me aparto de Tu lado.

El Señor continuó guardando silencio.

—Gracias, Señor —dijo Börje Ekman por la confirmación que necesitaba.

Así que el miércoles por la mañana, el ex autodesignado sacristán de la Iglesia de Anders cogió su bicicleta y se dirigió a la Systembolaget para hablar con los hombres y mujeres sentados en los bancos de sus alrededores. Algunos presentían que esa cadena de tiendas de licores, controladas por el Estado, no les permitiría la entrada ese día, pero sin embargo pululaban por allí. Otros estaban aún lo bastante sobrios como para albergar esperanzas de ser admitidos en cuanto dieran las diez de la mañana, hora en que abrían sus puertas.

La Systembolaget tiene la complicada función de, por un lado, vender al pueblo sueco tantas bebidas alcohólicas como sea posible, a fin de maximizar la cantidad de coronas recaudadas en impuestos para la nación, y por otro, predicar al mismo pueblo que, en nombre de la sobriedad, no debería beber un alcohol que ha pagado tan caro.

Para hacer ver que asume su parte de responsabilidad, busca razones para negarle la entrada cada día a diez, y a veces veinte, clientes potenciales, y se los selecciona entre aquellos que más necesitan la bebida.

En beneficio de esa clientela frustrada, Börje Ekman pedaleó en su bicicleta de un lado a otro difundiendo la buena nueva de que el sábado habría vino gratuito en la Iglesia de Anders, situada al norte de la ciudad. La generosidad del Todopoderoso no conocía límites: todo gratis, lo importante era llegar a tiempo e incluso ofrecían cosas de comer. No, no era obligatorio comer, era optativo. No, a nadie se le negaba la entrada, aquello estaba organizado por el Señor, no por la Systembolaget.

Börje Ekman sabía que los alumnos del Mälargymnasiet empezaban a trabajar a las trece horas. Treinta minutos después debían de estar ya colocadas las cajas de vino.

—Lo mejor sería llegar un poco antes de las dos —explicaba el sacristán, y se marchaba en su bicicleta.

Mientras pedaleaba con el frío viento de cara, esbozaba una sonrisa y proseguía hacia la siguiente Systembolaget. Y la siguiente. Y la siguiente. Horas antes de su propia muerte.

.

El sábado, mientras Börje Ekman reposaba en el fondo del mar Báltico, pasadas las once de la mañana, los ejemplares humanos más miserables a los que había agitado esa misma mañana ya se encontraban instalados en los bancos de la iglesia.

Tres horas después, la parroquia estaba a rebosar. Veinte minutos más tarde, todos los asistentes estaban repletos de la sangre de Cristo. A diferencia de las cajas de vino moldavo, claro.

Los alumnos de instituto tenían instrucciones de cambiar enseguida cada caja vacía por otra nueva. Los organizadores pensaban que esos casos serían puntuales, hacia el final del sermón, pero nunca imaginaron que todas las cajas tendrían que reponerse antes de que el pastor Anders se hubiera vestido siquiera.

La primera pelea tuvo lugar a las cuatro y media. Todo empezó con una discusión sobre quién tenía el derecho a la propiedad de cierta caja de vino y terminó con que nadie recordaba ya por qué se peleaban, pues siempre había más vino.

Más o menos al mismo tiempo llegaron los feligreses habituales, que estaban acostumbrados a encontrar sitio en la iglesia. Llevaban los bolsillos repletos de dinero, pero tuvieron que dar media vuelta y regresar a sus casas.

A las cinco menos veinte, la pastora se enteró de lo que estaba pasando. Los alumnos de instituto habían hecho una primera colecta con sus cubos y recaudaron veintidós coronas suecas y un marco alemán de 1982. Eso daba una media de aproximadamente 2,7 öre —la moneda sueca menos valiosa— por asistente al oficio. El marco alemán quizá valiera lo mismo, aunque para eso habría que fundirlo.

A las cinco menos diez, el representante de los alumnos informó de que se había acabado la ración de vino semanal. ¿Significaba eso que debían continuar con la ración de la siguiente semana o pasar a las bandejas de comida?

Ninguna de las dos cosas.

Eso significaba que se suspendía el sermón de la tarde y que Jerry Cuchillos y sus hombres tenían que desalojar la iglesia antes de que empezaran las auténticas peleas de borrachos.

—Creo que ya es un poco tarde para eso —comentó Jerry mientras observaba a la congregación a través de los visillos.

Los presentes estaban sentados y de pie encima de los bancos, alguno se había echado a dormir y al menos había cuatro grupos enzarzados en peleas. Nuevas riñas con empujones, insultos y burlas estallaban por doquier. Una mujer andrajosa y un hombre con aspecto más descuidado si cabía se habían tumbado bajo un fresco que representaba al Niño Jesús en el pesebre y parecían querer recrear lo que, según la Biblia, no había ocurrido cuando la Virgen María se quedó embarazada.

Por lo visto, alguien había llamado a la policía —nadie sospechó de Börje Ekman—, pues se oyeron sirenas en el exterior. El detector de metales pitaba por cada policía que entraba, lo que a su vez puso nerviosos a los dos perros policía. El ladrido de uno en una iglesia suena como toda una perrera. Los ladridos de dos conducen al caos.

Antes de dispersar al personal, se detuvo a cuarenta y seis personas por borrachera o por resistencia a la autoridad; en algunos casos, por ambas cosas. Dos fueron retenidos por comportamiento indecoroso.

Además, la pastora responsable, Johanna Kjellander, fue citada a declarar en calidad de... bueno, eso no estaba claro del todo.

Según la Ley de Orden Público, artículo III, párrafo octavo, un municipio puede promulgar nuevas ordenanzas, distintas de las ya vigentes, con el fin de mantener el orden público.

Después de los artículos publicados en la prensa, el municipio afectado acordó «la prohibición de consumir bebidas alcohólicas en los locales privados y religiosos de la Iglesia de Anders, ya que el propósito de tal consumición parece contrario al recogido en el reglamento». Que la misma Iglesia estuviera vagamente relacionada con el doble asesinato de dos reputados criminales ocurrido dos días antes no obstaculizó la resolución del ayuntamiento.

56

Tras desarrollar una actividad económica basada en propinar palizas a gente no demasiado inocente en el mejor de los casos, la pastora y el recepcionista habían emprendido la prometedora tarea de estafar dinero a aquellos cuyos billeteros estaban repletos de fe, esperanza, amor y generosidad, y para mayor seguridad se rellenaba de vino su sistema circulatorio.

De no haber sido por la muerte de un conde y una condesa —y la última medida tomada en vida por un egocéntrico ex sacristán—, la actividad podría haber continuado. Pero resultó que uno no podía fiarse de los periódicos como transmisores de publicidad gratuita.

Los periodistas arguyeron turbias conexiones entre el brutal asesinato de dos lumbreras de los bajos fondos y la Iglesia de Anders, ubicada al otro lado de la autopista. Alguno insinuó incluso la posibilidad de que Asesino Anders hubiera vuelto a las andadas y estuviera detrás de esos hechos. Se daba por supuesto que el Conde y la Condesa se encontraban entre aquellos a los que el ex asesino había estafado unos meses atrás.

—Malditos periodistas. —Así resumió Per Persson la nueva situación.

Johanna Kjellander estuvo de acuerdo. Todo habría resultado más sencillo si el maldito estamento mediático no hubiera hecho su trabajo.

Como si los artículos no fueran suficiente, llegó la precipitada resolución local que prohibía a la Iglesia de Anders usar la enología como fuente de toda bondad (a diferencia de lo que había ocurrido con el molino de viento del noroeste de Värmland). Todo ello hizo que la pastora y el recepcionista se vieran ante una situación delicada.

Y así, en pocas semanas pasaron de tener ochocientos asistentes a la iglesia —más doscientos en el aparcamiento—, a siete.

Siete asistentes.

De los que obtuvieron apenas un billete de cien coronas. En total.

Ese billete tenía que sustentar a la pastora, al recepcionista, a los guardaespaldas y a unos alumnos de instituto. Incluso Asesino Anders comprendió que la economía no iba bien. Pero dijo que la fuerza de su mensaje religioso seguía intacta y que la pastora y el recepcionista debían tener paciencia.

Sabemos que el sufrimiento genera perseverancia; la perseverancia, firmeza, y la firmeza, esperanza —los instruyó.

—¿Qué has dicho? —preguntó el recepcionista.

—Carta a los Romanos, cinco —contestó la pastora de forma automática y sorprendida al mismo tiempo.

Sin ser consciente de la impresión que provocaba en quienes lo rodeaban, el pastor Anders contó que había sentido pena por la muerte de Börje Ekman, pero que lo había superado en apenas medio minuto, que fue lo que tardó en comprender que la alternativa habría sido que él mismo hubiera recibido un agujero de entrada en la barriga y otro

263

de salida en la zona lumbar. Teniendo eso en cuenta, estuvo de acuerdo con la pastora en que la hemorragia nasal que había padecido era insignificante.

Además, la susodicha hemorragia se había detenido apenas un cuarto de hora después, y ahora el pastor estaba, a pesar del sonoro fracaso del sábado anterior, dispuesto a proseguir con su actividad ecuménica en nombre de Jesucristo. Dijo que no importaba que no se pudiera servir vino a los asistentes, siempre que él, a escondidas, pudiera seguir reconfortándose con una jarra.

Los siete asistentes pronto serían catorce. Y antes de que se dieran cuenta, serían mil cuatrocientos de nuevo. Hablar de «sonoro fracaso» era una exageración.

—Llamar a lo sucedido «sonoro fracaso» considerando que tuvo que venir la policía con los perros no es ninguna exageración, sino todo lo contrario —objetó el recepcionista.

—Bueno, pues llámalo «fracaso monumental» si quieres. Pero la fe mueve montañas —replicó Asesino Anders, y se remitió al Levítico.

—¿Este desgraciado se ha aprendido la Biblia de memoria? —soltó el recepcionista tan pronto como el ex asesino abandonó la habitación.

—Qué va —resopló la pastora—. Hemos hablado muchas veces sobre que la fe mueve montañas, tanto en el marco de la Biblia como en otros contextos, pero no se menciona en el Levítico. Ahí sacrifican animales y poco más.

El recepcionista no podía imaginar que en adelante la fe de Asesino Anders moviera otra cosa que problemas. La pastora le dio la razón.

La Iglesia de Anders estaba hundida. Sólo quedaba desmantelarla de la mejor manera posible, y sin que el pastor se diera cuenta.

—Lo cierto es que ya había pensado que todo iba demasiado bien para ser verdad y perdurar en el tiempo —comentó Johanna Kjellander.

El recepcionista recapacitó un momento y respondió:

—Seguramente lo hiciste a la vez que yo pensaba: «Por fin las cosas han cambiado, después de tantos años.» Prometo no volver a hacerlo, querida.

57

La pastora y el recepcionista tenían seis coma nueve millones de coronas —recién contadas— metidas en una maleta amarilla. También tenían una maleta roja vacía, donde cabrían fácilmente sus objetos personales.

También tenían a un pastor que, debido a diferentes circunstancias, había perdido cualquier valor comercial para ellos, y por esa razón debían separase de él. En cierto sentido se podría decir que se encontraban en una situación similar a la del capítulo dieciséis de esta historia. En aquella ocasión se trataba de cerrar una pensión y desaparecer con dos maletas llenas de dinero. Y, además, abandonar a Asesino Anders. Ahora había que finiquitar una Iglesia y abandonar al mismo asesino. Aunque las circunstancias eran algo mejores que la vez anterior.

Realmente no sabían cómo actuar, pero podían recapacitar con tranquilidad, pues el pastor no comprendía la gravedad de la situación.

—Siete asistentes el sábado —dijo el recepcionista—. Supongo que la semana que viene serán cuatro o cinco.

—Lo que más voy a echar de menos son las alabanzas bíblicas al vino —comentó la pastora—. Ni siquiera nos ha dado tiempo a llegar a mi favorita.

—¿Tu favorita?

—«Estoy como un hombre ebrio, como un hombre al que domina el vino, por causa del Señor, por causa de Sus santas palabras.»

—¡Uy, vaya! ¿Quién dijo eso?

—Jeremías. Le daba a la bebida. Suena bien, ¿verdad? Dios habla y encima incita a sus oyentes a pillar una buena cogorza.

Lo dijo en tono irrespetuoso. Eso llevó al recepcionista a pensar que su pastora necesitaba un par de siglos más para perdonar al Señor por permitir que una tradición familiar la situara contra su voluntad como Su servidora. Con sólo esforzarse un poquito, Dios podría haber hecho que la suspendieran en el seminario, manipulando ligeramente las respuestas de sus perfectos exámenes semestrales. Otra alternativa, si la anterior solución resultaba demasiado complicada, habría sido encargarse de que nunca fuera aceptada en el último semestre del instituto pastoral. Sin éste, Johanna Kjellander no se habría titulado y no habría importado la cantidad de platos que su padre, el pastor, hubiera tirado a la basura cegado por la cólera.

Aunque se podía dar la vuelta a esa tortilla, como a todo lo demás. En ese caso, el padre quizá habría empezado a lanzarle los platos a su hija, y entonces se podría interpretar como que Dios le salvó la vida complaciendo los deseos de su progenitor. Pero cabía preguntarse hasta qué punto, en ese instante, el Señor se arrepentía de ello.

El recepcionista hacía tiempo que había aceptado sus limitaciones en lo relativo a las reflexiones teológicas. Se sentía más a gusto con los datos objetivos, como los seis coma nueve millones de coronas, los dos gánsteres volados por los aires, el desafortunado sacristán afortunadamente abatido, y en tiempos anteriores, todos aquellos brazos, piernas y alguna que otra cara rotos. Lo que la pastora y él mismo deberían desear, pensó, era que el Reino de los

Cielos en realidad no existiera. Porque en caso contrario, ambos estaban en un aprieto.

—¡Hola y buenos días! —Asesino Anders entró en la sacristía de un humor que rozaba la memez—. Se me han ocurrido un par de comienzos sin hacer referencia al alcohol para el sermón del sábado y me gustaría ensayarlos con la pastora, ahora que las cosas están como están. Pero ¡primero voy a mear!

Se fue igual de rápido que había llegado, desapareciendo por la puerta doble que Jerry Cuchillos había instalado como vía de escape adicional. Haría sus necesidades en medio de la naturaleza divina.

Ni la pastora ni el recepcionista tuvieron tiempo de comentar la aparición y desaparición del pastor antes de que sonara otra voz, en esta ocasión desde el umbral de la sacristía.

—Buenos días —dijo un hombrecillo trajeado—. Me llamo Olof Klarinder. Soy inspector de Hacienda y me gustaría revisar su contabilidad, si no les importa.

En lenguaje tributario eso significa que el inspector piensa revisar la contabilidad independientemente de que al posible defraudador le importe o no.

El recepcionista y la pastora miraron al hombrecillo trajeado. Ninguno de ellos supo qué decir, pero ella, como siempre, fue la más rápida en reaccionar.

—Faltaría más —dijo—. Pero el señor Klarinder llega de manera un tanto inesperada. El pastor Anders hoy no está aquí y nosotros sólo somos sus humildes servidores. ¿Le importaría volver mañana a las nueve, de forma que yo pueda avisar al pastor para que esté presente? Junto con todos sus libros contables, claro. ¿Qué le parece?

La mujer del alzacuellos lo dijo con autoridad y al mismo tiempo con una voz tan inocente que a Olof Klarinder se le pasó por la cabeza que quizá en aquella parroquia no se cometían irregularidades fiscales. Las denuncias anónimas tenían ese inconveniente: con demasiada frecuencia se basaban más en el rencor que en la realidad. Y que hubiera archivadores con libros contables que revisar también era una buena señal. Nada podía satisfacer más a Olof Klarinder que hojear un libro contable.

—Bueno, el propósito de esta clase de visitas es que sean inesperadas —dijo—. Sin embargo, no es intención de la agencia mostrarse demasiado estricta. Bien, a las diez en punto, mañana. Espero que el pastor y la persona encargada de la contabilidad estén aquí con sus... ¿ha dicho «libros contables»?

En cuanto el funcionario Klarinder se hubo marchado por donde había venido, Asesino Anders apareció tambaleándose por el otro lado, manipulando torpemente la cremallera de su pantalón.

—¡Qué caras tenéis! —dijo—. ¿Ha pasado algo?

—No —respondió la pastora, lacónica—. Nada en absoluto. ¿Cómo ha ido la meada?

•

Era la hora de la reunión con el único guardaespaldas que conservaba su puesto, es decir, Jerry Cuchillos. Y sin el pastor.

Con un simple día de aviso, Jerry había anulado las entregas de vino moldavo sin apenas coste. Tenía contactos y a la pastora se le ocurrió de repente una idea.

La idea en cuestión no era más decente que cualquier otra de las que se le habían ocurrido a lo largo de los últimos años, en realidad durante toda su vida adulta, dependiendo de cómo se mirara. Pero era una idea.

—Rohypnol —le dijo a Jerry Cuchillos—. O algo por el estilo. ¿Cuánto tiempo necesitarías para conseguirlo?

—¿Corre prisa?

—Sí, puede decirse que sí.

—¿De qué va esto? —quiso saber el recepcionista, que debido a las prisas no había sido debidamente informado.

—El Rohypnol ya no se vende en Suecia, me temo que tardaré un tiempo.

—¿Cuánto? —apremió la pastora.

—¿De qué va esto? —insistió el recepcionista.

—Tres horas —contestó Jerry Cuchillos—. Dos y media si tengo suerte con el tráfico.

—¿Me vas a contar de qué va esto?

58

Johanna Kjellander explicó el plan a Per Persson, y éste, tras dudar un poco, lo bendijo, por decirlo de algún modo.

Así pues, a las cuatro y media de la tarde, cuando el pastor Anders estaba de lo más feliz, ambos le dijeron que ya era hora de que él se encargara en serio de la dirección de la parroquia. Eso significaba, entre otras cosas, que desde ese momento toda la propiedad y la responsabilidad por la misma debían ponerse a su nombre, y no había razón alguna para esperar. Y añadieron que el pastor distribuiría las futuras donaciones a su gusto. La pastora y el recepcionista darían un paso atrás, aunque seguirían a su lado como apoyo moral.

Asesino Anders se emocionó. No sólo le daban quinientas coronas semanales para gastar a su antojo —menos al final, cuando la colecta apenas alcanzaba las tres cifras—, sino que ahora estaban dispuestos a cederle todo el tinglado a él.

—Muchas gracias, queridos amigos —dijo—. Reconozco que me equivoqué con vosotros al principio, pero si no antes, ahora comprendo que en el fondo sois buenos. ¡Aleluya y hosanna!

A continuación, firmó todos los papeles necesarios, sin tener ni idea de lo que ponía en ellos.

Una vez acabado el papeleo, la pastora propuso que fuera el propio pastor quien dirigiera la reunión con un representante jurídico de la autoridad que pasaría a realizar un control rutinario. Ella suponía que sólo había que decir las cosas como eran y todo iría bien.

—¿Cuánto dinero hay en la caja de donaciones? —preguntó Asesino Anders.

—Treinta y dos coronas —contestó el recepcionista.

·

La mañana siguiente se reunirían a las nueve en la sacristía. La pastora y el recepcionista le propusieron al ex asesino desayunar juntos, y no, no habría grandes novedades. El vino matutino sería el mismo sacramento de siempre, no podían sustituirlo por café sólo porque esperaran una visita. Sin embargo, la pastora le prometió que tendrían pan recién horneado.

Asesino Anders lo comprendió. Es decir: no comprendió la palabra «sacramento», aunque sí que no peligraba la tradición eucarística.

—Nos vemos mañana temprano —dijo—. ¿Puedo llevarme una caja moldava? Tendré mucho cuidado. Es que esta tarde vienen un par de amigos a reunirse conmigo en la autocaravana para hablar de unos estudios bíblicos. Me imagino que seguiréis viviendo en el sótano de tu tía —añadió mirando al recepcionista, que había negociado un rebaja sustancial de la suite Riddarholm del Hilton.

—Sí, sin ningún gasto, Dios la bendiga —contestó el recepcionista, que nunca había tenido una tía—. Llévate una caja para tus amigos. O dos. Pero te quiero aquí a las nueve en punto; despierto y sobrio. O algo por el estilo.

Esbozó una sonrisa siguiendo el plan y recibió una inesperada sonrisa de vuelta.

· · ·

A la mañana siguiente, Asesino Anders no apareció a las nueve en la sacristía. Ni a las nueve y cuarto. Pero justo antes de las nueve y media entró tambaleándose.

—Disculpad mi tardanza —dijo—. La visita al baño de la mañana me ha llevado más de la cuenta.

—¿La visita al baño de la mañana? —repitió la pastora—. La autocaravana está a setenta metros de aquí y no le funciona el baño desde hace una semana.

—Ya lo sé —dijo Asesino Anders—. ¿A que es horrible?

Bueno, en ese momento no había tiempo que perder. Le sirvieron un vaso de agua lleno de vino mezclado en secreto con una buena dosis de vodka. Y tras ése, otro más. Añadieron tres sándwiches de queso con Rohypnol bien machacado en la mantequilla. Un miligramo por sándwich debería ser suficiente. Aunque no importaba si se pasaban un poco.

El pastor, que había repetido durante años «nunca más alcohol y pastillas», dijo que el vino le resultaba especialmente sabroso ese día, quizá el Señor deseaba prepararlo de manera óptima para el encuentro con el representante de la autoridad.

—Aunque lo peor que podría pasar es que exija el veinte por ciento de las treinta y dos coronas en concepto de impuestos, ¿no?

No dijo nada de los sándwiches. Se limitó a pedir otro, que Johanna Kjellander untó con un miligramo más de lo que químicamente se denomina $C_{16}H_{12}FN_3O_3$.

La pastora y el recepcionista salieron a hacer un encargo a las diez menos cinco, no sin antes entregarle al ex asesino tres archivadores que habían rellenado con unos cómics para que tuvieran cierto peso. (Uno usa lo que tiene a mano, y lo que tenían a mano en esa ocasión era un montón de cómics que, por alguna razón, se encontraban en el armario de la sacristía. Ésa era toda la documentación de que disponían, aparte de la relativa al reciente cambio de propietario.) Le dijeron al asesino redimido que si necesitaba ayuda los llamara. A continuación, salieron de allí al tiempo que apagaban sus teléfonos móviles.

—Por lo que sé, esa mezcla de alcohol y pastillas debería tumbar a un caballo —le dijo el recepcionista a su pastora cuando se encontraban a una distancia prudencial de la iglesia.

—Sí, aunque nosotros más bien nos las tenemos con un burro. Un burro acostumbrado a las mezclas letales. Me da que el encuentro entre el burro y ese buitre acabará siendo una triste historia.

El inspector de la Agencia Tributaria se presentó al pastor Anders, que le estrechó la mano justo cuando empezaba a sentirse raro. Había algo arrogante en la forma de estrechar la mano de aquel hombre. Y además dijo «¡Encantado!».

¿Encantado de qué? ¿Y a qué venía esa corbata? ¿Acaso se las daba de *gentleman*? Además, el encorbatado comenzó a hacerle preguntas sobre cajas registradoras, módulos de control, modelos de formularios, registros contables y otras cosas que el pastor no entendió. Y también era feo.

—¿Qué coño te pasa? —le espetó cuando algo comenzaba a hervir en su interior.

—¿Qué me pasa? —repitió Olof Klarinder un poco inquieto—. Nada en particular, soy un funcionario que intenta hacer su trabajo. Una conciencia tributaria compartida es uno de los pilares de un estado democrático. ¿No le parece?

Lo único en que el pastor podía estar de acuerdo mientras se producía su metamorfosis interior era que la Agencia Tributaria podía quedarse con el veinte por ciento de los activos totales, cifrados en treinta y dos coronas. No sabía cuánto era exactamente el veinte por ciento, pero no podría tratarse de más de cincuenta coronas, ¿verdad?

Olof Klarinder notó que algo iba mal y fue incapaz de resistir la tentación de abrir el primero y el segundo de los tres archivadores de la contabilidad.

Afortunadamente para él, sobrevivió a la paliza que le propinó el pastor, que se transformó de nuevo en asesino cuando el funcionario manifestó ciertos reparos sobre los diecisiete ejemplares de *El hombre enmascarado* de 1979-1980, ya que en modo alguno incluían los datos tributarios de la actividad parroquial que el representante de la Agencia Tributaria le requería. Y todavía recibió una buena propina cuando Asesino Anders intentó facilitarle la contabilidad requerida dándole el tercer archivador.

Más tarde, el pastor no recordaría nada de lo sucedido, pero reconoció su culpa por experiencia y fue condenado según el capítulo III, párrafo séptimo del Código Penal, a dieciséis meses de privación de libertad. Además, le endosaron nueve meses más según el artículo 4 de la Ley Tributaria. Veinticinco meses en total, la menor condena que había recibido nunca, constató satisfecho. Las cosas iban realmente por buen camino.

Justo después del juicio, le permitieron hablar con la pastora y el recepcionista un momento. Les pidió disculpas, no podía entender qué cables se le habían cruzado. La pastora le dio un fuerte abrazo y dijo que no se sintiera demasiado culpable.

—Iremos a visitarte —añadió, y esbozó una sonrisa.

—¿Lo haremos? —preguntó el recepcionista tras haberse despedido del flamante presidiario.

—Ni hablar —contestó la pastora.

•

Después de invitar a cenar a Jerry Cuchillos en señal de agradecimiento, sólo quedaban la pastora, el recepcionista, su suite en el Hilton y una maleta amarilla con cerca de siete millones de coronas (incluidas las que retiraban con asiduidad de la cuenta bancaria). La iglesia y la autocaravana figuraban ya a nombre de Asesino Anders y habían sido confiscadas por la oficina de Olof Klarinder. Mientras, éste se recuperaba de diversas fracturas en el hospital Karolinska. No se aburrió demasiado, ya que se llevó dos de los tres archivadores de la contabilidad de la Iglesia de Anders. *El hombre enmascarado* siempre había sido, en secreto, uno de sus cómics favoritos.

TERCERA PARTE

Un tercer negocio diferente

59

El recepcionista daba vueltas insomne bajo el edredón de plumas, junto a su pastora. Pensaba en su situación. La de ellos. En la suya propia. Pensó en el desgraciado de su abuelo, que había dilapidado la fortuna familiar e indirectamente permitido que su nieto acabara como chico-para-todo en un burdel.

Y ahora la pastora y él tenían una buena cantidad de millones en la maleta amarilla. Eran casi tan ricos como antaño lo había sido el abuelo. Vivían en la suite de un hotel de lujo y disfrutaban consumiendo paté francés y champán. En parte porque estaban buenos, pero sobre todo porque él insistía en que todo lo que comieran y bebieran fuera caro.

Per Persson había conseguido su revancha financiera, pero lo embargaba una extraña sensación de... algo. O de falta de... algo.

Si el fracaso financiero del abuelo, hacía ahora casi cincuenta años, por fin había sido reparado, ¿por qué la satisfacción no era total? ¿O por lo menos relevante?

¿Tenía mala conciencia por haberse escapado de Asesino Anders junto a la pastora y por que éste acabara en el lugar al que pertenecía?

No. Entonces, ¿qué le pasaba?

Además, por lo general, el hombre y la bestia reciben lo que se merecen. Excepto quizá aquel ex sacristán, que comprendió demasiadas cosas antes de pasar a estar más muerto de lo que la situación requería. Una desgraciada circunstancia, por supuesto. Sin embargo, no dejaba de ser un hecho secundario.

Quizá sea un buen momento para hacer una breve digresión en defensa del recepcionista. Tachar de «hecho secundario» un homicidio llevado a cabo como consecuencia de un intento fallido de asesinato podría considerarse poco adecuado. Pero quien tenga en cuenta la herencia genética de Per Persson podrá encontrar, si no una disculpa, por lo menos una explicación.

Había heredado el talante moral de su padre, el borracho que abandonó a su hijo de dos años para abrazarse a la botella, y de su abuelo, el tratante de caballos que administraba a sus potros la cantidad adecuada de arsénico desde que nacían para que se acostumbraran al veneno y estuvieran en perfecto estado no sólo el día de la venta, sino también los días, semanas y meses siguientes.

Quien vendía un animal en el mercado del sábado y el domingo recibía quejas debido a la inminente muerte de la bestia, perdía su reputación de forma automática. Pero los caballos del abuelo de Per pasaban la noche sobre sus cuatro patas y por la mañana seguían teniendo la mirada despierta. No morían hasta unos meses después, a causa de problemas crónicos de estómago, cáncer de pulmón, fallos renales o hepáticos y causas diversas que difícilmente se podían relacionar con el cada vez más rico y respetado tratante. Debido a que controlaba el negocio a la perfección, la piel de sus caballos jamás adquiría un tono verdoso antes de la muerte, síntoma propio de una sobredosis de arsénico mal administrada horas antes de la transacción.

Los caballos no son verdes por naturaleza (a diferencia de la propia naturaleza y algunos modelos de tractores). Los caballos de tiro no deberían morir antes de empezar a trabajar. El campesino que el sábado por la tarde compraba un laborioso animal de tiro y a continuación cogía una borrachera dc fin de semana para celebrar el negocio, se despertaba a la mañana siguiente con dolor de cabeza, no como el caballo recién comprado, que no se despertaba en absoluto. El campesino tenía entonces el doble de razones para saltarse la misa dominical e ir horca en mano en busca del vendedor, que a esas alturas ya se encontraba a tres parroquias de allí.

El abuelo Persson era demasiado listo para hacer esa chapuza, aunque se volvió demasiado tonto como para entender que la irrupción de los tractores en el mercado era mucho más peligrosa de lo que podía ser un pinchazo de horca en el culo.

Ya que la manzana no cayó demasiado lejos del árbol genealógico familiar, se pueden comprender los pensamientos del recepcionista al respecto. ¿Cuál era la diferencia, desde un punto de vista moral, entre un caballo hábilmente envenenado y un ex sacristán afortunadamente fenecido?

Cuando Per Persson hubo dado suficientes vueltas a estas ideas y a sí mismo, sintió que necesitaba la ayuda de quien dormía a su lado.

—Cariño, ¿estás despierta?

No obtuvo respuesta.

—¿Cariño?

La pastora se movió. No mucho, un poco.

—No, no estoy despierta. ¿Qué ocurre?

Uf, el recepcionista se arrepintió. Involucrarla en sus reflexiones nocturnas... Menuda estupidez.

—Perdona que te haya despertado. Vuelve a dormirte y ya hablaremos por la mañana.

Pero ella recolocó la almohada y se sentó en la cama.

—Dime qué ocurre, o me pasaré el resto de la noche leyéndote en voz alta la Biblia de Gedeón.

El recepcionista sabía que se trataba de una amenaza sin fundamento, pues precisamente durante la primera noche ella misma había tirado por la ventana el ejemplar de la Biblia de Gedeón que cría telarañas en casi todos los hoteles de Suecia. Aunque sabía que tenía que hablar, no tenía ni idea de qué decir ni cómo plantearlo.

—Bueno, cariño... —lo intentó—. Todo nos ha ido bastante bien, ¿no te parece?

—¿Te refieres a que los que se han interpuesto en nuestro camino ahora están muertos, más que muertos o encerrados, mientras nosotros disfrutamos de champán y caviar?

Bueno, no se refería exactamente a eso, o por lo menos no formulado de esa forma tan directa. Per dijo que habían conseguido limpiar las injusticias históricas de la vida con bastante éxito. Habían cambiado el fracaso económico de su propio abuelo por una suite de lujo, paté francés y burbujas. Y tenían dinero gracias a que, uniendo fuerzas, ambos habían violentado la Biblia que le había sido impuesta a ella por su padre y sus antepasados.

—Me refiero a que tal vez hayamos alcanzado nuestra meta. Y que sería... irritante si ella, la poetisa esa como se llame, la que escribió que lo que vale la pena es el camino... si tuviera...

—¿Camino? —repitió la somnolienta pastora, que empezaba a comprender que la conversación no acabaría hasta al cabo de un buen rato.

—Sí, el camino. Si nuestra meta final era la suite de un hotel de lujo con una biblia de Gedeón tirada por la ventana, ¿por qué no sentimos que la vida es de color de rosa? ¿O tú sí lo sientes?

—¿Sentir qué?

—El color de rosa.

—¿Qué?

—La vida.

—¿Qué hora es?

—La una y diez —dijo el recepcionista.

60

¿La vida era de color de rosa?

Una cosa sí estaba clara: si lo fuera, se trataría de una novedad en la de Johanna Kjellander. Hasta el momento, la vida principalmente le había tomado el pelo.

Lo había heredado de su padre. Y éste del suyo. Y éste de su padre. De forma colectiva, ellos habían decidido que ella fuera un «él», y que ese «él» sería pastora.

Al principio las cosas no salieron como ellos deseaban, y durante toda su infancia Johanna estuvo oyendo que era culpa suya no haber tenido agallas para ser un hombre.

Pero acabó siendo pastora. Y si pensaba en ello en lugar de dormirse, quizá no se trataba de que no creyera, sino de que el principio de no hacerlo era más fuerte. La Biblia se podía leer desde muchos puntos de vista. La pastora eligió los suyos y de esa manera confirmó su acritud hacia su padre, su abuelo, su bisabuelo y así hasta la época de Gustavo III (que por cierto se parecía en muchas cosas al ex sacristán, excepto en que al rey le pegaron un tiro en la espalda en lugar de en el ojo).

—Entonces, ¿crees algo de lo que pone en ese libro? —preguntó el recepcionista.

—Ahora no saquemos las cosas de quicio. Maldita sea, Noé no llegó a tener novecientos años.

—Novecientos cincuenta.

—Eso tampoco. Recuerda que me acabo de despertar.

—No estoy seguro de haberte oído blasfemar antes.

—Pues lo he hecho. Sobre todo a partir de la una de la madrugada.

Ambos sonrieron. No por haber visto la sonrisa del otro en la oscuridad, sino porque tuvieron la certeza de que el otro también sonreía.

El recepcionista prosiguió, reconociendo que la pregunta que acababa de formular podía resultar cómica, pero aun así, hasta el momento la pastora había evitado responder.

Johanna Kjellander bostezó y a su vez reconoció que ello se debía a que había olvidado la pregunta.

—Pero puedes formularla de nuevo. Al fin y al cabo, el sueño se ha echado a perder.

Ah, sí, se trataba del destino y del significado de todo. ¿Si se sentían tan bien como deberían? ¿Si la vida era de color de rosa?

La pastora guardó silencio un momento y decidió tomarse la conversación en serio. De buena gana se comía el paté francés en el Hilton junto a su recepcionista. Eso era mucho mejor que ponerse a soltar patrañas desde el púlpito una vez a la semana ante un rebaño de borregos.

Pero Per Persson tenía razón en que los días se parecían unos a otros y no estaba claro si debían quedarse en la suite hasta que se acabara el dinero. Además, allí se les acabaría pronto, ¿no?

—Si nos controlamos con el paté y el champán, el contenido de la maleta nos durará tres años, tres años y medio —informó el recepcionista, por si había calculado mal.

—¿Y luego?

—Ésa es la cuestión.

La pastora había relacionado el cortejo de Per Persson con uno de los poemas más famosos de Suecia, que comenzaba así: «*El día de la saciedad nunca es óptimo. El mejor día es el de la sed.*»

Lo que hizo que ella meditara sobre la existencia no fue el poema en sí, sino el hecho de que la poetisa se suicidara dos años después de haberlo escrito. Probablemente ése no fuera el significado de la vida.

Cuando Johanna Kjellander pensaba en las cosas que había disfrutado de verdad desde que había conocido al recepcionista —aparte de la vida en común con sus correspondientes momentos de calidad sobre un colchón, en una autocaravana, detrás de un órgano o lo que tuvieran a mano—, éstas se reducían a las ocasiones en que habían repartido dinero a diestro y siniestro. La batahola en el local de la Cruz Roja en Växjö quizá no fuera lo mejor, pero ver retroceder tambaleándose a una vieja del Ejército de Salvación frente a una Systembolaget en Hässleholm aún la hacía reír. O aparcar la autocaravana encima de la acera, delante de las oficinas centrales de Save the Children. O la bronca de Asesino Anders con el soldadito de plomo, que no quería coger el sospechoso paquete que le tendía para la reina...

El recepcionista asintió, pero también se notó preocupado. ¿La pastora quería decir que deberían donar el contenido de la maleta amarilla a otros más necesitados que ellos mismos? ¿Era ése el camino...?

—¡Y un cuerno! —exclamó ella y se sentó aún más tiesa en la cama.

—Has vuelto a blasfemar.

—¡Pues no digas tantas gilipolleces!

• • •

Finalmente, se pusieron de acuerdo en que, durante un rato, la vida había sido de color de rosa, ya que daban con una mano sin que se viera que cogían el doble con la otra. Había más dicha en recibir que en dar, pero dar también tenía su punto.

El recepcionista intentó resumir el futuro.

—Imagínate que el significado de nuestras vidas fuera alegrar a otros siempre que tengamos motivos financieros para alegrarnos nosotros mismos un poco más. Como el proyecto de la Iglesia, pero sin Dios, Jesús ni francotiradores en el campanario.

—Ni Noé.

—¿Qué?

—Sin Dios, Jesús, Noé ni francotiradores en el campanario. A Noé no lo soporto.

El recepcionista prometió pensar en una nueva ecuación para resolver el tema de la bondad con los necesitados sin que nadie tuviera que saber que ellos mismos se consideraban precisamente los más necesitados. Y la ecuación cualquiera que ésa fuera— excluiría por completo al dichoso Noé y su arca.

—¿Te importa si me duermo mientras tú perfeccionas los detalles? —preguntó la pastora, y se preparó para oír el «no» que se merecía.

El recepcionista pensó que aquella mujer era una digna interlocutora aun estando medio dormida. Y que podría seguir así un rato más. El caso era que se le había ocurrido una microidea sobre el tema del significado de la vida. Y le dijo que por supuesto podía dormirse de nuevo, a no ser que reconociera el hecho de que él, de pronto, sentía una repentina necesidad de su prójimo.

Y Per Persson se acercó más a quien encarnaba su repentina necesidad.

—Es casi la una y media —dijo una somnolienta Johanna Kjellander.

Y se deslizó a su encuentro.

61

Por tercera vez en Suecia, la tercera mayor asamblea general de criminales tuvo lugar en el mismo sótano que la segunda. En esta ocasión se componía de quince asistentes, pues en el interregno el largo brazo de la ley había caído sobre dos de ellos cuando intentaron robar, demasiado drogados, un vehículo blindado de transporte de dinero. En realidad se trataba de la furgoneta de una panificadora.

Aun cuando el botín sólo fueron diez paquetes de pan de molde de la marca Eskelunds Hembageri —uno de los ladrones tenía hambre—, utilizaron armas de fuego y la sentencia se ceñiría a los hechos. El nombre de la panificadora apareció en todos los periódicos, dándole así publicidad gratuita, de ahí que su propietario enviara dos bonitas macetas de geranios a la prisión donde estaban encerrados los dos atracadores en espera de juicio. El personal de la prisión sospechó que se trataba de un intento de introducir drogas clandestinamente, pues nunca antes había ocurrido que a unos internos les enviaran flores como agradecimiento por un delito chapucero. Por esa razón, decidieron cortar los geranios en pedacitos, para asegurarse de que podían entregárselos sin riesgo a sus destinatarios, lo que al final no sucedió, ya que el estropicio fue tan grande que no merecía la pena.

Para los que estuvieron presentes en la asamblea, se informó de que el Conde y la Condesa habían sucumbido tras un encarnizado enfrentamiento con los valientes hermanos Olofsson, que se abstuvieron de entrar en detalles sobre su actuación.

«Secreto profesional», alegó Olofsson mientras su hermano asentía con la cabeza.

Además, Asesino Anders estaba encerrado, y su extravagante proyecto eclesiástico, clausurado.

Para los quince asambleístas quedaba pendiente la cuestión de qué hacer con los socios de Asesino Anders, pues, aplicando un mínimo de sentido común, debían de atesorar varios millones. Si Asesino estaba a buen recaudo en la cárcel y, por tanto, seguía con vida, no debería entrañar ningún peligro mantener una conversación no demasiado amistosa con los socios para solventar la entrega de esos fondos, sobre cuyo posterior reparto había quince opiniones diferentes.

No obstante, un tal Oxen argumentó que los socios deberían seguir el mismo camino que los Condes y que, por ejemplo, deberían obligarlos a tragarse una granada de mano. Los hermanos Olofsson bien podrían encargarse de ello, ahora que tenían experiencia.

Después de una encendida discusión acordaron, catorce a uno, que era imposible tragarse una granada, por mucho que un tercero te obligara —aparte del riesgo que entrañaba para la integridad física de dicho tercero—, y que si los dos socios volaban por los aires, eso podría provocar que Asesino Anders revelara lo que no debía revelar.

Por tanto, de momento se descartaron nuevos asesinatos. Seguía habiendo un amplio consenso para impedir que salieran a la luz los datos relacionados con quién había encargado qué a Asesino Anders. Aunque el Conde y la Condesa ahora habitaban en el infierno —seguro que todos ellos seguirían ese camino—, todavía quedaba una buena cantidad de revelaciones sobre quién deseaba tocarle un pelo a quién. No obstante, sería un desprestigio intolerable para el sector dejar que la pastora y el otro se fueran de rositas después de lo que habían hecho.

Con un resultado de trece a dos, la asamblea aprobó que Olofsson y Olofsson se ocuparan de buscarlos. Los hermanos consiguieron una retribución de cincuenta mil coronas tras mucho lloriquear, y es que no podía ser mayor, ya que no se trataba de liquidar a nadie.

·

Los pobres hermanos Olofsson no tenían idea de por dónde empezar a buscar a la pastora y al otro. Comenzaron por pasar unos días junto a la iglesia, y después unos días más. Pero la única diferencia entre un día y otro era que en el sendero de grava de la entrada iban creciendo matojos. Por lo demás, no se percibía ninguna actividad en absoluto.

Tras una semana escasa, a uno de los hermanos se le ocurrió probar a tirar del picaporte de la puerta a la que conducía el sendero de grava para comprobar si estaba cerrada con llave. No lo estaba.

La nave de la iglesia aún parecía un campo de batalla; los de la Agencia Tributaria no habían priorizado la limpieza del inmueble incautado.

No hallaron pista alguna sobre el paradero de la pastora y el otro. Sin embargo, en la sacristía encontraron casi mil litros de vino en tetrabriks que bien valía la pena probar. No sabía mal, pero lo único que consiguieron fue endulzar un poco su desagradable existencia.

Por lo demás, en un armario encontraron una pila de cómics. A juzgar por la fecha, llevaban allí treinta años o más.

—¿Cómics en una iglesia? —se asombró Olofsson.

Su hermano no respondió. Se limitó a sentarse a leer *Agente secreto X-9*.

Olofsson continuó rebuscando en la papelera que había junto al único escritorio de la sacristía. Vertió el contenido en el suelo y examinó los diversos trozos de papel. Todos parecían iguales, es decir, recibos de pagos al contado de estancias en el hotel Hilton, sito en la zona de Slussen, en Estocolmo. Primero una noche, luego otra noche, y otra... ¿Esos cerdos habían estado viviendo en el Hilton con el dinero de los Olofsson y del resto? Ninguna tarjeta de crédito. Siempre estancias de una noche. Siempre preparados para escapar.

—¡Me cago en la leche, ven aquí! —llamó Olofsson, que había sacado la conclusión más inteligente de su vida.

—Un momento —dijo Olofsson, que iba por la mitad de una aventura de *Modesty Blaise*.

62

La pastora y, más aún, el recepcionista seguían buscando la razón de la existencia misma. Seis días después estaban más de acuerdo que nunca en que ésta no se encontraba en la suite Riddarholm del Hilton.

Fue al decidirse a buscar un sitio donde vivir cuando se dieron cuenta de lo caro que era. Un piso de tres habitaciones en el centro de Estocolmo les costaría casi toda la maleta, ¿y dónde estaba la gracia de una nueva vida si comenzaban arruinándose? Y ponerse en la cola de la Oficina Municipal de Alquileres para conseguir un contrato decente era un despropósito, a menos que uno pensara vivir novecientos cincuenta años, pero de momento eso sólo lo había conseguido una persona.

Ninguno de los dos tenía idea de cómo funcionaba el negocio inmobiliario. Per Persson había pasado toda su vida adulta viviendo en el trastero de una recepción y en una autocaravana. Johanna Kjellander no conocía mucho más que la casa parroquial de su padre, el pasillo del edificio de estudiantes de Uppsala y de nuevo la casa parroquial de su padre (nada más ser ordenada pastora, tuvo que viajar cada día entre su habitación de niña y su puesto de trabajo, ubicado a veinte kilómetros de distancia; su padre no le permitía mayor libertad que ésa).

Ahora tenían experiencia y decidieron que estaban demasiado encantados con el contenido de la maleta amarilla como para invertirlo todo en una vivienda.

La alternativa económica más sensata que encontraron fue una cabaña de pescador en una isla del mar Báltico. Habían descubierto Gotland en internet y les atrajo tanto el precio —casi gratis— como la ubicación —a algo más de cien millas náuticas— con respecto a los criminales de Estocolmo que aún no habían volado por los aires.

Había razones para que el precio fuera tan bajo. No se podía vivir permanentemente en la cabaña, no se podían aislar las paredes ni el tejado y no se podía instalar un cuarto de baño.

—La falta de aislamiento puede ser llevadera siempre que tengamos la estufa encendida todo el día. Pero sentarse ya sabes dónde en un ventisquero a varios grados bajo cero no me parece muy agradable.

—Creo que lo mejor es comprarla y encender la estufa según las ordenanzas urbanísticas. A continuación, basándonos en nuestro desconocimiento de las mismas, podemos aislar las paredes y construir un cuarto de baño.

—¿Y si nos pillan?

Después de todos los años que había pasado en las garras de su padre, la personalidad de Johanna Kjellander aún conservaba algunas cicatrices de las heridas autoritarias.

—¿Si nos pillan? ¿Quién va a pillarnos? ¿El inspector regional de cuartos de baño de Gotland? ¿Ese o esa que va de puerta en puerta comprobando si la gente caga donde tiene que cagar?

Además de las reglas mencionadas, apenas se podía salir de la cabaña, según dijo el propietario, que les mencionó por teléfono la protección de las playas, la protección del agua, la protección de los animales, la protección medioambiental y un puñado de otras protecciones que la pastora no fue capaz de asimilar.

Por fin, el vendedor llegó al meollo de la cuestión: no estaba dispuesto a vender su tesoro cultural medioambiental a cualquier persona, pero se quedaría tranquilo si una servidora del Señor deseaba mantener el legado.

—Está bien —dijo la pastora—. Envíeme los papeles cuanto antes. Me encanta eso del legado.

El vendedor prefería que se encontraran en persona, pues así podrían sellar el acuerdo con una buena sopa de algas, pero cuando lo oyó el recepcionista, que estaba escuchando, pensó que ya era demasiado y cogió el auricular. Se presentó como ayudante de la pastora Kjellander, dijo que ambos estaban participando en una conferencia ecuménica en el hotel Hilton de Estocolmo, y que dos días después tenían que viajar a Sierra Leona para apoyar un proyecto humanitario contra la lepra, y que por esa razón era mejor que el vendedor firmara los documentos y los enviara al hotel mencionado. Luego los recibiría firmados a vuelta de correo.

—Vaya —dijo el aficionado a la sopa de algas, y accedió a hacerlo como le pedían.

Tras colgar, la pastora comentó que la lepra ya no existía como tal; además, dicha enfermedad se curaba con antibióticos, no con la imposición de manos de una ex pastora.

—Aunque no has estado nada mal —lo elogió—. ¿De dónde has sacado eso de Sierra Leona?

—No lo sé. Pero si allí no hay lepra, seguro que hay cualquier otra cosa.

• • •

Era hora de hacer la maleta. En singular. Debido al precio del Hilton, la cantidad de dinero había decrecido lo suficiente como para que sus escasos efectos personales tuvieran cabida junto a los millones restantes.

La pareja y la maleta amarilla hicieron el *check out* una última vez. La maleta roja podía quedarse vacía en la habitación. Tenían la intención de dar un corto paseo hasta la estación central y continuar en autobús hasta Nynäshamn, donde se cogía el transbordador a Gotland.

Pero la intención quedó en eso, en mera intención.

63

Olofsson y Olofsson habían tenido suerte cuando un tiempo atrás se encontraron con el Conde y la Condesa. Y ese día, mientras esperaban a la entrada del hotel, también. El tiempo total de espera en el coche junto al Hilton no superó los diez minutos.

—¡Mierda! —exclamó Olofsson mientras su hermano seguía ensimismado en un cómic—. ¡Allí están!

—¿Qué? —preguntó Olofsson, despistado.

—¡Allí! Con una maleta amarilla. ¡Abandonan el hotel, se dirigen a alguna parte!

—Claro, a nuestro sótano —masculló el otro Olofsson, y lanzó el cómic al asiento trasero—. Síguelos y yo los atraparé en cuanto tenga ocasión.

Ésta se presentó en la plaza Södermalmstorg, apenas cincuenta metros más adelante. Olofsson saltó del coche y los obligó a subir al asiento trasero, con la ayuda de un revólver más grande que el que había perdido bajo los efectos del alcohol en la iglesia de Anders (pensó que cuanto más grande fuera, más difícil resultaría perderlo de nuevo). Con un Smith & Wesson 500 de dos kilos y medio apuntándolos, ni la pastora ni el recepcionista dudaron en seguir el consejo que acababan de recibir de aquel desconocido.

Quedaba la maleta. Olofsson sopesó dejarla en la calle, pero finalmente decidió lanzarla sobre las piernas de los secuestrados. Podría contener alguna pista útil en caso de que los retenidos fueran lo bastante tontos como para no revelar dónde ocultaban el dinero.

•

La pastora, el recepcionista y la maleta amarilla estaban colocados en hilera en un sótano, lugar de reunión de los bajos fondos de Estocolmo, en uno de los bares menos proclives a pagar impuestos de la capital. Para sorpresa de la pastora, ninguno de los quince hombres que había allí prestaba atención a la maleta.

—Bienvenidos —dijo el que parecía el cabecilla—. Tranquilos, que saldréis de aquí. En una bolsa para cadáveres o de otra manera.

Y añadió que la pastora y el otro le debían al grupo por lo menos trece millones de coronas.

—Bueno, eso depende de cómo se cuente —osó decir la pastora—. Trece millones suena a mucho dinero así de entrada.

—¿De entrada? —repitió el cabecilla.

—Per Persson —intervino el recepcionista, pues no quería que lo siguieran llamando «el otro».

—Me importa una mierda cómo te llames —espetó el cabecilla, y se volvió de nuevo hacia la pastora—. ¿Qué es eso de «de entrada» y «depende de cómo se cuente»?

La propia pastora no estaba segura de cuándo y cómo había empezado todo y cómo deberían por tanto calcular el importe, pero su anzuelo no había pinchado en hueso.

Ahora era crucial no despistarse. En esos casos, lo importante era hablar primero y pensar después.

—Bueno, echando un cálculo rápido, diez millones serían más que suficientes.

Al punto se maldijo por haber soltado una cifra muy por encima de lo que tenían para comprar su libertad.

El cabecilla respondió con una pregunta:

—Y si, por casualidad, estuviéramos conformes con el rápido cálculo de la pastora, ¿dónde encontraríamos esos diez millones?

A Per Persson no se le daba bien improvisar en situaciones tensas, así que mientras buscaba algo que decir que pudiera volver las tornas a su favor, Johanna Kjellander prosiguió:

—En primer lugar, me gustaría discutir la cantidad.

—¿La cantidad? —se extrañó el cabecilla—. No me jodas, tú misma acabas de decirla: diez millones.

—Bueno, bueno, nada de blasfemar, que el de ahí arriba lo ve todo.

«Ya está en su salsa», pensó el recepcionista.

—He dicho que, echando un cálculo rápido, diez millones de coronas parecían una suma más razonable que trece. Aunque, sin querer ser indiscreta, he de hacer referencia a que por lo menos tres millones provienen de encargos que nos hicieron el Conde y la Condesa para eliminar a algunos de los aquí presentes, o de encargos de algunos de los aquí presentes para hacer lo contrario, además de otras maldades.

Se oyó un nervioso murmullo colectivo. ¿Estaría dispuesta a dar más detalles sobre quién había contratado qué?

—A mi entender —continuó la pastora—, sería una inmoralidad por vuestra parte coger el dinero de Asesino Anders por no haberos matado a ninguno.

El recepcionista seguía a duras penas los razonamientos de la pastora. El resto del público no se acercaba ni de lejos. La mayoría se había perdido al oír la palabra «inmoralidad».

—Además, me parece que debería aplicarse una rebaja más, teniendo en cuenta cuál fue el resultado final por lo que respecta al Conde y la Condesa. Si no se hubieran tumbado entre unos arbustos para apuntar a quien recibió dinero para matarlos, nunca habrían muerto. ¿Verdad?

El murmullo prosiguió.

—¿Adónde quieres llegar? —se enfadó el cabecilla.

—A que tenemos una maleta roja —dijo la pastora, y puso la mano sobre la amarilla que había a su lado.

—¿Una maleta roja?

—Con seis millones de coronas. Nuestros activos totales. He pensado que seguramente dos de vosotros, como se confirmó hace un tiempo, y quizá alguno más, piense que existe una vida después de ésta, y que eso no significa necesariamente que en el futuro vaya a encontrarse de nuevo con el Conde y la Condesa. Seis millones de coronas serían compensación suficiente por no tener que eliminar a una pastora, ¿no?

—Y a un Per Persson —añadió el recepcionista.

—Y a un Per Persson, claro —añadió la pastora.

El cabecilla repitió que no estaba interesado en el nombre de Per Persson mientras se producía un nuevo murmullo entre los asistentes. Johanna Kjellander intentó interpretar el tono; al parecer, había división de opiniones. Así que prosiguió:

—La maleta está escondida a buen recaudo. Sólo yo sé dónde, y estaría encantada de revelaros las coordenadas de ese dónde, pero sólo bajo tortura. Y, de nuevo, ¿torturar a una pastora es realmente la mejor manera de aplacar al Señor? Además, no creo que Asesino Anders haya perdido la capacidad de hablar por estar encerrado...

Esa amenaza velada le puso la piel de gallina a más de uno.

—Mi propuesta es la siguiente: yo y este de quien no queréis saber el nombre os entregamos seis millones de coronas a cambio de que, por vuestro honor criminal, prometáis dejarnos vivir en paz.

—O tres millones —intervino el recepcionista, que aun en aquellas circunstancias se sentía bastante angustiado ante la idea de volver a ser pobre—. Entonces quizá todos alcancemos el cielo el día que nos llegue la hora.

No tenía arreglo, Per Persson no le había caído bien al cabecilla.

—A ver si te enteras: no sólo me importa una mierda cómo te llamas, sino que tampoco me interesa saber dónde acabarás después de que te haya rajado del ombligo a la barbilla —espetó.

Parecía dispuesto a proseguir con más amenazas, cuando Johanna Kjellander lo interrumpió:

—Seis millones, como he dicho —zanjó, pues había tenido tiempo de calcular que no saldrían de allí por menos.

Más murmullos. Finalmente, los maleantes se pusieron de acuerdo en que seis millones era un pago aceptable por no matar a la maldita pastora y a ese que insistía en decir que tenía un nombre. Seguro que habría sido más fácil acabar con ellos, pero un asesinato era siempre un asesinato y la policía era siempre la policía. Además de las complicaciones que pudieran causar Asesino Anders y su bocaza.

—De acuerdo —refunfuñó el cabecilla—. Nos conducís a la maleta roja de los seis millones, los contamos aquí en el sótano y si la suma es correcta, os vais y adiós muy buenas, porque ya no existiréis para nosotros.

—Pero ¿existiremos por nuestra parte? —El recepcionista necesitaba que se lo aclarasen.

—Si os queréis tirar desde el puente Västerbron es cosa vuestra, pero no estaréis en nuestra lista negra. Siempre que nos entreguéis la maleta roja y contenga seis millones de coronas, claro.

La pastora bajó un poco la mirada y dijo que el Señor era comprensivo con las mentiras piadosas.

—¿A qué te refieres?

—Bueno, la maleta roja... en realidad es amarilla.

—¿Es en la que estás apoyada?

—Entrega rápida, ¿no? —La pastora sonrió—. ¿Os importa si antes de irnos, mi amigo aquí presente y yo nos llevamos un par de cepillos de dientes, un poco de ropa interior y alguna que otra cosa que hay entre el dinero?

Abrió la maleta para mostrar toda su magnificencia interior, antes de que al cabecilla y sus subordinados se les pudiera ocurrir alguna mala idea.

64

Mientras la codicia colectiva metía las narices y las manos en la maleta a rebosar de dinero, la pastora cogió unas bragas, el cepillo de dientes, un vestido, un par de pantalones y algo más, y le susurró a su recepcionista que lo mejor que podían hacer era desaparecer en el acto.

Ni siquiera el cabecilla criminal se dio cuenta de que los rehenes hacían mutis por el foro, pues él no era menos codicioso que el resto de los presentes. Sin embargo, gruñó a los otros que dejaran ya de coger dinero, el reparto tenía que hacerse de forma ordenada.

Su gruñido consiguió que la mayor parte de los billetes retornaran a la maleta, aunque no todos. Al parecer, el maleante número dos había visto al número cuatro meterse un fajo de dinero en un bolsillo del pantalón y ahora el número dos intentaba demostrarlo.

Pero el maleante número cuatro no era de los que se dejan poner la mano encima, sobre todo tan cerca de su aparato reproductor, y menos si había otros hombres observando. Así que, con el fin de preservar su reputación, le propinó un buen puñetazo al número dos. Éste cayó al suelo y, afortunadamente, perdió el conocimiento al golpearse la cabeza contra el hormigón; si no, todo habría saltado por los aires en ese momento, en lugar de cuatro minutos después.

El cabecilla consiguió imponer un poco de orden. Se trataba de repartir seis millones entre quince personas, posiblemente catorce, dependiendo de si el que yacía en el suelo espabilaba o no.

Pero ¿cómo se dividían seis millones entre quince? Eso ya era demasiado para muchos de ellos. Además, se alzaron voces pidiendo que a los hermanos Olofsson se les dedujera el dinero que ya habían recibido, y alegando que su parte debería contarse como una —no dos—, pues se llamaban igual. Entonces, el más irascible de los hermanos se volvió aún más irascible de lo habitual. Tan irascible que se le ocurrió decirle al maleante número siete —conocido como Oxen— que lamentaba que Asesino Anders no lo hubiera degollado según contrato.

—¿Ah, sí? ¡Cabrón! —exclamó Oxen—. ¡Querías matarme!

Y entonces sacó un cuchillo para hacerle a Olofsson lo mismo que Olofsson había querido que Asesino Anders le hiciera a él.

Eso ocasionó que el otro Olofsson, asustado, realizara una maniobra de distracción. Lo único que se le ocurrió ante tanto revuelo fue disparar a bocajarro contra la maleta del dinero con su enorme Smith & Wesson 500. No es de extrañar que el disparo de uno de los revólveres más potentes del mundo, uno que podría derribar a un buey si fuera necesario, provocara que algunos billetes comenzaran a arder.

La ocurrencia tuvo el efecto deseado, en el sentido de que Oxen y los demás —con excepción del que seguía en el suelo— perdieron la audición durante unos segundos a causa del estruendo y cambiaron el foco de atención. Todos los pies que cupieron pisotearon al mismo tiempo los billetes de quinientas coronas chamuscados. El fuego estaba a punto de extinguirse cuando al maleante número ocho se le ocurrió sacrificar una botella de aguardiente casero de noventa grados para apagarlo del todo.

Tanto Olofsson como Olofsson, por razones de supervivencia, abandonaron el sótano unos segundos antes de que todo empezara a arder de verdad. El resto pronto hizo lo mismo (menos el maleante número dos, que seguía en el suelo y ahí murió, si no lo había hecho ya al golpearse contra el hormigón). El alcohol de noventa grados no tiene —ni nunca ha tenido— capacidad para sofocar un fuego.

La noche siguiente, cuatro hombres visitaron el hogar de Olofsson y Olofsson. No llamaron al timbre, ni siquiera a la puerta. Prefirieron abrirse paso a hachazos, dejando la puerta reducida a astillas. Pero por mucho que buscaron no encontraron ni a Olofsson ni a su hermano. Sólo hallaron un hámster aterrorizado llamado *Clark* en honor de un antiguo y conocido atracador de bancos. Olofsson había obligado a su hermano a abandonar a *Clark* en el apartamento al que nunca más podrían regresar. Inmediatamente después de la debacle en el sótano de aquel bar, cogieron un tren a Malmö, seiscientos kilómetros al sur de la chusma criminal más enfadada del mundo.

Malmö era una ciudad bonita, y ostentaba una de las tasas de criminalidad más altas de Suecia. Un par de crímenes más a la semana no se notarían en las estadísticas, razonó Olofsson mientras su hermano llevaba a cabo el primer robo, en una gasolinera. Primero cogió el dinero de la caja y cuatro tabletas de chocolate, y luego obligó al encargado a entregarles las llaves de su coche.

65

Sólo había una cosa que el recepcionista no lograba comprender: que hubiera exactamente seis millones en la maleta. ¿No debería haber, por lo menos, seiscientas mil coronas más?

Sí, pero la pastora había cogido un poco de calderilla mientras hacía la maleta. Los cepillos de dientes, la ropa interior y demás habrían cabido de todas formas, pero le pareció innecesario tener que abrir la maleta cada vez que había que pagar un billete de autobús.

—O una diminuta cabaña en Gotland —sugirió el recepcionista.

—Por ejemplo.

Después de todo, la vida podría haberlos tratado peor, ya que tras pagar la cabaña todavía les quedaban seiscientas cuarenta y seis mil coronas. Y casi seiscientas mil cuando la hubieron amueblado y arreglado, contraviniendo un número indefinido de ordenanzas, cuyo ejemplar comenzaron quemando según habían planeado. Por precaución, tampoco preguntaron si podían eliminar con lejía una irritante colonia de avispas protegidas.

—Medio millón de coronas debería servir para ennoblecer a cualquiera.

El recepcionista estuvo totalmente de acuerdo con la afirmación de su pastora y, mientras volvía a poner el tapón a la botella de lejía, le recordó que nadie debería recibir un céntimo más de lo que el otro pudiera retornar de inmediato.

66

La ciudad medieval de Visby y sus tiendas se preparaban para la llegada de la Navidad. La tasa de interés estaba al cero coma cero por ciento, lo cual animaba a la gente a pedir prestado un dinero que no tenía para que las ventas navideñas pudieran batir, también ese año, todos los récords. Como consecuencia de ello, la población en general podía conservar su trabajo, lo que significaba que tenían medios para pagar los créditos recién firmados. La economía es una ciencia aparte.

El recepcionista había pasado varios meses pensando en cómo poner en práctica el principio de que hay más dicha en recibir que en dar (y que al mismo tiempo pareciera lo contrario). Hasta el momento no había llegado más allá de las diferentes formas de donaciones. Dar una moneda era fácil. Y divertido. Y una estupidez clamorosa, salvo que se consiguiera, por lo menos, el mismo retorno.

Otrora, uno de los métodos había funcionado mediante la combinación de un generoso ex asesino por un lado y, por otro, una buena cantidad de cubos para la colecta. Pero ya no contaban con un ex asesino, ni con cubos, ni con congregación. Lo único que quizá podrían recuperar eran los cubos, pero ¿con qué fin?

Durante un paseo por Hästgatsbacken, la pastora y el recepcionista se encontraron a un señor vestido de rojo, con una barba blanca de pega; seguramente lo habían contratado los comerciantes de la zona. Se paseaba calle arriba y calle abajo deseándole «Feliz Navidad» a quien veía, y repartiendo galletas de jengibre entre los niños. Tanto mayores como pequeños se alegraban al ver al hombre de rojo con sus galletas. Quizá eso hiciera que la gente comprara más en las tiendas de los alrededores, aunque eso estaba por ver.

La pastora dijo que tal vez todo habría sido diferente si le hubiera inculcado a Asesino Anders la idea de la existencia de Papá Noel en lugar de Jesús.

El recepcionista sonrió ante la imagen de Asesino Anders invocando desde el púlpito al omnipotente Papá Noel, con vino caliente y galletas de jengibre para la congregación, nada de vino moldavo y queso.

—*Glögg* de alta graduación —dijo la pastora—. Los detalles son importantes.

Su recepcionista tuvo una razón más para seguir sonriendo antes de ponerse serio. En realidad, la diferencia entre Dios y Papá Noel no era demasiado grande.

—¿Estás pensando en la inexistencia de ambos o en la barba? —preguntó la pastora.

—En ninguna de las dos cosas. Ambos tienen fama de bondadosos, ¿no es así? Tal vez aquí tengamos una idea embrionaria.

Llamar «bondadoso» a Dios delante de la pastora no era algo de lo que se saliera indemne. Ella argumentó que podría encontrar un centenar de ejemplos que demostraban que el Señor, según todas las historias de la Biblia, padecía algún tipo de trastorno. No sabía si Papá Noel estaba mejor o no, pero dedicarse principalmente a entrar y salir por las chimeneas tampoco parecía un hábito propio de alguien que estuviera en su sano juicio.

El recepcionista contraatacó risueño, señalando que ellos mismos no eran los mejores hijos de Papá Noel ni de Dios. Una rápida estimación dejó claro que habían incumplido con regularidad nueve de los Diez Mandamientos. El único incólume había sido el referente al adulterio.

—Hablando de eso —dijo la pastora—, ¿por qué no nos casamos, ya que vivimos juntos? Sería una boda civil, por supuesto, y tú comprarías los anillos.

El recepcionista aceptó de inmediato y prometió anillos de oro, pero por lo que respectaba a los Mandamientos, deseaba hacer algunos ajustes. Ellos no habían asesinado a nadie con sus propias manos.

Eso era cierto, por consiguiente, no iban uno a nueve sino dos a ocho contra los Mandamientos, que tampoco era un resultado para celebrar por todo lo alto.

Per Persson no respondió, no era necesario. Aunque, ya que hablaban de los Mandamientos... ¿cómo iba eso? ¿Se podía desear a la futura esposa? ¿Y al montón de billetes de quinientas coronas que tenían en común?

La pastora dijo que era una cuestión de interpretación, pero añadió que también estaba deseando dejar atrás la Biblia de una vez por todas. Las Puertas del Cielo no existían, y aunque así fuera, no valdría la pena ponerse a la cola. Pensar en que Dios le leería la cartilla en el umbral de su reino era algo que la pastora no soportaba. En cambio, deseaba saber si Papá Noel se había convertido en la opción principal del recepcionista respecto al tema de la generosidad recuperable con creces.

Per Persson respondió con sinceridad que aún no tenía ninguna alternativa, a no ser que la pastora —al igual que él mismo— estuviera dispuesta a olvidarse de la recaudación y gastarse todo lo que tenían.

—Y no tengo ninguna razón para creerlo.

—Correcto —dijo ella—. ¿Qué haríamos luego, cuando se acabara el dinero?

—¿Casarnos?

—Eso ya lo hemos decidido. Y no nos hará ricos.

—No digas eso. Está la paga por familia numerosa. Con seis o siete niños, quizá tendríamos de sobra.

—Idiota. —La pastora sonrió, y en ese instante vio una joyería—. Ven, entremos y prometámonos.

67

El invierno dio paso a la primavera, la primavera dio paso al verano. Por fin dejarían de pecar, por lo menos en un aspecto. Había llegado el momento de que se convirtieran en marido y mujer.

La única representante oficial que hallaron para que condujera la ceremonia fue la gobernadora de Gotland, que aceptó casarlos en la cabaña junto al mar.

—¿Viven aquí? —preguntó para empezar a rellenar el papeleo.

—No estamos locos —respondió la pastora.

—Entonces, ¿dónde viven?

—En otro sitio —dijo el recepcionista—. ¿Puede darse prisa?

La joven pareja deseaba una modalidad de ceremonia que durara unos cuarenta y cinco segundos, mientras que la oficiante prefería la de treinta minutos. Desplazarse desde tan lejos para soltar sólo un «¿Tomas a...?» a cada contra-yente y, acto seguido, marcharse por donde había venido le resultaba demasiado insulso. Además, pensaba pronunciar un breve discurso de su propia cosecha sobre el tema de cuidarnos a nosotros mismos tanto como a la frágil natura-leza de Gotland.

Cuando, en medio del parloteo telefónico, el recepcionista tuvo claro que la intervención de la gobernadora sería totalmente gratuita, durara lo que durase la ceremonia, estuvo de acuerdo en que, si era necesario, mezclara el amor con la diversidad biológica. Luego, le agradeció su atención, colgó y se encargó de ocultar todas las botellas de lejía para evitar que la oficiante de la boda pudiera ponerse de mal humor. Y, para asegurarse aún más, el día siguiente compró diez ambientadores de pino y los colocó entre las algas para que la naturaleza de la gobernadora oliera a lo que no olía, es decir, a vida.

·

Tenían las alianzas y el certificado de soltería en regla y la gobernadora se congratuló por ello.

—Pero ¿dónde están los testigos?

—¿Los testigos? —repitió el recepcionista.

—¡Maldita sea! —exclamó la pastora, que había casado a suficientes parejas en su vida como para saber que se había olvidado de algo—. Un momento —añadió, y salió disparada hacia una pareja de ancianos que vio a poca distancia de allí, en el paseo marítimo.

Mientras la gobernadora reflexionaba acerca de que estaba a punto de oficiar una boda civil con una novia pastora que blasfemaba, ésta solicitaba colaboración a los ancianos, que eran turistas japoneses y no entendían ni jota de sueco, inglés, alemán, francés o cualquier otro idioma que tuviera cierta lógica. En cambio, se dieron cuenta de que la pastora deseaba que la siguieran, y como obedientes japoneses que eran, lo hicieron.

—¿Son ustedes los testigos de la pareja? —preguntó la gobernadora a los japoneses, que se quedaron mirando a la mujer que había dicho algo que no comprendieron.

—Decid «*hai*» —les pidió la pastora (ésa era la única palabra que sabía en japonés).

—はい —dijo uno de los testigos, y no se atrevió a añadir nada más.

—はい —se limitó a decir su esposa, por la misma razón.

—Nos conocemos hace mucho tiempo —comentó la pastora.

Hizo falta alguna gestión adicional y cierta creatividad por parte de la gobernadora para declarar el matrimonio válido. Pero ella era de la clase de personas que prefieren resolver los problemas en lugar de crearlos. Y así, al cabo de un rato, los novios pudieron recibir los papeles que confirmaban que a partir de entonces los dos eran uno.

•

El verano pasó, el otoño llegó.

La pastora estaba embarazada de cuatro meses.

—¡La primera asignación por hijo ya está en camino! —exclamó el recepcionista al enterarse—. Cuatro o cinco más y esto puede convertirse en un buen negocio. Con el suficiente intervalo de tiempo, la misma ropa puede servirles a todos. Primero hereda el segundo, luego hereda el tercero, después el cuarto y...

—¿Podemos comenzar por llevar a buen puerto al primero, por favor? —rogó la pastora—. Luego tendremos el segundo. Y el resto, pero por orden.

Y con eso, zanjó el tema. Llevaban una vida tranquila en la cabaña de diecinueve metros cuadrados, buhardilla incluida, en la que legalmente no tenían derecho a vivir. Sus gastos eran mínimos. Los *noodles* y el agua del grifo no eran tan exquisitos como el paté francés o el champán de épocas pasadas, pero ahora se tenían el uno al otro y vistas al mar. Además, con la ayuda de la lejía, hacía tiempo que no sólo se habían librado de las avispas protegidas, sino también de las hormigas, las avispas *sphecodes*, los crisídidos, los mutílidos, los taquínidos y la mayoría de aquellos bichos que debían garantizar la diversidad biológica.

De los millones de la maleta no quedaba ni siquiera la maleta. Así que, ¿cómo iban los planes del recepcionista de dar y recibir? Vistas las circunstancias, la pastora tenía sus dudas. ¿Recibir y recibir, teniendo en cuenta la coyuntura actual, no sería un mejor punto de partida?

El recepcionista reconoció que las cosas iban lentas. Tenía a Papá Noel constantemente en la cabeza, pero no se le ocurría cómo sacarle partido.

La pastora, que empezaba a estar aburrida de que la vida no le ofreciera mucho más que una barriga creciente y otro invierno en Gotland, propuso que podrían airearse con un viaje al continente.

—¿Qué se nos ha perdido allí? —preguntó el recepcionista—. Lo más probable es que nos encontremos con algún rufián al que no le caigamos bien. O con dos.

La pastora no estaba segura. Pero podrían distraerse en establecimientos donde les constara que no se dejaban caer los maleantes. Por ejemplo, la Biblioteca Real, el Museo Marítimo...

Ella misma comprendió lo aburrido que sonaba.

—O podemos intentar hacer algo bueno, siempre que no cueste dinero —prosiguió—. Si no nos sentimos satisfechos con eso, a lo mejor es que estamos yendo por mal camino. Podría ser una pieza importante en tu eterno puzle de futuro.

—«Nuestro» puzle de futuro, si me lo permites —precisó el recepcionista—. ¿Algo bueno? ¿Ayudar a las viejas a cruzar la calle?

—¿Por qué no? O pasar a saludar al asesino recolector de setas al que conseguimos mandar de vuelta a la cárcel. Si no recuerdo mal, eso fue algo que con las prisas le prometí.

—Pero ¿no era mentira? —inquirió el recepcionista.

—Ya. Pero en alguna parte he leído «no levantarás falso testimonio ni mentirás». —Su pastora sonrió.

Una fugaz visita a Asesino Anders haría que el marcador quedara tres a siete en el partido contra los Mandamientos que nunca ganarían. Aunque siempre se podrían falsear las cifras.

El recepcionista miró incrédulo a la pastora, que reconoció que la idea de reencontrarse con el hombre del que habían conseguido deshacerse podía estar relacionada con su desorden hormonal. Había leído sobre mujeres embarazadas que se alimentaban sólo de atún en aceite o comían veinte naranjas al día, o masticaban tiza, así que lo suyo no era tan malo.

De momento, sus vidas eran tan sosegadas como la actividad de las algas arrojadas a la orilla. Ni siquiera había avispas con las que irritarse. ¿Podría, quizá, un corto viaje en ferri, seguido de una visita aún más corta a la cárcel, marcar la diferencia? A un coste insignificante, claro.

El recepcionista comprendió que sí, que se trataba de algo del embarazo. Al parecer, su querida pastora echaba de menos al ex asesino y a las avispas. Y él debía asumir su responsabilidad como futuro padre. Ir corriendo a comprar una caja de naranjas seguro que no valdría la pena.

—Propongo que viajemos a comienzos de la semana que viene —dijo entonces—. Si tú te ocupas de llamar al servicio penitenciario y comprobar el horario de visitas, yo reservo los billetes del barco.

Johanna Kjellander asintió satisfecha, mientras que Per Persson conseguía mantener la compostura a duras penas. Su destino no podía ser reencontrarse con Asesino Anders. Pero si su esposa tenía desarreglos hormonales, pues los tenía. Además, ni la Biblioteca Real ni el Museo Marítimo le resultaban más atractivos.

—En la prosperidad y en la adversidad —murmuró—; esto encaja más bien en la lista de la adversidad.

68

—¡Queridos amigos! La paz del Señor esté con vosotros. ¡Aleluya y hosanna! —los saludó Asesino Anders en la sala de visitas de la prisión.

Apenas lo reconocieron. Se lo veía sano y fuerte, y tenía casi todo el rostro cubierto de pelambrera. Esto último lo explicó recordando que la pastora le había dicho en una ocasión que, según el Antiguo Testamento, el hombre no debía afeitarse. No recordaba las palabras con exactitud y no las había encontrado, a pesar de haberlas buscado en el Libro, pero confiaba en su querida amiga.

—Levítico diecinueve —dijo la pastora, emocionada—. «No comeréis carne con sangre ni practicaréis la adivinación ni la magia. No os raparéis la cabeza ni los lados de vuestra barba. No os haréis incisiones en vuestra carne por un muerto, ni imprimiréis en ella figura alguna. Yo, Yavé.»

—Eso era —dijo el ex pastor, y se rascó la barba—. Es difícil solucionar lo de los tatuajes, pero eso ya lo hemos discutido Jesús y yo y está aclarado.

Asesino Anders se encontraba como pez en el agua. Daba clases sobre la Biblia tres veces a la semana y había

318

medio abducido a cuatro discípulos y a otros tantos indecisos. Las cosas sólo se habían desmadrado una vez, cuando intentó introducir la oración a la hora de comer, a raíz de lo cual un cocinero condenado a cadena perpetua tuvo un arrebato de cólera y provocó una pelea monumental. Cuando todo explotó, el interno que se encontraba más cerca de él en la cola de la comida era un extranjero bajito conocido como Bocazas, pues nunca decía nada (sobre todo porque no tenía nada que decir en otra lengua que no fuera la suya, que nadie más entendía). El cocinero clavó una botella rota en el cuello de Bocazas, cuya última palabra en vida fue «¡Ay!», en sueco.

—Al de la botella le metieron otra perpetua por eso. Y lo degradaron a lavar platos.

Asesino Anders pensaba que una o dos cadenas perpetuas daban lo mismo (aunque lavar platos dos vidas enteras seguidas quizá fuera un destino peor que la muerte). En cambio, estaba ansioso por contarles que durante el tiempo que llevaba encerrado se había deshabituado de la eucaristía, sin que por ello el contacto con Jesús hubiera empeorado. La pastora y el recepcionista no debían tomárselo a mal, pero durante sus estudios bíblicos, Asesino Anders había descubierto que ambos debieron de malinterpretar alguna que otra cosa con respecto a eso. Uno no necesita beberse un par de botellas al día para hablar con Jesús. Si querían, les podía explicar con más detalle el asunto.

—No, gracias —dijo la pastora—. Creo que a grandes rasgos tengo las cosas claras.

Bueno, siempre podrían retomarlo en otra ocasión. En pocas palabras, el cocinero que ahora sólo podía lavar platos cada día hasta que se muriera dos veces servía sólo leche y zumo de arándano, siguiendo el reglamento penitenciario. Debido a que ningún preso se colocaba con la leche o el zumo de arándanos, introducían de contrabando grandes cantidades de eso que Asesino Anders no probaba desde hacía años y nunca más pensaba volver a tomar.

—¿Como qué? —preguntó la pastora.

—Rohypnol y esas mierdas. Nada me enloquecía más que el Rohypnol con un poco de alcohol. Doy gracias al Señor de que eso sea agua pasada.

El único nubarrón en su cielo, por lo demás límpido y azul, era que Instituciones Penitenciarias había comprobado que era un preso ejemplar y habían hecho planes, a sus espaldas, para dejarlo salir antes de tiempo.

—¿Antes de tiempo? —repitió el recepcionista.

—Dentro de dos meses. Si llega. ¿Qué será de mis estudios bíblicos? ¿Y de mí? Estoy que no duermo de angustia.

—Pero eso es maravilloso —dijo el recepcionista, con un tono que sorprendió a la pastora—. Deja que vengamos a buscarte el día de tu liberación. Creo que tengo un trabajo para ti —añadió, dejando doblemente sorprendida a la pastora.

—¡El Señor esté con vosotros! —exclamó Asesino Anders.

Johanna Kjellander no dijo nada. Había perdido el habla.

•

Durante aquella visita, Per Persson descubrió lo que la pastora no entendió a la primera. Asesino Sanders se había tomado muy en serio el Levítico 19, 27-28 y se había transformado en una copia perfecta del mismísimo Papá Noel. Sólo había que cuidar un poco su cabello encrespado y ponerle unas gafas más del estilo del anciano. La barba era natural y canosa, como tenía que ser.

El recepcionista tomó eso como una señal de... algo... y al segundo siguiente se le apareció la idea de Papá Noel, como si una instancia superior estuviera involucrada en ello. Sin embargo, no cabía duda de que ninguna instancia superior, sin importar lo superior que fuera, levantaría un dedo para ayudarlo a él o a su pastora.

69

Tan pronto como volvieron a estar solos, el recepcionista le explicó a la pastora la revelación que había tenido en la sala de visitas de la prisión. Una vez en casa, se pusieron a hojear viejos ejemplares del periódico *Gotlands Allehanda* y enseguida encontraron ejemplos de que la idea podría ser rentable. Había un artículo sobre un jubilado que no podía seguir viviendo en su apartamento de alquiler porque las paredes estaban llenas de chinches. El arrendador se negaba a considerar las chinches como problema suyo y el jubilado no tenía dónde vivir, aunque se veía obligado a seguir pagando el alquiler.

«Sólo tengo la pensión», se lamentaba al periódico el desdichado anciano, cuyo nombre apareció publicado y no pudo más que sentir pena de sí mismo.

Pero su terrible situación no interesó mucho ni al recepcionista ni a la pastora. Estaba demasiado arrugado y encorvado para tener valor comercial. Así que él y sus chinches debían apañárselas solos. No obstante, Per Persson valoró durante un segundo llamar al viejo y hablarle de la lejía, pues parecía acabar con todo.

El hecho de que el hombre lloriquease en el periódico local y que sólo un par de números después otro pobre diablo hiciera lo mismo en su competidor, el *Gotlands Tidningar*, proporcionó a la pastora y al recepcionista la confirmación que necesitaban.

El número de historias de ese tipo en los diarios del país debía de ser casi infinito. Aun cuando hubieran descartado a los viejos con chinches, a los millonarios con babosas en el jardín y a las ratas tiroteadas y lanzadas a un cubo de basura por quinceañeros emocionalmente perturbados, lo más probable es que quedaran casi el mismo número de casos infinitos.

El recepcionista cogió una de las dos tablets que había comprado un año antes con dinero de la colecta y se puso en marcha.

·

—¿Cómo va todo? —preguntó la pastora mientras se pasaba la mano por la barriga y miraba a su marido con la nariz pegada al iPad y con un bloc de notas al lado.

—Bien, gracias —dijo él, y le contó que acababa de suscribirse a la edición digital de varios diarios suecos—. El *Ljusdalsposten* cuesta noventa coronas al mes.

«De acuerdo, ¿por qué no?», pensó la pastora. Aunque Ljusdal fuera una buena zona, ahí también podía haber personas de las que compadecerse. Y entonces cometió el error —pues la respuesta casi no tuvo fin— de preguntarle cuáles eran los otros periódicos digitales a los que tenía acceso.

—Vamos a ver... —dijo el recepcionista—. Sí, aquí los tengo anotados: el *Östersunds-Posten*, el *Dala-Demokraten*, el *Gefle Dagblad*, el *Upsala Nya Tidning*, el *Nerikes Allehanda*, el *Sydsvenskan*, el *Svenska Dagbla...*

—Suficientes, ¿no?

—Si queremos estar bien documentados, necesitamos información veraz de todos los rincones del país. Por este lado del papel tengo unos cuantos más y por el otro la misma cantidad. Serán unos cincuenta periódicos en total. Y no ha salido gratis, aunque en algún que otro caso he aprovechado la oferta para probarlo un tiempo. Por cierto, el que se lleva la palma es el *Blekinge Läns Tidning*. Una corona por un período de prueba de un mes.

—Casi podríamos permitirnos dos. Es una pena que ponga lo mismo en ambos.

El recepcionista sonrió y sacó una hoja de Excel. A largo plazo, el presupuesto de las suscripciones rondaría las ciento veinte mil coronas al año, pero con los descuentos, las suscripciones por períodos cortos y las ofertas de prueba, podían permitirse esa inversión inicial. Eso auguraba un buen final, tanto para el donante como —y sobre todo— para el tomador. Dado que la generosidad de la gente, en general, era mayor que la suya, un resultado positivo estaba garantizado. Quizá no llegara de golpe, pero sí en un futuro lo suficientemente cercano como para estar tranquilos.

—Estoy de acuerdo contigo en todo, querido —dijo la pastora.

Ella pensaba que la mayor amenaza para su éxito era el mismísimo Papá Noel: Asesino Anders era y sería siempre una bomba de relojería. Pero si por alguna razón todo tenía que irse al garete, que se fuera. La idea del recepcionista era demasiado atractiva para no hacer una prueba a gran escala.

—Así pues, el mañana traerá su fatiga; a cada día le basta su aflicción. Mateo seis, treinta y cuatro —añadió la pastora.

—¿Citas la Biblia voluntariamente? —preguntó el recepcionista.

—Sí, quién lo diría.

• • •

Entre la humanidad suele haber un poco de todo. Por ejemplo, hay tacaños, ensimismados, envidiosos, incultos, simples y temerosos. Pero también gente buena, juiciosa, agradable, indulgente, atenta y generosa. Todos los rasgos no tienen cabida en todas las almas, eso lo sabían la pastora y el recepcionista por experiencia propia. La tesis del filósofo Immanuel Kant, que decía que cada persona llevaba un imperativo moral en su interior, probablemente tuviera una base bien fundada debido a que nunca se le presentó la oportunidad de conocer a la pastora ni al recepcionista.

La nueva idea de recibir y, por supuesto, dar, que tenía su vago origen en un Papá Noel de pega en el centro de Visby repartiendo galletas de jengibre a los niños, ahora estaba ensamblada, pulida y lista.

El recepcionista primero nombró una comisión, dirigida y gestionada por él mismo. Necesitaba recabar información sobre la situación del mercado y la competencia.

Había que tener bastantes cosas en cuenta. Resultó, por ejemplo, que el correo sueco recibía cada año más de cien mil cartas para Papá Noel, dirigidas a «Papá Noel, 17300, Tomteboda, Suecia». El representante de correos le informó orgulloso por teléfono que todos aquellos que escribían recibían respuesta y un pequeño regalo.

El recepcionista agradeció la información, colgó y murmuró que el valor de ese «regalo» probablemente fuera inferior al valor del sello del remitente. Ese caso equivalía a una bondad muy limitada combinada con la máxima capacidad financiera, y arrojaría una rentabilidad también limitada. No estaba tan mal pensado, aunque el resultado era insuficiente. Incluidos los costes burocráticos, era probable que, en el mejor de los casos, dicho resultado fuera cero. Y la única cifra que a la pastora y a él les disgustaba más que el cero era cualquiera que comenzara con el signo de menos.

Además de la oficina de correos, en Dalarna había un Tomteland. Ya que el recepcionista profundizaba en lo que le interesaba, averiguó que la oferta de Tomteland consistía en visitar un parque temático en el que quienes pagaban la entrada comían y bebían por unos cientos de coronas, se alojaban allí por otros miles más y obtenían el privilegio de entregarle una carta en persona a un Papá Noel falso que luego las utilizaba para encender la chimenea por la noche.

Ésa tampoco era una mala idea, pero se inclinaba claramente hacia el recibir más que al dar. ¡En ese asunto el equilibrio era importante!

Al parecer, en Rovaniemi, Finlandia, vivía otro Papá Noel de mentira. La idea era similar a la de Dalarna, con los mismos fallos y errores.

Por cierto, los daneses afirmaban que Papá Noel vivía en Groenlandia; los americanos, que en el Polo Norte; los turcos, que en Turquía; los rusos, que en Rusia. De todos ellos, los americanos eran los únicos que realizaban una actividad puramente comercial con su Papá Noel. Por una parte, éste parecía preferir la Coca-Cola antes que cualquier otra bebida y, por otra, cada año por Navidad estrenaban como mínimo una película en la que Papá Noel primero metía la pata hasta el fondo para después hacer felices a todos los niños del mundo. O por lo menos a uno de ellos. De mentira. A doce dólares cada entrada de cine.

Luego también estaba el primo de Papá Noel, Sinterklaas, o san Nicolás. Según descubrió el recepcionista, al principio era el santo protector de los ladrones, y eso resultaba gracioso, pero no se podía contar con él, pues entregaba los regalos a los niños el 6 de diciembre.

—Aunque todo depende de lo globales que queramos ser —apuntó la pastora.

—Cada vez un país —respondió el recepcionista—. Piensa en Alemania, con diez veces más habitantes que Suecia. Eso requeriría diez Papá Noeles como Asesino Anders, todos capaces de decir por lo menos «*Frohe Weihnachten!*» sin equivocarse.

Dos palabras extranjeras. Eran dos más de las que Asesino Anders podría manejar, eso lo sabían tanto la pastora como el recepcionista (siempre y cuando no se tratara de nombres de setas en latín).

El peligro era que «hosanna» se pronunciaba igual en sueco que en alemán.

·

La competencia con un Papá Noel que diera de verdad sin primero pedir era más bien inexistente. La rentabilidad del negocio dependería de cuántas historias lastimeras fueran capaces de encontrar en los periódicos. Sobre todo les atraían las relacionadas con madres solteras, niños enfermos o animales de compañía abandonados. Viejos borrachos con chinches no enternecerían suficientes corazones, como tampoco las ratas malheridas y maltratadas en cubos de basura. Por lo que respectaba a los multimillonarios con babosas en sus jardines, la tradición sueca se inclinaba a pensar que los millonarios lo tenían bien merecido.

Lo realmente genial de la idea de elegir historias aparecidas en los periódicos locales era que el destinatario en cuestión ya había hablado con la prensa una vez y, por tanto, estaría dispuesto a hacerlo de nuevo tras un inesperado encuentro con el generoso viejecito de la Navidad.

A su vez, eso generaría tráfico en la página de internet en la que se podía contactar con Papá Noel, el que tenía una barba de la que se podía tirar de verdad.

Y si Dios era lo bastante bueno, estuvo a punto de decir el recepcionista, eso debería dar lugar a una donación o dos. O a cien. ¿O por qué no a mil?

Lo único que quedaba por hacer antes de poner en marcha el plan era que Instituciones Penitenciarias cumpliera su idea, a un tiempo loca y maravillosa, de soltar a Asesino Anders.

70

El origen del Proyecto Papá Noel se basaba en que lo único que podía ser más divertido que dar era recibir. Quien consiguiera ambas cosas debería, según el punto de vista de la pastora y el recepcionista, tener todos los requisitos para vivir una vida larga y feliz. No entraba en sus cálculos que tanto ellos como su bebé nonato languidecieran de hambre. Ni siquiera Asesino Anders se merecía un destino así.

Teniendo eso en mente, el recepcionista había creado un perfil de Facebook llamado «El verdadero Papá Noel reparte alegría todo el año».

La página estaba repleta de mensajes de amor de diferente calado (ninguno de carácter religioso). En el poco espacio que quedó en blanco, se informaba de que cada uno era libre de abrir su corazón —es decir, su cartera— para ayudar a Papá Noel a desarrollar su actividad. Eso se podía hacer a través de transferencia bancaria, tarjeta de crédito, giro postal, móvil y un par de medios más. En todos los casos, el dinero acababa en una cuenta del Handelsbanken en Visby. La cuenta pertenecía a la empresa sueca Auténtico Papá Noel, S. A., que a su vez tenía como única propietaria una anónima fundación suiza. El objetivo era que resultara imposible saber quién era la madre de la criatura. La marca «Asesino Anders» estaba del todo devaluada. Sin embargo, el susodicho Papá Noel seguía manteniéndose a la altura de Nelson Mandela, la Madre Teresa y ese del que no se debe pronunciar el nombre en vano.

El concepto era muy parecido al de la página de internet de Asesino Anders para donar dinero. (Que, por cierto, ahora estaba repleta de comentarios de personas que pedían el reembolso de su donación.)

Por precaución, el recepcionista también compró el *Calendario tributario*, las veintitrés ediciones para toda Suecia, por doscientas setenta y una coronas cada uno. Salió por más de seis mil doscientas coronas, pero valía la pena. Con esa publicación estatal sueca tendrían acceso a los nombres, las direcciones y la renta general, al igual que el impuesto del patrimonio, de todas las personas empadronadas en el país. Así funcionaba Suecia. Nada era secreto. Menos la identidad de Papá Noel. No estaría bien enviar dinero a alguien que daba lástima en el periódico y que luego resultara que tenía un sueldo anual de dos millones de coronas y una casa de madera amarilla de fin de siglo en Djursholm, con doce habitaciones y cocina. Tuviera o no babosas.

Sin embargo, la primera visita que realizó Papá Noel fue a una joven mujer, con una dirección que anunciaba a los cuatro vientos que se trataba de un apartamento. Tras investigar más a fondo, supieron que era un piso de alquiler y que la renta tributada era de noventa y nueve mil coronas al año.

71

Maria Johansson, de treinta y ocho años de edad, residía en un pequeño apartamento de dos habitaciones en Ystad, el punto más meridional de Suecia, junto a Gisela, su hija de cinco años. Hacía casi uno que el padre ya no vivía en casa. Maria estaba en paro y, según el *Ystads Allehanda*, alguien había lanzado una piedra contra la ventana de su dormitorio. La cosa se complicó con el seguro, ya que la compañía no tenía duda de que el lanzador de la piedra había sido el padre de Gisela un sábado por la noche. La prueba consistía básicamente en la confesión de éste; durante el interrogatorio policial, él mismo reconoció que después de acudir a un restaurante se dirigió a casa de su antigua pareja, le gritó y la acusó de ser una furcia cuando ella se negó a abrirle la puerta para mantener relaciones sexuales con ella sin pagar. Remató la visita haciendo añicos la ventana de autos.

El problema, según el criterio de la aseguradora, era que el padre de Gisela seguía empadronado en esa dirección. Quien rompe cosas a propósito en su propia casa no puede esperar ninguna compensación de la compañía. Por esa razón, Maria y Gisela se verían obligadas a celebrar las Navidades con una tabla de conglomerado en la ventana del dormitorio; la única alternativa era utilizar los últimos ahorros de Maria para comprar un cristal nuevo y cancelar la Navidad de Gisela. Y como por esas fechas también en el extremo sur de Suecia hacía un frío que pelaba, Gisela tendría que quedarse sin regalos ni abeto.

Así estaban las cosas cuando llamaron a la puerta de Maria y su hija. Mamá Maria abrió con cuidado, podría ser...

Pero no. Era Papá Noel. El auténtico Papá Noel, al parecer. Éste hizo una reverencia y le entregó a Gisela una muñeca interactiva, ¡con la que podría hablar! La muñeca recibió el nombre de *Nanne* y se convirtió en la posesión más preciada de la niña. Y eso a pesar de que *Nanne* estaba programada de forma un tanto chapucera.

—Te quiero, *Nanne* —decía Gisela.

—No lo sé, no sé leer la hora —respondía *Nanne*.

Junto con la muñeca, Papá Noel le ofreció un sobre con veinte mil coronas a la madre de Gisela. Y entonces dijo «¡Feliz Navidad!», pues eso es lo que dice Papá Noel. Después se le ocurrió añadir «¡Hosanna!», contraviniendo las instrucciones recibidas.

Desapareció tan deprisa como llegó en un taxi cuyo chófer era conocido como Torsten *el Taxista*. En el asiento trasero había dos *tomtenisses*, aunque ninguno de ese par de ayudantes de Papá Noel iba vestido como tal y uno estaba embarazado de ocho meses.

Así pues, el Proyecto Papá Noel comenzó en Ystad. La siguiente parada fue Sjöbo. Y a continuación vinieron Hörby, Höö, Hässleholm, y así, localidad tras localidad, avanzaron en dirección norte. Repartieron regalos por valor de entre treinta y treinta y cinco mil coronas, cada día durante cuatro semanas seguidas. Unas veces daban dinero; otras, regalos de Navidad, y otras, ambas cosas.

• • •

Las madres solteras eran las que más éxito tenían, y desde luego los niños refugiados huérfanos, y si eran niñas aún mejor; cuanto más jóvenes, mayor era el potencial financiero. Los enfermos y los discapacitados también funcionaban, y si eran niños y encima eran monos, premio seguro.

A propósito, Papá Noel ya había estado en Hässleholm en una vida anterior. Torsten *el Taxista* condujo hasta una dirección concreta, Papá Noel subió la escalera y llamó a la puerta de una vieja del Ejército de Salvación a la que en una ocasión había entregado dinero.

La mujer salió, recibió un grueso sobre que contenía cien mil coronas, lo abrió, lo miró y dijo:

—Dios te bendiga. Pero ¿no nos hemos visto antes?

Entonces Papá Noel regresó pitando al taxi y desapareció antes de que la vieja tuviera tiempo de decir: «¿Le apetece un poco de puré de nabos?»

Según el presupuesto, los gastos del primer mes rondarían las quinientas mil coronas que les quedaban. A ese ritmo, tanto la actividad como el dinero se acabarían a finales de febrero... a no ser que hubiera retorno.

Pero durante el período comprendido entre el 20 de diciembre y el 20 de enero, los gastos totales no superaron las cuatrocientas sesenta mil coronas, a pesar de la extraordinaria donación realizada en Hässleholm y del trabajo continuo durante las cuatro primeras semanas.

El plan estaba pensado para que, desde ese momento, cada mes condujeran tres semanas por las carreteras de Suecia y la cuarta la dedicaran a descansar en su casa de Gotland. Siempre que —como ya se ha dicho— la empresa no quebrara. En ese caso, sólo les quedaría procrear con la mayor regularidad posible.

—¡Vamos mejor de lo previsto! —exclamó la pastora, y se puso tan contenta que rompió aguas—. ¡Ay! ¡Aaay! Tenemos que ir al hospital.

—Espera, todavía no he acabado de contarte... —contestó el recepcionista.

—¡Hosanna! —profirió Papá Noel.

—Voy a buscar el coche —dijo Torsten *el Taxista*.

•

Fue una niña que pesó dos kilos novecientos ochenta gramos.

—Mira —le dijo el recepcionista a su agotada pastora—. ¡Ya tenemos en casa la primera asignación! ¿Cuándo crees que estarás lista para la producción del segundo?

—Hoy no, gracias —respondió ella mientras la comadrona le cosía lo que necesitaba que le cosieran.

Unas horas más tarde, mientras la pequeña dormía, saciada y satisfecha, sobre la barriga de su madre, ésta tuvo fuerzas para preguntar al recepcionista qué era lo no le había terminado de contar cuando fueron interrumpidos por otra cosa.

¡Anda! El recepcionista también se había olvidado del asunto cuando su mujer había roto aguas, pero ahora podía seguir.

—Te estaba contando que los gastos no han superado las cuatrocientas mil seiscientas coronas y que eso está bien. Pero además hay que tener en cuenta lo que hemos recaudado a través de internet.

—¡No me digas! —exclamó la mamá pastora—. ¿De cuánto se trata?

—¿En el primer mes?

—Con el primer mes me basta.

—¿Más o menos?

—Más o menos me basta.

—Bueno, quizá no lo recuerde bien del todo, no me dio tiempo a escribir el total exacto, y quizá haya podido entrar alguna corona más mientras dábamos a luz a nuestra niña. Teniendo en cuenta todos csos «quizá»...

—¿Puedes ir al grano? —le espetó la pastora mientras pensaba que sin duda había sido ella quien había dado a luz a la hija de ambos.

—Sí, claro, disculpa. Teniendo en cuenta todos los «quizá», diría que disponemos aproximadamente de dos millones trescientas cuarenta y cinco mil setecientas noventa coronas.

En ese momento, la pastora habría vuelto a romper aguas si biológicamente hubiera sido posible.

72

Cuantas más visitas alcanzaba a hacer Papá Noel en un día, cuanta más alegría repartía a su alrededor, mejor marchaba el negocio. Recibían a diario miles de pequeñas donaciones provenientes de Suecia y del mundo entero. Las madres de familias monoparentales lloraban de alegría, las niñas bonitas hacían lo mismo, los cachorros de perro gimoteaban de agradecimiento. Los diarios se hacían eco, los semanarios dedicaban dobles páginas, la radio y la televisión seguían el caso. Papá Noel regaló verdadera felicidad durante las fiestas, pero también cuando el invierno dejó paso a la primavera y cuando la primavera hizo lo mismo con el verano. Parecía no tener fin.

En Tomtelanden, Mora y Rovaniemi tuvieron que replantear la idea. Ya no era suficiente con tener a un viejo con barba postiza que asentía comprensivo mientras la pequeña Lisa pedía su propio poni. El Papá Noel disfrazado tenía dos opciones: o bien le daba lo que deseaba —y entonces el negocio dejaría de ser rentable—, o tendría que explicarle de la forma más pedagógica posible que lo único que podía ofrecerle era un pequeño paquete de LEGO®, en cooperación con The Lego Group, Billund, Dinamarca. Ni hablar de un poni, ni siquiera de un hámster. El coste limitado del regalo —que, además, no satisfizo a la pequeña Lisa— se compensaba con el aumento del precio de las entradas.

Algunos periodistas de investigación intentaron descubrir quién era en realidad Papá Noel, cuánto alcanzaban a recaudar en donaciones y dónde las recibía. Pero nadie llegaba más allá del Handelsbanken de Visby, donde no veían motivos para informar sobre cuál era, según la legislación vigente en el reino de Suecia, el importe transferido a una fundación anónima en Suiza. Y debido a que cada donante contribuía con una cantidad mínima —gracias al elevado número de donantes consiguieron todos esos millones—, ningún periodista pudo echar por tierra la genuina bondad del Papá Noel anónimo.

En alguna que otra ocasión, alguien había conseguido sacarle una fotografía a ese Papá Noel, pero estaba tan oculto bajo su larga barba y demás accesorios, que nadie lo relacionó con el ex asesino, ni con el ex pastor de la Iglesia de Anders. Torsten *el Taxista*, por si las moscas, había robado un par de matrículas nuevas en Estocolmo cuando fue allí para un encargo. Además, con una pizca de pintura había transformado una F en una E, así que ahora su taxi pertenecía en primer lugar a nadie, y en segundo lugar a un electricista de Hässelby.

Eso sí, circulaban rumores y la gente hacía sus cábalas. ¿Podría ser el rey quien salía a repartir felicidad entre su pueblo? La reina era conocida por su atención a los niños y los más necesitados. Esa idea tomó fuerza en las discusiones especulativas que tenían lugar en la red hasta que un día su majestad cazó un venado con cuernas de cuatro puntas en un bosque de Sörmland en el momento en que Papá Noel colmaba de felicidad en Härnösand a una huérfana refugiada de doce años.

· · ·

La pastora, el recepcionista, Papá Noel y Torsten *el Taxista* se repartían solidariamente el ocho por ciento de superávit, lo que hacía que todos ellos vivieran cómodamente y se sintieran bien en aquella isla del mar Báltico que se había convertido en su hogar. El resto se reinvertía en aquel bondadoso dar. Además, el recepcionista trabajaba en el plan inicial de la pastora de extender la actividad a Alemania. Los alemanes tenían dinero y corazón. También jugaban bien al fútbol. Y eran tantos que casi resultaba imposible calcular cuánto ganaría el Proyecto Papá Noel allí. El único problema era que había que encontrar a diez Papá Noeles alemanes, comprender qué decían y hacerles entender qué tenían que decir. Aparte de asegurarse de que no pronunciarían una palabra sobre la actividad que iban a llevar a cabo.

·

Entonces sucedió eso de que los caminos del Señor... y tal. Pues por aquel entonces, la madre del recepcionista —la que casi fue profesora de alemán— se cansó de la iracundia de su marido y de los volcanes de Islandia.

Durante una de las escasas visitas que realizaban a la civilización para aprovisionarse, telefoneó a la policía y les contó dónde se encontraba su malversador marido, y de esa manera se deshizo de él.

Su siguiente paso fue ponerse en contacto con su hijo a través de Facebook, y a lo tonto, acabó teniendo su propia cabaña de pescador en Gotland, no lejos del hijo y su familia, además de un puesto como responsable del desarrollo logístico para el inminente lanzamiento en Alemania. Esto, mientras un tribunal islandés condenaba a su marido a seis años y cuatro meses de privación de libertad y rehabilitación moral de carácter financiero.

Por su parte, Asesino Anders conoció a una tal Stina, con la que pronto se fue a vivir. Ella se enamoró de él cuando el ex pastor le desveló cómo se llamaba la seta coliflor en latín (antes de convertirse en un asesino, había comprado un libro con la intención de aprender a transformar las setas en algo mágico, con efectos similares a las drogas. Tras la duodécima lectura se había aprendido el nombre de todos los ejemplares, pero seguía sin saber cómo hacerlas más divertidas de lo que eran en realidad).

Fracasaron juntos en la búsqueda de la trufa negra —*Tuber melanosporum*— con la ayuda de su propio, aunque algo imprevisible, cerdo domesticado. Cambiaron de actividad y obtuvieron el mismo éxito plantando espárragos (entre otras cosas, porque el cerdo era un bribón hozando en el huerto).

La capacidad intelectual de Stina era moderadamente sencilla y nunca llegó a comprender qué hacía su querido Johan cuando se iba al continente, donde permanecía tres semanas seguidas. Lo importante era que regresaba a casa cuando debía y cada vez traía más dinero en el sobre de la paga. Y, además, cada cuatro domingos podían acudir juntos a la iglesia y darle gracias al Señor por todo, excepto por las trufas y los espárragos.

Torsten *el Taxista* se dedicaba a conducir el taxi por la isla cuando no ejercía de chófer privado de Papá Noel. No lo hacía porque necesitara el dinero, sino porque le gustaba conducir. Sólo trabajaba como taxista entre las doce y las dieciséis horas, de lunes a jueves, durante la cuarta semana. El resto del tiempo lo pasaba en el bar o durmiendo. Tenía una habitación permanentemente alquilada en un aparta-hotel del centro de Visby, a una distancia prudencial de los posibles locales donde apagar la sed.

La pastora y el recepcionista eligieron seguir viviendo juntos con su hija en la sencilla cabaña junto al mar, y la abuela paterna hacía de canguro cuando era necesario.

Ya no necesitaban tener cuatro o cinco niños para mantenerse con la exigua asignación por hijo. Aunque si se lo propusieran todavía les quedaba sitio para uno o dos más. Por puro amor. Eso no significaba que, entretanto, el mundo hubiera dejado de disgustarles, pero podrían tolerarlo, como soltó el recepcionista una noche al acostarse.

—¿Tolerarlo? —preguntó la pastora—. ¿Por qué?

Bah, sólo había sido una ocurrencia. Sin duda se debía a que cada vez la lista de excepciones comenzaba a ser más larga. El bebé, claro. Y quizá Asesino Anders. Era bastante bueno en realidad, lástima que fuera tan rematadamente tonto. Y aquella mujer, como se llamara, la gobernadora que los había casado a pesar de que debió de darse cuenta de que los testigos no sabían qué demonios estaban testificando.

La pastora asintió. Se podían añadir una o dos personas más a la lista. La abuela del bebé, la nueva novia del ex asesino, y si no Torsten *el Taxista*, al menos su taxi.

—Por cierto, hoy he visto una avispa revoloteando sobre las algas. La lejía se ha terminado. O compramos más o añadimos las avispas a la lista de Asesino, la gobernadora y el resto.

—Pues hagámoslo. Incluyamos las avispas. Serán unas cuantas, pero siempre hay lugar para un amigo. ¿Lo dejamos ahí de momento y seguimos disgustados con el resto?

De acuerdo, era un compromiso satisfactorio.

—Aunque esta noche no; siento que estoy demasiado cansada para disgustarme. Ha sido un día muy largo. Bueno pero largo. Buenas noches, mi querido ex recepcionista —dijo la ex pastora, y se durmió.

Epílogo

Hacía una noche agradable y la pastora se encontraba al pie de la cabaña familiar. Miraba el mar, que parecía un espejo pulido.

A lo lejos se deslizaba en silencio el transbordador de Oskarshamn. Un poco más allá, un solitario ostrero picoteaba entre las algas que el mar había arrastrado hasta la orilla. Para su sorpresa, el pájaro encontró un bicho que llevarse a la boca, algo que no sucedía desde hacía mucho tiempo.

Por lo demás, todo estaba en calma mientras el sol se ponía lentamente y cambiaba del dorado al anaranjado.

Entonces el silencio se rompió.

«No eres una mala persona, Johanna. Quiero que lo sepas. Nadie es malo del todo.»

¿Había alguien ahí?

No. La voz venía de su interior.

—¿Quién está hablando? —preguntó, sin embargo.

«Tú sabes quién soy y tú sabes que nuestro Padre siempre está dispuesto a perdonar.»

La pastora se sorprendió. ¿Era Él? Pensar en su existencia le daba vértigo. Y resultaba escandaloso. Si ahora existiera contra todo pronóstico, ¿no podía haberlo dicho antes, detener el terror de su padre Kjellander cuando aún estaba a tiempo?

—Mi padre no perdonó nada y yo no tengo intención de perdonarlo. Y no me vengas con esa mandanga de «Al que te abofetea en una mejilla, ofrécele la otra».

«¿Por qué no?», preguntó Jesucristo.

—Porque no fuiste Tú, ni Mateo, a quien se os ocurrió decirlo. La gente, durante siglos, ha puesto cosas en Tu boca sin informarse primero.

«Espera un poco —dijo Jesucristo, todo lo enfadado que podía estar siendo quien era—. Es cierto que la gente ha dicho de todo en Mi nombre, pero qué sabes tú sobre lo que...»

No le dio tiempo a decir nada más, pues el recepcionista había salido de la cabaña con la pequeña Hosanna en brazos.

El instante mágico desapareció.

—¿Estás hablando sola? —preguntó el recepcionista, sorprendido.

La pastora respondió quedándose en silencio. Luego permaneció callada un rato más. Y finalmente dijo:

—Sí. Eso creo. Aunque quién diablos sabe.

Agradecimientos

Deseo darle las gracias a toda la familia de la editorial Piratförlaget, con Sofia, la editora, y Anna, la redactora, a la cabeza. En esta ocasión quiero agradecerle especialmente a Anna su fantástica ayuda durante la última fase.

Gracias también a mis tíos Hans y Rixon, porque siempre estáis ahí con vuestras palabras y comentarios de ánimo sobre la primera versión de la novela. También a mis hermanos, Lars y Stefan, de Laxå, que me han servido de inspiración y me han dado confianza en momentos importantes.

Ya que estoy en ello, le recuerdo a mi agente, Carina Brandt, lo magnífica que es como profesional y amiga. Y hablando de amigos...

Todo el mundo debería tener cerca un Anders Abenius, un Patrik Brissman y una Maria Magnusson. Todos vosotros hacéis mi vida de escritor más sencilla.

Asimismo, me gustaría dar las gracias a Médicos Sin Fronteras, pues marcáis la diferencia en un tiempo en el que más personas que nunca tienen problemas en nuestro mundo. Vosotros os preocupáis por ellos, no todos lo hacen.

Entre todos los que no tienen cabida en esta página de agradecimientos, quisiera nombrar especialmente a Dios.

Seguro que se merece mi agradecimiento, pues lo he tomado prestado para mi relato, pero al mismo tiempo creo que debería trabajar más a fondo para que sus más ardientes seguidores no se lo tomen a Él tan en serio. Así todos podremos portarnos mejor con el prójimo y tener más razones para reír y no llorar.

¿Es eso pedir demasiado? Se ruega confirmación.

JONAS JONASSON